U0074132

幽靈社團

㊤

LEIGH BARDUGO

NINTH HOUSE

A Novel

目錄

獻給海德維格、妮瑪、安姆與列斯——感謝你們一再拯救我。

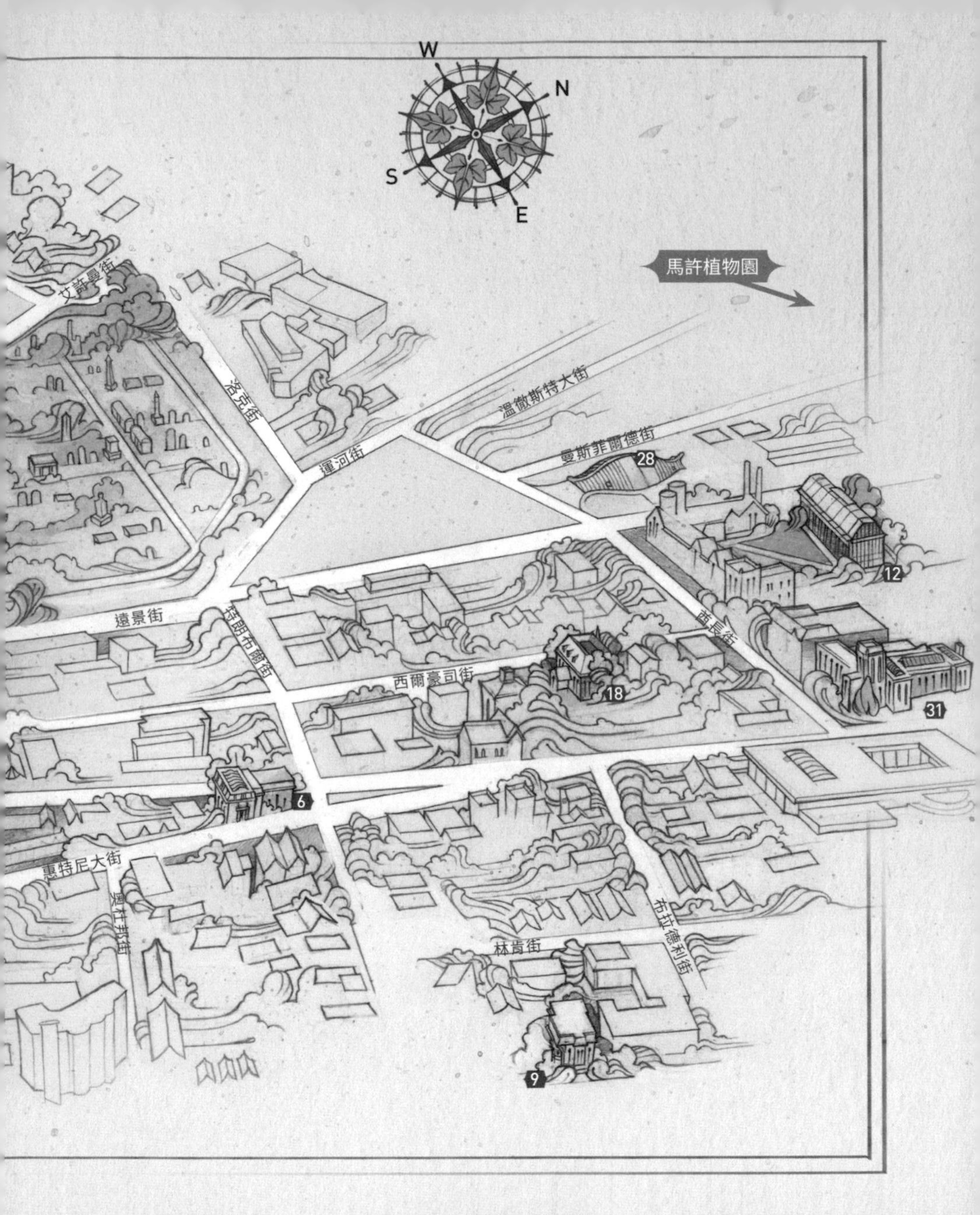

17. 哈克尼斯鐘塔
18. 校長宅邸
19. 戲劇學院
20. 強納森·艾德華茲學院
21. 葛瑞絲·霍普學院
22. 達文波特學院
23. 潘恩·惠特尼體育館
24. 果林街墓園
25. 史特林紀念圖書館
26. 耶魯法學院
27. 法學院圖書館
28. 英格爾斯溜冰場
29. 埃利胡會所
30. 伊麗莎白一世俱樂部
31. 耶魯皮博迪自然史博物館
32. 塔拉陳屍處

1. 骷髏會
2. 書蛇會
3. 捲軸鑰匙會
4. 手稿會
5. 狼首會
6. 貝吉里斯會
7. 聖艾爾摩會
8. 地洞
9. 權杖居
10. 薛菲爾—史特林—史特拉斯科納樓
11. 羅森菲爾館
12. 森林學院
13. 拜內克珍本圖書館
14. 公共餐廳
15. 范德比宿舍
16. 林斯利—齊坦登館

Ay una moza y una moza　que nonse espanta de la muerte

porque tiene padre y madre　y sus doge hermanos cazados.

Caza de tre tabacades　y un cortijo enladriado.

En medio de aquel cortijo　havia un mansanale

que da mansanas de amores　en vierno y en verano.

Adientro de aquel cortijo　siete grutas hay fraguada.

En cada gruta y gruta　ay echado cadenado. . . .

El huerco que fue ligero　se entró por el cadenado.

——*La Moza y El Huerco*

有一個女孩，不怕死神的女孩，

因為她有爸爸、媽媽，以及十二個獵人哥哥。

家有三層樓，農莊庭院廣，

農莊中央，蘋果樹結出愛情果實，不分冬或夏。

農莊內有七石窟，

個個防禦佳……

死神輕飄飄，穿進鎖眼溜進家。

——《女孩與死神》，賽法迪猶太人[1]歌謠

1　原定居於伊比利半島並遵守西班牙裔猶太人生活習慣的猶太人，於十五世紀遭到驅逐。使用的語言為拉迪諾語（Ladino）。

序章　初春

亞麗絲只有一件還算稱頭的羊毛大衣，但等她清理掉上面的血跡，天氣已經太熱，穿不到了。春季來得拖拖拉拉，早晨淺藍色的天空沒有變成蔚藍晴空，午後的天氣變得潮濕陰鬱，頑固的霜高高堆在馬路旁，有如骯髒的蛋白酥。不過，三月中左右，舊校區石板小徑間的草坪上，積雪開始融化，露出一簇簇結塊，又潮濕、發黑的草。這裡是約克街二六八號樓上的祕密公寓，亞麗絲窩在窗邊的座位上，閱讀《忘川會人員選拔標準要點》。

她聽到壁爐架上的時鐘滴答走動，樓下的服飾店客人進出時，迎客鈴發出清脆聲響。忘川會的成員暱稱服飾店樓上的祕密公寓為「地洞」，樓下的店面在不同時代入駐過各式各樣的生意：鞋店、野外活動用品店，以及二十四小時Wawa便利商店，裡面有「塔可鐘」[2]速食專區。那些年的忘川會日誌寫滿了抱怨，因為炒豆泥與烤洋蔥的臭味會透過地板飄上來——一九九五年，終於有人施行法術，讓地洞和通往後巷的樓梯間永遠飄散衣物柔軟精與丁香的香氣。

自從橘街那棟大宅發生事故之後，接下來幾週亞麗絲都躲在這裡過得迷迷糊糊，某天，她偶然找到了忘川會的指導手冊。她只用地洞的老舊筆電確認過一次電子郵件，看到桑鐸院長發了一長串訊息，然後她就登出了。她任由手機電力耗盡，沒有去上課，看著外面的樹木枝枒冒出新葉，宛如女人試戴戒指。她把儲藏櫃和冰箱裡的食物全吃光了——先吃高級起司和煙燻鮭魚，然後是標示「緊急口糧」箱子裡的罐頭：豆子和泡在糖水裡的桃子。全部吃光之後，她就瘋狂叫外賣，費用全都算在達令頓還能用的那個帳戶上。光是上下樓就能讓她累壞，所以開動享用午餐或晚餐之前，她都要先休息一下。有時候她乾脆不吃了，窩在窗邊的椅子上睡覺，或是直接躺在地上，睡在塑膠袋和鋁箔外帶容器旁邊。沒有人來探望她。其他人都不在了。

那本手冊很廉價，只是列印出來用釘書機釘在一起，封面印著哈克尼斯鐘塔的黑白圖片，下面印著「**吾等乃牧者**」字樣。創立忘川會的人應該沒聽過鄉村歌手強尼・凱許的歌，但他們卻

---

2 Taco Bell，美國的速食連鎖餐廳。

選了這句話作為會訓。她每次看到這句話就會想起聖誕節，她人在洛杉磯凡奈斯區、里恩的公寓裡，躺在老舊床墊上，感覺天旋地轉，身旁擺著吃到一半的蔓越莓醬罐頭。強尼・凱許唱著：「**我們是牧人，我們翻山越嶺。新星出現時，我們離開羊群。**」里恩翻身過來，一手鑽進她的上衣，在她耳邊呢喃：「那些牧羊人也太爛了吧？」

忘川會人員選拔標準要點收錄在手冊最後面，從一九六二年之後就沒有改過。

學業成績出色，特別著重歷史與化學。
擅長多種語言，熟悉拉丁文與希臘文。
健康良好，衛生習慣佳。有固定健身習慣者尤佳。
性格穩重且心思謹慎。
熱衷奧祕學者不適合，因為通常只有「外行人」才會如此。
對人體真實狀態不會感到噁心。

MORS VINCIT OMNIA.

亞麗絲不太熟悉拉丁文，所以去查了一下意思：**死亡征服一切**。不過有人劃掉vincit，在邊緣空白處寫上irrumat，因為用藍色原子筆畫了太多次，原文幾乎看不見。

在這些項目底下有一條附錄：**曾經有兩次放寬選拔標準的特例：羅威·史考特（英語系學士，一九〇九），以及辛克萊爾·貝爾·布瑞佛曼（無學位，一九五〇），影響好壞參半。**

又有人在空白處寫字，像心電圖一樣的筆跡，一看就知道是達令頓寫的：**亞麗絲·史坦**。她想起那棟十九世紀富豪安德森建造的豪宅，地毯被血浸透發黑。她又想到桑鐸院長——臉色慘白，股骨刺出大腿，空氣中滿是野狗的臭味。

亞麗絲放下外帶餐盒，馬穆餐廳的炸鷹嘴豆丸已經冷掉了。她在忘川會的運動衫上抹抹雙手，跛腳走進浴室，接著打開安眠藥唑吡坦的罐子，拿出一顆放在舌下。她打開水龍頭，捧起雙手在下面接水，她看著水從手指旁溢出，聽著排水孔發出的吸吮聲響。**曾經有兩次放寬選拔標準的特例。**

幾週來第一次，她望向滿是水漬的鏡子，看著裡面那個女孩掀起坦克背心，衣服的棉質布料被膿染黃。亞麗絲腰側的傷口很深，結了一片黑色的痂。被咬的地方留下了明顯的弧形痕跡，她知道癒合之後會很醜，甚至有可能不會癒合。她的道路改變了。她的界線移動了。Mors irrumat omnia，**死亡惡搞所有人**。

亞麗絲伸出手指，輕輕觸摸齒痕附近發燙發紅的皮膚。傷口發炎了，她有點擔心，她的頭腦提醒她要自保，但實在太麻煩，要先叫車去大學部健康中心，然後還要處理後續引發的新狀況，她受不了，而且身體以高溫攻擊自己時產生的溫熱鈍痛，幾乎有點舒服。說不定她會發燒，開始譫妄。

她看看肋骨突出處，瘀血淡了不少，下面的藍色血管有如倒下的高壓電線，嘴唇上乾死的皮很像羽毛。她想著寫在手冊空白處的她的名字——第三個特例。

「影響確實好壞參半。」她說，沙啞粗糙的聲音嚇了自己一跳。她大笑，排水孔彷彿也跟著笑。說不定她已經發燒了。

在浴室的日光燈下，她抓住腰側咬傷的邊緣，手指用力捏，掐住縫線周圍的肉。劇痛頓時鋪天蓋地而來，她迎接眼前發黑的感覺。

現在是春天。但麻煩的起源發生在冬季一個漆黑的夜晚，塔拉・哈欽司死了，亞麗絲當時依然以為無論發生什麼事，她都可以全身而退。

骷髏會，是擁有會所的社團中最古老的一個，界幕八會中的第一個，成立於一八三二年。骷髏會的傑出校友人數遠超過其他社團，包括三屆總統、出版業名人、工商大老、內閣官員（完整校友名單請見附錄C），會員經常以此誇耀。稱之為「誇耀」或許並不為過，骷髏會員很清楚他們的影響力，並且希望得到忘川會監察員的特殊待遇。他們應該謹記會訓：死亡平等，不分貧富。行使忘川會職務時務必謹慎圓滑，但切莫忘記，我們的職責並非為耶魯最優秀聰明的學生錦上添花，而是守護生死之間的界線。

——引自《忘川人生：第九會之程序與規範》

骷髏人以為自己是天神，其他人都是賤民，實在很討人厭。不過，他們的酒很烈、妞很正，我還有什麼好抱怨的？

——忘川會日誌，喬治・裴提特
（賽布魯克學院，一九五六）

1
冬

亞麗絲匆匆穿過風格奇特的拜內克廣場，靴子踏著四四方方的乾淨水泥磚。珍本圖書館[3]有如巨大的方塊漂浮在地面之上。白天時，窗玻璃閃耀琥珀色澤，有如光亮的黃金蜂巢，感覺不像圖書館，比較像神殿；夜晚時，這裡則像座墳墓。這一區和耶魯大學校園的其他地方非常不一樣——沒有灰色石材、沒有歌德風拱門、沒有低矮的紅磚建築，達令頓說過，那些紅磚校舍其實不是殖民時代的建築，只是故意建造成那種風格。他解釋過拜內克圖書館之所以會採用這種設計，是為了製造鏡像效果，也為了可以剛好卡進校園的這個角落。不過，她總覺得這裡很像七〇年代的科幻電影場景，好像學生應該穿上緊身連身裝或超短白袍，喝名為「萃取精華」的飲料、吃做成藥丸的食物。就連那座大型金屬雕塑也是，雖然她知道那是知名現代藝術家亞歷山大・考爾德的作品，但在她眼中還是感覺像倒反的岩漿燈。

「那是考爾德。」她低聲喃喃說道。這裡的人談到藝術都會這樣，他們不會說**那是某某人的**

作品。那座雕塑是考爾德，那幅畫是羅斯科[4]，那棟建築是諾伊特拉[5]。

亞麗絲遲到了。昨晚她下定決心要好好表現，提前寫好英國現代小說的報告，保留充足的時間來監督臟卜儀式。但她在史特林圖書館的自修室睡著了，那本《諾斯特羅莫》[6]還鬆鬆地抓在手中，雙腳則架在暖氣管上。十點半時，她猛然驚醒，臉頰上還殘留口水的痕跡。她驚呼「完蛋了！」的聲音，在寂靜的圖書館中有如獵槍發射般響亮。她用圍巾蒙住臉，背包掛在一邊肩膀上，急忙逃出去。

亞麗絲抄近路穿過公共餐廳，富麗堂皇圓形大廳的大理石上，深深刻著陣亡將士的姓名，幾座雕像在一旁守衛——分別象徵和平、奉獻、緬懷，最後一座則是勇氣，這座雕像是個持盾戴頭盔的裸男，亞麗絲總是覺得比較像舞男，而不是哀悼的勇士。她衝下樓梯，穿過學院街與果林街的交叉口。

3 位於耶魯大學校園內、保存珍本書籍和手稿的圖書館。
4 馬克．羅斯科（Mark Rothko，一九〇三～一九七〇），出生於拉脫維亞、後活躍於美國的藝術家，擅長抽象表現主義。
5 理查．諾伊特拉（Richard Neutra，一八九二～一九七〇），出生於奧地利，被認為是最重要的現代主義建築師之一。
6《諾斯特羅莫》（*Nostromo*），波蘭裔英國作家、英國現代主義小說先驅約瑟夫．康拉德（Joseph Conrad）的作品。

耶魯校園每個小時感覺都在變化，每條街也都各有特色，亞麗絲經常感覺像第一次造訪一般。今晚的校園彷彿夢遊的人，深刻均勻地吞吐氣息。趕往三S樓的路上，她遇到的人彷彿都困在夢境中，他們眼神矇矓、互相對望，戴著手套的手中捧著熱咖啡，熱氣裊裊升起。她有種詭異的感覺，彷彿她是他們夢中的人，一個穿深色外套的女生。等他們一醒來，她就會消失。

薛菲爾─史特林─史特拉斯科納樓感覺也昏昏欲睡，教室門窗緊閉，為了節省電力，走廊的燈只點亮一半。亞麗絲走樓梯上二樓，聽見一間講堂傳出邋遢的噪音，耶魯學生每週四晚上會固定在那裡播放電影。梅西將時間表貼在她們宿舍的門上，但亞麗絲從來沒有仔細看。星期四晚上她很忙。

崔普‧海穆斯懶洋洋地靠在講堂旁邊的牆壁上。他對亞麗絲點頭打招呼，眼睛都快睜不開了。即使燈光昏暗，她依然看出他的眼睛很紅。他今晚來集會之前一定抽了大麻，說不定就是因為這樣，骷髏會的高層才會派他來看門。但也可能是他自願的。

「妳遲到了。」他說。「裡面已經開始了。」

亞麗絲不理他，並回頭張望一下，確定走廊上沒有其他人。她沒必要對崔普‧海穆斯解釋那麼多，主動找藉口只會讓她顯得軟弱。她伸出拇指按一下牆板上的機關，按鈕小到幾乎看不見。照理說，牆壁應該要順暢開啟才對，但每次都卡住。她用肩膀推一下，門突然整個打開，亞麗絲跌了進去。

「別急嘛，美女。」崔普說。

亞麗絲進去之後關上門，在黑暗中慢慢走過狹窄的通道。

真糟糕，崔普說得沒錯，臟卜儀式已經開始了。亞麗絲走進老舊的手術室，盡可能不發出任何聲音。

這個空間沒有窗戶，夾在大講堂和研究生上討論課的教室中間。以前醫學院在三S樓上課，後來才遷去新大樓，這間手術室就是當時留下來的。大約在一九三二年左右，資助骷髏會的信託基金派人封住這間手術室的入口，裝上新的木飾板作為掩飾。這些祕辛都寫在《忘川會傳承錄》中，她好像該把時間拿去讀《諾斯特羅莫》才對。

沒有人多看亞麗絲一眼，所有人都注視著正在進行占卜的臟卜師，手術口罩遮住他瘦長的臉，淺藍色長袍染到點點鮮血。他戴著乳膠手套，井井有條地翻著內臟。亞麗絲不確定該如何稱呼手術臺上的那個人——病患？實驗品？祭品？應該不是「祭品」。**理論上，他不會死。**確保他能活命也是她工作的一部分，在她的監督下，他會平安撐過苦難，回到醫院病房，他們就是把他從那裡帶來的。**不過，一年之後他會怎樣？**她想知道。**五年之後呢？**

亞麗絲看手術臺上的人一眼：麥克・雷耶斯。兩週前，他們選定以他作為占卜媒介，當時她看過他的資料。他的腹腔被掀開，皮肉用鋼夾固定住，他的腹部看起來像盛開的花——厚實的粉紅蘭花，中央鮮嫩紅潤。**這樣不會留疤才怪吧？**不過，她自己的未來已經夠她操心了。雷耶斯只能自求多福。

亞麗絲轉開視線，努力用鼻子呼吸，她的胃翻騰著，口中冒出帶著銅味的唾液。她看過很多嚴重外傷，但都是在屍體上，活人身上的傷口感覺更可怕。一個人類的身體，只靠一臺不停嗶嗶叫的機器維持生命。她的口袋裡有薑糖，可以抑制噁心——這是達令頓傳授的小祕訣——不過，她沒辦法說服自己拿出來打開。

於是她注視著手術室中央沒有東西的地方，這時臟卜師報出一連串數字與字母——紐約證交所的上市股票代號與股價。晚一點他會接著報那斯達克、泛歐證交所、亞洲股市。亞麗絲從不費心解讀，無論是買賣或繼續持有，這些指令都以她聽不懂的荷蘭語下達。那是商業的語言，世上第一個證交所，老派紐約風，也是骷髏會的官方語言。骷髏會建立的年代，太多學生通曉希臘文與拉丁文，因此，他們的活動必須以更隱密的語言進行。

「荷蘭語的發音很難。」達令頓告訴她。「而且骷髏會的人可以用這個當藉口跑去阿姆斯特丹。」當然啦，達令頓精通拉丁文、希臘文、荷蘭文。他也會說法語、中文，葡萄牙語也還算可以。亞麗絲才剛開始上中級西班牙文，她小學的時候上過西文課，加上以前經常聽外婆講大雜燴的拉迪諾語[7]，她原本以為可以輕鬆過關，卻沒料到會遇上假設語氣之類的艱深文法。不過，她的程度可以問葛蘿莉雅明天晚上要不要去迪斯可舞廳。

隔壁播放電影的大講堂傳來一陣悶悶的槍響。臟卜師原本專心觀察麥克・雷耶斯的粉嫩小腸，這時抬起頭來，神情流露厭惡。

當音樂變大聲，亞麗絲察覺播放的是《疤面煞星》。許多人的聲音同時大喊粗魯的臺詞。「**你們想搞死我？好啊，要來點猛的嗎？**」觀眾跟著背誦臺詞，就像「洛基恐怖秀」的觀眾常做的那樣。她看過《疤面煞星》至少一百次，那是里恩最愛的電影。他的品味相當簡單，喜歡所有**硬派**的東西——彷彿他郵購了整套「**如何當流氓**」的教材。他們在洛杉磯的威尼斯海灘木棧道上第一次遇到海莉時，她的中分金髮有如拉開的布幕，大大的藍眼睛彷彿劇院螢幕，亞麗絲立刻聯想到穿著緞面小禮服的蜜雪兒・菲佛。海莉和她一模一樣，只少了柔柔亮亮的瀏海。不過，今晚亞麗絲不願意想起海莉，因為這裡的血腥味。里恩與海莉屬於她以前的人生，他們不屬於耶魯。但話說回來，亞麗絲自己也一樣。

7 拉迪諾語（Ladino）也稱為猶太西班牙語，融合了希伯來語和亞拉姆語，也受到阿拉伯語、土耳其語和少部分希臘語等語言的影響。

儘管勾起了回憶，但亞麗絲很感激有噪音，至少能蓋過臟卜師翻動麥克．雷耶斯內臟的聲音。他究竟看到什麼？達令頓說過，臟卜術基本上和算塔羅牌或用動物骨頭占卜是一樣的道理，只是比較恐怖而已，而且預言得比較精準。一般的算命師只會說些不著邊際的好話，例如：**你在思念一個人。新的一年你會得到幸福。**

亞麗絲看看在場的骷髏會員，他們全都身穿長袍、頭戴兜帽，圍成一圈擠在手術臺旁，大學部的書記寫下預言內容，這些紀錄之後將交給世界各地的避險基金管理人和私人投資者，以確保骷髏會與他們的校友財務安穩。骷髏會的校友包括幾位前總統、外交官，以及至少一任的中情局長。亞麗絲想起《疤面煞星》中的一幕：主角東尼．莫塔納泡在熱水池中，誇誇其談地說：**你知道資本主義是什麼嗎？**亞麗絲看一眼躺在手術臺上的麥克．雷耶斯，心裡想著：**東尼，你絕對想不到。**

她瞥見俯瞰手術區的二樓座位有動靜。兩個當地的「灰影」每次都固定坐在那裡，彼此相距幾排。一個是女性精神病患，一九二六年，她遭到拐騙被切除卵巢與子宮，對方答應如果她活下來，就給她六元美金；另一個則是男性，生前是醫學生，一八八〇年左右，他在幾千英里外的鴉片窟凍死，卻一再回到以前的教室座位，觀看下方勉強可以稱之為人生百態的場面。臟卜術一年只會在這個場地舉行四次，就在每個會計季度開始的時候，不過，這樣似乎就足以讓他滿足了。

達令頓常常說，遇到幽靈時，守則就像搭地鐵一樣：**避免視線接觸。不要微笑。不要攀談。否則可能會有意想不到的東西跟妳回家。**他說得倒容易，但現在這裡能看的東西，除了幽靈，只有一個人的內臟被當成麻將牌搓來搓去。

達令頓發現她不但不需要任何魔藥或咒文，就能看到幽靈，而且還是彩色版，她還記得他當時有多麼震驚，而且莫名其妙地火冒三丈。亞麗絲覺得很好笑。

「怎樣的顏色？」他問，放下原本架在茶几上的腳，沉重的黑色靴子落在權杖居的地磚上，發出很大的聲音。

「一般的顏色，像老舊的拍立得照片。為什麼這樣問？你看到的是什麼樣子？」

「全都是灰色。」他沒好氣地說。「所以才會稱他們為灰影。」

她聳肩，知道滿不在乎的態度會讓達令頓更生氣。「沒什麼大不了。」

「對妳而言或許沒什麼。」他喃喃說道，然後氣呼呼地跺著腳步離開。那天剩下的時間，他都窩在健身房，操出一身鬱悶的汗水。

那時候她覺得很得意，原來還有他無法輕易做到的事。然而，現在當她繞著手術室走動，檢查四個方位上用粉筆畫的小符文時，她只覺得緊張不安、青澀生疏。第一次踏進校園時，她也有同樣的感覺。不，更早之前她就有過這種感覺。那天桑鐸院長坐在她的病床邊，伸出被香菸燻黃的手指敲敲她的手銬，然後說：「我想給妳一個機會。」但那是以前的亞麗絲，屬於海莉與里恩的亞麗絲。耶魯的亞麗絲從來沒有戴過手銬，從來沒有打過架，也不會為了替男友抵債而在廁所和陌生人發生性關係。耶魯的亞麗絲雖然很辛苦，但從沒有怨言。她是個好孩子，努力想達成各種目標。

但是她沒有做到。她應該提早到場監督，確認他們畫的防禦圈夠安全。坐在樓上的那種古老灰影，雖然會受到鮮血吸引，但通常不會惹事。然而臟卜是大型魔法，她有責任確認骷髏會員確實遵守相關程序，並保持警覺。但她卻只是虛應故事；昨晚她臨時惡補，努力想記住正確的符文，以及石灰、煤炭、骨粉的正確比例。真是的，她甚至把重點寫在提示卡上，強迫自己在研究康拉德之餘拿出來溫習。

亞麗絲認為符文看起來沒問題，不過，她對防禦符文瞭解的程度，和她對現代英國小說瞭解的程度差不多。秋季時，她和達令頓一起來監督臟卜儀式，那時候她到底有沒有認真學？沒有。她忙著吸吮嘴裡的薑糖，因為詭異莫名的場面而惶惶不安，很擔心會因嘔吐而丟臉。當時她以為還有很多時間可以學習，有達令頓在身後時時留意。看來他們兩個都錯了。

「Voorhoofd！」臟卜師高聲說，一個骷髏會員急忙上前。美琳達？米蘭達？亞麗絲想不起那個紅髮女生的名字，只記得她加入了一個純女聲無伴奏合唱團，團名叫「奇想節奏」。那個女生用白布輕輕擦拭臟卜師的前額，然後重新消失在人群中。

亞麗絲盡可能不看手術臺上的那個人，但她的視線還是不由自主落在他的臉上。麥克・雷耶斯，四十八歲，罹患妄想型思覺失調症。雷耶斯醒來後會記得今天發生的事嗎？如果他跟別人說，他們會不會認定他只是講瘋話？亞麗絲很清楚那種感覺。**原本的我，很可能有朝一日也會躺在那個手術臺上。**

「骷髏會專門選瘋子，越嚴重的越好。」達令頓告訴她。「他們認為這樣預言會更準。」她問為什麼，他只是說：「越瘋狂的媒介越接近神。」

「真的嗎？」

「唯有透過神祕與瘋狂，靈魂方得顯現。」他引用，然後聳肩，「至少他們的銀行存款證實了。」

「我們就任由他們做這種事？」亞麗絲問達令頓。「無辜的人遭到開膛剖腹，只為了讓錢多多先生可以重新裝潢夏季度假屋？」

「我還沒遇到過名字叫錢多多的人。」他說。「但我會繼續懷抱希望。」他停下腳步站在庫房裡，神情凝重。「什麼都無法阻止他們，太多位高權重的人仰賴骷髏會的占卜結果。忘川會成立之前，根本沒有人監督。所以啦，就算妳去大聲疾呼抗議，也只會害妳自己失去獎學金而已，不如留在這裡善盡職責，把監督工作做到最好。」

即使在那時候，她心中也懷疑事情應該沒有這麼簡單，達令頓對忘川會如此死忠，說不定不只是因為責任感，也是因為他渴望瞭解一切。不過當時她沒有說什麼，現在也不打算說。

麥克・雷耶斯是在耶魯紐哈芬醫院的公眾病房被找到的。在一般人眼中，他只是個普通的病患：流浪漢，不斷進出精神病院、急診室，以及監獄。他有個弟弟住在紐澤西州，是他資料中登記的家屬，而他簽了手術同意書，以為只是為了治療腸穿孔的一般程序。

一位特別護理師專門照料雷耶斯，她名叫吉恩・加度拉，已經連續三天值夜班了。由於所謂的「排班錯誤」，她必須再多值兩天的夜班，但她連眼睛都沒眨一下，更沒有爭執、吵鬧。那一週的時間，她每天都背著超大的包包來上班，她的同事或許注意到了，但也可能沒有。大包包裡面裝著一個小冰桶，裡面是麥克・雷耶斯的餐點：白鴿的心臟，可以讓占卜結果更清晰，此外還有天竺葵的根，以及各種苦味香草。加度拉不知道這些餐點的作用為何，也不知道麥克・雷耶斯即將發生怎樣的遭遇。她不知道以前看護過的那些「特殊」病患後來怎麼了，只知道每個月都會收到一張支票，而她亟需這筆錢，因為她丈夫經常去快活賭場玩二十一點，欠下了大筆賭債。

亞麗絲不確定是不是幻覺，但她總覺得能聞到雷耶斯的內臟飄出歐芹的氣味，她的胃一陣翻騰，狀況不妙。她好想透透氣，層層衣物下滿是汗水。手術室為了保持低溫，擁有獨立的空調系統，但手術照明用的移動式鹵素燈散發出高熱。

亞麗絲聽到一聲低低的呻吟，她急忙看麥克・雷耶斯一眼，腦中閃過恐怖的畫面：雷耶斯醒來，發現自己被綁在手術臺上，身邊圍著一群戴兜帽的人，而且他的內臟被挖出來。但他的眼睛閉著，胸口規律起伏。呻吟不斷持續，還變得更大聲。除了她還有別人覺得不舒服嗎？但骷髏會員都沒有難受的表情。他們每個人的臉都綻放光彩，在昏暗的手術室中感覺有如求知若渴的月亮，一雙雙眼睛緊盯著臟卜過程。

呻吟繼續增強，有如逐漸變大的風在手術室中擾動，在深色木飾板間不停迴盪。**不可以直接眼神接觸**，亞麗絲提醒自己。**只要稍微確認一下那兩個灰影**——她強忍住驚呼。

那兩個灰影不在座位上。

他們靠在環繞手術區的欄杆上，手指緊抓住木頭，脖子拉長，身體往前伸向粉筆防禦圈的邊緣，有如站在水坑邊想盡辦法喝水的野獸。

別看。她腦中響起達令頓諄諄告戒的聲音。**不要太仔細看**。灰影很容易和人產生連結，黏住就慘了。而她已經知道那些灰影的故事了，所以更加危險。他們在學校太久，一代代的忘川會員寫下他們的故事，但所有文件上都沒有寫他們的名字。

「只要你不知道名字，」達令頓解釋道，「就不會去想，也不會說出來。」名字是一種親密的東西。

別看。但達令頓不在這裡。

那個女灰影全身赤裸，小小的乳房尖端挺立，她死的時候一定很冷。她舉起一隻手衷情撫摸肚子敞開的傷口，彷彿孕婦得意地表明肚子裡有孩子。那個男孩——他確實只是個大孩子，體型瘦弱、五官柔和——穿著一件鬆垮的酒瓶綠外套，褲子上有汙漬。灰影永遠呈現出他們死亡那瞬間的模樣，但看到他們並肩站在一起，一個全裸、一個穿著衣服，感覺有點猥褻。

兩個灰影全身的肌肉都緊繃到極致，眼睛瞪大注視前方，嘴巴大大張開。他們黑漆漆的嘴巴有如洞穴，單調的哀號就是從那裡發出來的，不是呻吟，而是一種毫無起伏、不像人類的聲音。有一年夏天，在她母親位於加州影視城的公寓，亞麗絲在樓下車庫發現一個黃蜂巢，她現在聽到的哀號聲很像黃蜂在黑暗中發出的單調嗡鳴。

臟卜師繼續以荷蘭文念誦。另一個會員把水杯送到書記嘴邊，而他繼續不停書寫。鮮血、香草與糞便的氣味非常濃烈。

兩個灰影一吋吋往前彎，不停顫抖，嘴巴張大，現在變得太大，彷彿下顎脫臼了。整間手術室感覺都在顫動。

但只有亞麗絲看得見他們。

這就是忘川會帶她來耶魯的原因，桑鐸院長儘管不情願，依然將千金難買的機會送給戴著手銬的女孩，也是因為這個。雖然亞麗絲知道別人看不見，但她仍環顧四周，希望有人明白發生了什麼事，希望有人伸出援手。

她後退一步，心臟在胸口劇烈跳動。灰影通常平靜、朦朧，年代久遠的更是如此，至少亞麗絲這麼認為。難道達令頓還來不及傳授的課程當中，也包括這件事？

她絞盡腦汁回想上學期達令頓教過的幾個咒文，那些防禦咒語，緊急的時候也可以用死亡真言。但這種狀態下的灰影，死亡真言還有用嗎？她應該在口袋裡放鹽和牛奶糖才對，這些東西可以引開他們，什麼都好。**這是最基本的招數**，達令頓的聲音在她腦海說。**很容易上手**。

被灰影抓住的木欄杆開始扭曲崩裂。那個參加人聲合唱團的紅髮女生抬起頭，尋找是哪裡發出木頭裂開的聲音。

木頭快要碎裂了。符文一定畫錯了，防禦圈撐不住。亞麗絲看看左右，穿著可笑長袍的骷髏會員一點用也沒有。假使達令頓在場，他絕對會留下來拚搏到底，控制住灰影，保障雷耶斯平安無虞。

鹵素燈變暗又變亮。

「去你的，達令頓。」亞麗絲低聲嘀咕，已經轉身準備要逃了。

砰。

手術室劇烈搖晃，亞麗絲站不穩。臟卜師和其他會員一起看著她，表情很不爽。

砰。

那是另一個世界傳來的聲音，有東西在敲打。很大的東西，絕不能過來這個世界的東西。

「但丁喝醉了嗎？」臟卜師低聲抱怨。

砰。

亞麗絲張嘴想尖叫，想叫他們快逃，雖然不知道是什麼攔住那個東西，但萬一掙脫就慘了。

呻吟聲突然停止，徹徹底底地停止，彷彿蓋上了瓶蓋。監視器發出嗶嗶聲響，鹵素燈發出低低噪音。

灰影回到座位上，互不理會，也不理她。

亞麗絲的大衣底下，上衣被汗水浸透黏在身上，她聞到自己散發出濃濃的恐懼氣味。鹵素燈依然炙熱明亮，手術區散發一波波高溫，有如器官重新充血。骷髏會員盯著她，隔壁講堂的影片播完，正在跑工作人員清單。

亞麗絲看到欄杆上剛才被灰影握住的地方，白色木材纖維綻開，有如玉米鬚。

「抱歉。」亞麗絲說。她彎下腰嘔吐在石頭地板上。

*

他們終於將麥克・雷耶斯縫合時，已經將近凌晨三點了。臟卜師和大部分的會員幾個小時前就離開了，去洗澡以除去儀式的臭味，然後開派對狂歡到天亮。

臟卜師可能會坐上米色真皮內裝的黑色高級轎車直接回紐約，但他也可能會留下來狂歡，隨意挑選自願獻身的女大學生，或男生，或一起。她聽說過，「服侍」臟卜師被視為無上的榮耀。亞麗絲猜想，如果嗑多了藥、喝多了酒，或許真的會相信事情是這樣，不過感覺還是很像被皮條客送去取悅給錢的大老闆。

那個紅髮女生——原來她叫米蘭達，「**跟莎士比亞《暴風雨》的女主角一樣**」——她留下來幫亞麗絲清理嘔吐物。她真的很好心，亞麗絲幾乎有點難為情，竟然不記得她的名字。

雷耶斯被移到輪床上送出去，他們以擾亂視覺的法術，將他偽裝成一堆蓋著塑膠布的影音設備。這是今晚儀式中風險最高的部分，一不小心，社團的活動就會曝光。骷髏會基本上除了臟卜之外什麼都不太行，而手稿會的人不願意把偽裝魔法借給別的社團用。每次只要輪床震動，法術造成的幻影就會搖晃，輪床突然出現又消失，醫療設備與呼吸器發出的聲響依然能清楚聽見。如果有人停下腳步，仔細看他們推著經過走廊的東西，骷髏會就完蛋了——不過亞麗絲相信憑他們的財力，什麼都能解決。

等雷耶斯回到病房之後，她會去確認他的狀況，一週後再去一趟，確認他的傷口順利癒合，沒有出現併發症。以前舉行臟卜時出過不少問題，然而，自從一八九八年忘川會成立，負責監督魔法社團之後，就只發生過一次。一九二九年股市崩盤之後，一群骷髏會員倉促舉行緊急占卜，不小心害死了一個流浪漢。結果骷髏會遭到處罰，接下來四年都禁止舉行臟卜，還差點失去位在高街上的巨大紅色石造會墓。「這就是我們存在的理由。」達令頓說，亞麗絲翻到忘川會紀錄中列出所有臟卜媒介姓名的那一頁，上面也列出舉行臟卜的日期。「吾等乃牧者，史坦。」

亞麗絲指著《忘川會傳承錄》書頁邊緣寫的幾個字問：「『再無死遊』[8]是什麼意思？」

達令頓做個苦臉。「再也不會有死遊民。」他嘆息著說。

所謂忘川會的崇高使命，原來只是這樣。儘管如此，今晚亞麗絲無法自命清高，因為她差點為了保命而扔下麥克・雷耶斯。

亞麗絲默默忍受一大堆奚落嘲弄，誰叫她把晚餐吃的炭烤雞肉和扭扭糖全吐了出來。她留在手術室確認剩下的骷髏會員確實完成消毒清潔的程序，她希望消毒有用。

她向自己承諾，晚一點會再來一趟，在手術室灑上骨粉。要趕走灰影，最有效的方法就是使用會聯想到死亡的東西，因此，墓園其實是最沒有鬼的地方。她想起那兩個幽靈張大的嘴巴，以及恐怖的昆蟲嗡鳴。有東西企圖闖進防禦圈，至少感覺像是這樣。灰影——幽靈——不會傷人，大部分啦。他們得耗費很大的力量，才能在活人的世界現形。他們能夠穿透最後一道界幕嗎？能夠化為實體，接觸人類嗎？能夠製造破壞嗎？當然可以。亞麗絲親身體驗過，但可能性非常小。

即使如此，這間手術室舉行過上百次臟卜，但她不曾聽說有灰影企圖現形或干擾。為什麼今晚他們的行為如此異常？

真的是異常嗎？

忘川會讓亞麗絲進入耶魯大學，給她全額獎學金，像強效化學清潔劑一樣將她的過去刷洗得清潔溜溜，除此之外，他們還給了她一份更大的禮物。他們讓她確切知道，她從小看到的那些東西是真的，而且一直存在。但她多年來一直懷疑自己是不是瘋子，實在無法一下子停止。達令頓相信她，他一直相信她，只是現在達令頓不在了。

他會回來的，她告訴自己。再過一個星期，新月就會升起，到時候就可以帶他回來。

亞麗絲摸摸裂開的欄杆，已經在思考忘川會的報告該怎麼寫，要如何描述今晚臟卜的經過。

8 原文為NMDH，No more dead hobos（再也不會有死遊民）的首字母縮寫。

所有報告桑鐸院長都會看，他會注意到任何異常狀況，但亞麗絲並不擔心。更何況，嚴格說來，今晚其實沒有發生什麼不好的事，只有一個可憐人的內臟被人翻來翻去。

亞麗絲走出暗門回到走廊上，懶洋洋靠在牆上的崔普・海穆斯吃了一驚，急忙站好。「裡面快結束了嗎？」

亞麗絲點頭，深吸一口氣，這裡的空氣也沒多清新，但比裡面好多了，她等不及想出去。

「很噁吧？」崔普笑嘻嘻說。「如果妳需要，等解讀完畢之後，我可以給妳一點提示。多少能減輕學貸的壓力。」

「媽的，你哪知道什麼是學貸的壓力？」這句話脫口而出，她來不及制止。達令頓絕對會很不高興。亞麗絲應該要保持文明、疏遠、圓滑的態度。更何況，她沒資格說這種話。忘川會的資助讓她可以不用擔心畢業之後得背負巨大債務——前提是她要能熬過四年的考試、報告，以及這樣的夜晚。

崔普舉起雙手表示投降，尷尬地笑了幾聲。「嘿，我也只是勉強過得去而已。」崔普是帆船隊的選手，家族三代都是骷髏會員。他是名門紳士、名校學生、血統純正到極點的黃金獵犬——傻兮兮、閃亮亮，花錢不手軟。他的外表像個健康的嬰兒，不修邊幅、臉色紅潤、沙色頭髮、膚色黝黑，寒假時他八成去熱帶島嶼曬太陽了。他有種獨特的自在，因為無論過去還是未來，他永遠可以從容平安，就算犯了再多錯也可以輕易脫身。「我們沒問題吧？」他急切地問。

「沒問題。」她說，不過其實她有很大的問題。她依然能感受到呻吟嗡鳴造成的顫動，整個肺裡都是那種感覺，連腦子也隨之震動。「只是裡面太悶了。」

「對吧？」崔普等不及想當個好朋友。「說不定整晚站在這裡反而是好事。」他的語氣不太有說服力。

「你的手怎麼了？」亞麗絲發現崔普的風衣袖口露出一截包紮。

他拉起袖子，秀出手臂內側，那裡貼著感覺油油亮亮的玻璃紙。「今天我們一群人去刺青。」

亞麗絲靠過去仔細看：一隻趾高氣昂的鬥牛犬跳出大大的藍色Y字母。這等於是男生版的**永遠好姐妹！**

「不錯喔。」她撒謊。

「妳有刺青嗎？」他那雙好像沒睡飽的眼睛上下打量著她，想剝掉她的層層冬裝。以前那些總是賴在原爆點的人渣也會這樣，他們的手指掃過她的小腿、手臂，描著上面的圖案問**這代表什麼意思？**

「沒有。我不喜歡。」亞麗絲裹好圍巾。「明天我會去醫院確認雷耶斯的狀況。」

「哈?噢,對喔,好。達令頓到底跑去哪裡了?他已經開始把鳥事推給妳了?」

崔普容忍亞麗絲,盡可能友善對待她,因為他像狗一樣,希望每個人都喜歡他、摸摸他的肚肚,但他真心喜歡達令頓。

「西班牙。」她說,因為這是上面交代的說辭。

「真棒。跟他說聲Buenos Días(早安)。」

如果亞麗絲可以跟達令頓說一句話,她一定會說:**快回來**。無論用英文、西文都沒問題,她甚至願意用命令式。

「Adiós(再見)。」她對崔普說。「等下派對玩得開心點喔。」

一走出大樓,亞麗絲立刻脫掉手套,拿出兩顆黏黏的薑糖,拆開包裝塞進嘴裡。她累了,不願意繼續想達令頓,但薑糖的香氣以及在喉嚨後方留下的辣味,讓她更加清楚鮮活地想起他。她回想他頎長的身體躺在黑榆莊的石造大壁爐前。他脫掉靴子,襪子放在壁爐上烘乾。他仰躺,閉著眼睛,頭靠著臂彎,腳趾隨著飄送的音樂扭動,那是古典曲目,亞麗絲不知道曲名,強烈的法國號帶來熱鬧歡快的氣氛。

亞麗絲坐在他旁邊,雙手環抱膝蓋,背靠著古董沙發的底座,努力想表現出輕鬆自在,努力不盯著他的腳趾。**感覺好赤裸**。他把黑色牛仔褲的褲管捲起來,以免皮膚被弄濕,那雙修長潔白的腳掌，腳趾上散布著汗毛，讓她覺得有點色情，活像古老黑白電影裡那種光是瞥見女人腳踝就發顛的變態。

去你的，達令頓。她氣呼呼重新戴上手套。

一時間她只是呆站著。她應該回忘川會寫報告交給桑鐸院長，但她只想回到和梅西共用的宿舍房間，倒在雙層床的下鋪，在上課之前盡可能補眠。這個時間回去，室友全睡死了，她就不必編藉口應付她們的好奇。不過，假使她在忘川會過夜，梅西和蘿倫也一定會纏著逼問她在哪裡過夜、和誰在一起。

達令頓建議她捏造一個男朋友，解決經常缺席活動、太晚回去的問題。

「如果我說有男朋友，遲早得真的變出一個憐愛地看著我的男性人類。」亞麗絲沮喪地回答。「你怎麼有辦法這樣過三年還沒出包？」

達令頓只是聳肩。「我的室友以為我到處拈花惹草。」亞麗絲的白眼快要翻到後腦勺了。

「好啦、好啦。我跟他們說我和幾個康州大學的人組樂團，經常出去表演。」

「你真的會樂器嗎？」

「當然。」

大提琴、低音提琴、吉他、鋼琴，還有一種叫作烏德琴的東西。

亞麗絲希望回到房間時，梅西已經熟睡了，這樣她就可以悄悄溜進去拿盥洗籃再悄悄溜出去。應該很難。只要接觸到隔絕陰陽兩界的界幕，身上就會留下可怕的惡臭，像是暴風雨過後雷電留下的臭氧，加上放在窗臺上太久的爛南瓜。有一次她忘記洗澡就回宿舍，身上的臭味讓她不得不瞎掰說她跌進垃圾堆，梅西和蘿倫為此嘲笑她好幾個星期。

亞麗絲想想宿舍滿是汙垢的浴室……然後再想想權杖居一塵不染的浴室，那裡有四隻腳的巨大古董浴缸，四柱大床非常高，她得用手撐才上得去。理論上，耶魯校園裡到處都有忘川會的安全屋與藏身處，但亞麗絲只去過地洞和權杖居。地洞離亞麗絲的宿舍比較近，但那裡只是個邋遢舒適的小公寓，位在一家服飾店樓上，地洞裡隨時都有大量洋芋片和達令頓的蛋白質補給棒，那裡比較適合短暫休息，在彈性不太好的沙發上小睡一下。而權杖居非常特別，它是距離校園中心大約一英里的三層樓豪宅，作為忘川會的總部使用。今晚將燈火通明，眼目會在那裡等候，準備好熱茶、白蘭地和三明治。這是傳統，就算亞麗絲沒有去，這些東西一樣也會準備好。然而，享受奢華的代價則是必須應付眼目，今晚她實在不想面對道斯咬牙切齒的沉默。還是帶著工作留下的惡臭回宿舍吧。

亞麗絲過馬路，再次穿過公共餐廳的圓形大廳。她忍不住頻頻回頭，想起那兩個灰影站在防禦圈邊緣，嘴巴張得太大，漆黑洞中發出昆蟲嗡鳴般的低低聲響。萬一欄杆斷掉會發生什麼事？

萬一防禦圈撐不住會發生什麼事？是什麼刺激到他們？她的體力與知識足夠抵擋嗎？Pasa punto，pasa mundo。

亞麗絲拉緊大衣，把臉縮進圍巾裡，她呼出的氣吹在羊毛上感覺濕濕的。亞麗絲加快腳步走過拜內克圖書館。

「如果失火的時候被困在裡面就死定了，因為所有氧氣都會被抽光。」蘿倫信誓旦旦地說。「為了要保護珍本書。」

亞麗絲知道這只是毫無根據的傳聞，因為達令頓這麼說。他知道這棟建築的真實祕密、各種面貌，這座圖書館以柏拉圖理想為核心（這棟建築是殿堂），採用排字工愛用的比例（這棟建築是書本），使用佛蒙特開採的大理石（這棟建築是紀念碑）。入口的設計每次只能讓一個人通過，有如朝拜的信徒。她記得達令頓戴上處理珍本書籍專用的白手套，修長手指虔誠地放在書頁上。里恩只有數錢的時候才會這麼敬重。

拜內克圖書館裡有一個密室，藏在……她想不起來是幾樓。即使她記得也不會去。她沒有勇氣下去中庭，在窗玻璃上畫下祕密符文，並走進黑暗密室。達令頓非常愛這座圖書館。對他而言，沒有比這裡更神奇的地方。但她卻覺得整座校園中，這裡最假。

亞麗絲拿出手機看時間，希望沒有超過三點太久。如果四點之前洗好澡上床，她還可以睡上三個小時，然後起床再次穿過校園，去上西班牙文。她總是在進行這樣的計算，每一夜、每一刻。有多少時間可以完成工作？有多少時間可以休息？她怎麼算都不對，只能勉強過關，把時間預算撐大，但總是差那麼一點點，因此慌亂一直纏著她，在後面追趕。

亞麗絲看著發光的螢幕，罵了一句髒話。一大堆訊息。剛才進行臟卜儀式的時候她關靜音，忘記改回來。

所有訊息都是同一個人傳的：眼目——潘蜜拉・道斯。她是研究生，負責打理忘川會的各處房屋，也兼做研究助理。**潘蜜**，雖然只有達令頓會這樣稱呼她。

回電。

回電。

回電。

每則訊息間隔十五分鐘，非常精準。可能是某種程序規範，不然就是道斯比亞麗絲想像的更神經質。

亞麗絲考慮要不要乾脆裝作沒看見。不過今天是星期四，是魔法社團聚會的日子，換言之，很可能有個小混蛋幹了什麼壞事。天曉得呢，說不定狼首會那些玩變身術的白癡把自己變成一群野牛，踩死了幾個從布蘭福德學院出來的學生。

拜內克圖書館的方塊建築由許多柱子撐起，她走到一根後面躲風，順便回電話。

才剛響一聲，道斯立刻接起。「我是眼目。」

「但丁回電。」亞麗絲說，感覺很臭屁。她確實是但丁沒錯，而達令頓是味吉爾。照理說，忘川會應該由兩人合力運作，直到亞麗絲升上大三，晉升為味吉爾，並教導大一新生。達令頓說出他們的代號時——他稱此為「職位」，她配合達令頓露出淺笑，假裝明白其中的幽默。後來她去搜尋，這才知道在《神曲》中，但丁遊地獄時，味吉爾是他的嚮導。又一個忘川會的笑點白白浪費在她身上。

「潘恩・惠特尼體育館前面有具屍體。」道斯說。「百夫長已經到現場了。」

「**屍體**。」亞麗絲重複，懷疑自己是不是太累，連基本的人類語言都聽不懂了。

「對。」

「死人的屍體？」

「沒——錯——」道斯顯然很努力想表現出鎮定，但她呼吸不順，連簡單兩個字的抑揚頓挫都拉得很長。

亞麗絲靠在柱子上，石材的冰涼觸感滲透大衣，感覺一波憤怒的腎上腺素迅速竄過。

妳在整我嗎？她好想問。這件事感覺像整人。被惡搞。小時候她在同學眼中是自言自語的怪胎，而她實在太想交朋友，因此當莎拉・麥金尼開口拜託：「放學以後妳可以去『三個男孩』餐廳嗎？我想知道妳能不能和我奶奶說話。以前我們常去那家店，我真的好想她。」她答應了。那家店是谷區最爛美食街裡最爛的墨西哥餐廳，當時亞麗絲獨自站在門口等了好久，最後不得不打電話叫媽媽來接她，因為始終沒有人來。當然不會有人來。

這次是真的，亞麗絲提醒自己。潘蜜拉・道斯或許不討人喜歡，但她絕不是莎拉・麥金尼那種爛人。

換言之，真的有人死了。

她必須去處理？

「呃，交通意外？」

「可能是凶殺。」道斯的語氣彷彿一直在等她問。

「好。」亞麗絲說，因為她不知道還能說什麼。

「好。」道斯尷尬地回答。她最重要的臺詞已經講完了，現在她準備下臺。

亞麗絲掛斷電話，站在寒風刺骨、淒涼寂靜、空無一人的廣場上。達令頓失蹤前努力教的那些東西，她已經忘記一半了，不過，他絕對沒有教導該怎麼處理命案。

她不懂為什麼。既然他們兩個要一起下地獄，謀殺似乎是個恰當的起點。

2 去年秋季

丹尼爾・阿令頓，或是達令頓，自詡無論發生什麼事都能從容應對，但假使要用一句話形容亞麗絲・史坦，那絕對會是「出其不意的驚嚇」。他心裡還有很多其他的形容，但全都不太禮貌，而達令頓總是致力於展現禮貌。如果他是由親生父母養育——凡事半吊子的父親、聰明但油嘴滑舌的母親——或許他的性格會不一樣，但養育他的人是爺爺，丹尼爾・泰博・阿令頓三世。爺爺相信只要有純蘇格蘭威士忌、大量冰塊，加上無懈可擊的禮儀，世界上大部分的問題都能迎刃而解。

爺爺沒遇到過銀河・史坦。

九月的第一週，在一個悶出滿身汗的難受日子，達令頓去范德比宿舍找亞麗絲。其實他可以等她去位在橘街的權杖居報到，但他大一入學的時候，當時擔任味吉爾的學姐，無與倫比的蜜雪兒・阿拉梅丁親自駕臨位在舊校區的新生宿舍，恭喜他成為耶魯新生，並且迎接他進入忘川會的神祕世界。達令頓決心要以正確的方式達成所有目標，即使史坦的狀況從一開始就是個錯誤。

銀河・史坦成為但丁，並非出於他的選擇。事實上，光是她的出現，就剝奪了他加入忘川會之後就期待整整三年的樂趣：將他熱愛的這份工作交付給新人，打破平凡的世界，讓具備資質但一無所知的新生得以一窺堂奧。短短幾個月前，他把好幾箱新生入會申請書搬進黑榆莊，堆在大客廳裡，興奮得暈頭轉向。他下定決心要讀完這一千八百多份申請書，至少全部瀏覽一次，再精心挑選出合適人選推薦給忘川校友會。他會秉持公正、開明的態度，慎重考量，最後挑出二十個人選角逐但丁一職。忘川會將調查這些候選人的身家背景，確認是否有健康疑慮，是否有精神疾病、財務困難，全面審核之後最終選出一人。

達令頓甚至算好，一天要看多少份申請書才不會影響工作。他白天要整修莊園，下午要去皮博迪博物館上班。七月的那一天，他進度超前──三二四號申請人：麥肯琪・哈富爾，學測語文科八百分，數學科七百二十分；十一年級選修九個大學先修課程；以英文與法文雙語撰寫研究巴約掛毯[9]的部落格。他原本認為她是適當的人選，但是她的論文讓他改變想法，因為她竟然將自己和偉大詩人愛蜜莉・狄更生相提並論。達令頓剛把她的資料扔進淘汰的那堆，就接到桑鐸院長的通知，告訴他們不必繼續挑選了。他們定下了人選，校友會一致通過。

達令頓想要抗議。不，他想砸東西。但他只是整理好眼前的那堆申請書，然後說：「是誰？

所有資料都在我手邊。」

「你沒有她的檔案。她沒有提出申請，甚至沒有念完高中。」達令頓還來不及表達忿忿不平的心情，桑鐸就搶先說：「丹尼爾，她能看見灰影。」

達令頓愣住，一手依然按著麥肯琪・哈富爾的檔案（兩年暑假在國際仁人家園當志工）。不只是因為桑鐸難得稱呼他丹尼爾。**她能看見灰影**。活人要看見死人只有一個方法：服用靈視魔藥。製造那種藥水的過程非常複雜，需要完美的調配技術，任何一個小細節都不能出錯。他十七歲那年曾經企圖自己調製，那時他還沒聽說過忘川會，只是單純希望這個世界並不是世人所想的那麼簡單，還有更多神祕的事物。那次實驗讓他進了急診室，眼睛和鼻子整整兩天不停流血。

「她成功調配出魔藥？」他感到非常激動，但老實說，也有一絲嫉妒。

院長沉默許久，久到足以讓達令頓關掉爺爺辦公桌的燈，走出黑榆莊的後門廊。從這裡可以看到一道緩坡，一棟棟房屋往下延伸，經過埃其伍歷史區通往耶魯校園，更遠處則是長島灣。從這裡到中央大道這一段的所有土地曾經全部屬於黑榆莊，但隨著阿令頓家族財力萎縮，逐漸一塊

9 巴約掛毯（Bayeux Tapestry），一般認為於一〇七〇年代製作，記錄了征服者威廉征服英格蘭的事蹟。

塊出售。現在黑榆莊只剩下住宅、玫瑰園、森林邊緣那片早已毀壞的迷宮——也只剩下他一個人繼續照顧、呵護，努力讓莊園恢復生機。暮色降臨，夏季的夕照時間很長，天色久久不暗，蚊子非常多，螢火蟲也忽隱忽現。他看到柯斯莫形狀像問號的白色尾巴。這隻貓在高高的草叢中潛行，準備抓小動物。

「不是魔藥。」桑鐸說。「她天生就能看見。」

「啊。」達令頓說，曾經是方尖碑噴泉的地方，現在只剩下破損的底座，一隻鶇鳥有一搭、沒一搭地啄著。他不知道還能說什麼。雖然創立忘川會的目的，主要是為了監督耶魯祕密社團的活動，但他們還有另一項任務：揭露界幕另一邊的神祕世界。多年來，他們記錄了許多看到幽靈的故事，有些得到證實，而有些只是傳聞。也就是說，假使理事會找到一個能看見的女孩，而且讓她願意為他們效力……那麼，就這樣吧。他應該很樂意和她見面才對。

但他只想大醉一場。

「我知道你不高興，我也一樣。」桑鐸說。「但你很清楚我們面臨的局勢。今年對忘川會而言非常重要，我們必須讓所有人滿意。」忘川會負責監督界幕八會，但也靠他們提供資金。今年要重新投注資金，而祕密社團已經很久沒闖禍了，有些人在抱怨，認為不該繼續掏腰包資助忘川會。「我把她的資料傳給你。她不是……她不是我們預期中的那種但丁，不過，拜託你寬大地接納她。」

「當然。」達令頓說，因為紳士就該如此。「我當然會。」

他盡可能說到做到。即使看過她的檔案、看過桑鐸院長在加州凡奈斯區的醫院病房和她談話的影片、聽到她有如故障木管樂器般沙啞的聲音，他依然盡力做到。警方發現她倒在命案現場昏迷不醒，全身赤裸，身邊的另一個女孩沒能幸運地保住性命，她們都服用了大量的鴉片類止痛藥吩坦尼。那些細節悲慘可憐的程度遠超乎他的想像，他很想同情她。他的但丁，那個天生可以開啟神祕世界的女孩，她是罪犯，濫用藥物，高中輟學，完全不在乎他重視的一切。但他仍會努力做到。

然而，無論他做了多少心理準備，在范德比宿舍客廳見到她時，他依然感到無比震撼。客廳很小，但天花板挑高，三扇大窗戶面對馬蹄形的中庭，兩道小門通往臥房。新生忙著搬進來，環境顯得隨性凌亂。地上堆滿箱子，沒有家具，只有一盞搖搖晃晃的立燈和破舊安樂椅，靠在早已無法使用的壁爐前面。一個穿著慢跑短褲的健美金髮女生——他猜應該是蘿倫（未來可能就讀醫學院，成績優秀，在費城就讀預備學校時擔任草地曲棍球隊長）——站在窗臺座位前，忙著組裝放在上面的一臺仿古唱片機，裝滿唱片的塑膠箱則放在旁邊。安樂椅很可能也是她的，和其他行李一起裝上搬家卡車，從賓州的巴克斯郡運來這裡。安娜・布林（德州亨茨維爾市；科技數學獎學金；合唱團長）坐在地板上，努力組裝一個看似書架的東西。這個女生恐怕永遠無法融入校園生活，她很可能會加入聲樂社團或沉迷教會活動，絕對不可能和其他室友一起跑趴狂歡。

另外兩個女生慢吞吞地從臥室出來，以笨拙的動作合力搬出一張學校發的老舊書桌。

「一定要把那個放在外面嗎？」安娜不滿地問。

「我們需要多一點空間。」穿著印花洋裝的女生說，達令頓知道她是梅西・趙（鋼琴；數學八百分、文科八百分；探討法國作家拉伯雷的論文曾經贏得大獎，寫過一篇怪異但很有意思的文章，將福克納小說《聲音與憤怒》的一個段落與《坎特伯里故事集》中一個關於梨樹的故事作比較，成功吸引了耶魯和普林斯頓兩校英美文學系的注意）。

銀河・史坦（高中輟學，沒有同等學力證明，除了死裡逃生之外，沒有任何值得一提的成就）從暗暗的臥房走出來，穿著完全不適合夏季的長袖上衣和黑色牛仔褲，細瘦的手臂搬著書桌另一頭。桑鐸拍的影片畫質很差，雖然拍出她柔順的黑色直髮，卻沒拍到一絲不苟的中分線；雖然拍到她空洞的眼神，卻表現不出如墨池般深邃的顏色。她好像營養不良，上衣遮住的鎖骨非常明顯，有如兩個驚嘆號。她整個人感覺太過光滑，幾乎有種濕漉的感覺，並非掌管水元素的精靈溫蒂妮，而是捷克童話中牙齒尖銳的水鬼露莎卡。

說不定她只是需要吃點東西、大睡一覺。

好吧，史坦。開始吧。

達令頓敲敲門之後走進客廳，掛起燦爛的大大笑容表示歡迎。兩個女生將桌子搬到角落放下。「亞麗絲！妳媽媽叫我來看妳。是我啦，達令頓。」

一瞬間，她似乎徹底不知所措，甚至有些驚慌，然後她跟著露出笑容。「嗨！我都不認得你了。」

很好。她能夠隨機應變。

「麻煩介紹一下。」蘿倫說，眼神充滿好奇地打量著他。她從塑膠箱裡拿出皇后合唱團的《A Day at the Races》專輯。

他伸出手。「我是達令頓，亞麗絲的表哥。」

「你也屬於強艾學院？」蘿倫問。

達令頓還記得大一新生那種滿腔熱血的忠誠。入學時，所有新生會被分配到不同的住宿學院，他們幾乎每一餐都會在那裡吃，二年級搬出舊校區的宿舍後，就會真的住進學院。他們會買學院代表色的圍巾，學習學院的歡呼與格言。亞麗絲像達令頓一樣屬於忘川會，但她被分配到強納森・艾德華茲學院，這名稱來自於十八世紀的宗教運動家，一個很愛用地獄嚇唬信徒的牧師。

「我的學院是達文波特。」達令頓說。「可是我沒有住在校園裡。」其實他很想住進達文波特——餐廳很美，還有青翠的中庭大草坪。但他不希望黑榆莊都沒人，而且他省下的住宿費和餐費剛好可以用來整修，去年春天他發現宴會廳漏水。更何況，柯斯莫喜歡有人陪。

「你有車嗎？」蘿倫問。

梅西大笑。「噢，我的天。妳太扯了啦。」

蘿倫聳肩。「不然我們要怎麼去Ikea？我們需要沙發。」她會成為這群女生的首領，提議該去哪裡跑趴，或在萬聖節號召大家玩變裝討酒的遊戲。

「抱歉。」他擺出充滿歉意的笑容。「我不能載妳們，至少今天沒辦法。」其他天也休想。

「而且我要偷走亞麗絲。」

亞麗絲在牛仔褲上抹抹手。「我們正忙著整理。」她的語氣有些猶豫，甚至有些盼望。他看到她的腋下已經汗濕了。

「妳自己答應的。」他眨眨一隻眼睛。「妳也知道我媽多喜歡家人聚會。」

他看出那雙彷彿浮著一層油的眼睛流露不服，但她只是說：「好吧。」

「可以先把買沙發的錢給我們嗎？」蘿倫問亞麗絲，同時粗魯地將唱片塞回箱子裡。他希望那不是原版。

「沒問題。」亞麗絲說，她轉向達令頓。「愛琳阿姨說她會幫我出新沙發的錢，對吧？」

達令頓的媽媽叫作荷波。他懷疑她可能從來沒聽過Ikea這個店名。「是嗎？」

亞麗絲雙手抱胸。「嗯。」

達令頓從後口袋拿出皮夾，抽出三張百元鈔。他交給亞麗絲，她再交給蘿倫。「記得寫卡片跟她道謝。」他說。

「當然囉。」亞麗絲說。「我知道她多重視這種事。」

他們大步穿過舊校區的草坪，離開紅磚塔樓與范德比宿舍屋頂的齒牆。達令頓說：「妳欠我三百元，我不會幫妳出錢買沙發。」

「你又不是出不起。」亞麗絲冷冷地說。「阿姨很有錢，表哥。」

「妳需要藉口來解釋為什麼經常和我見面。」

「少來。你只是在測試我。」

「測試妳是我的工作。」

「我以為你的工作是教導我，這兩件事不一樣吧？」

至少她不蠢。「算妳有道理。不過，去愛琳阿姨家是個好藉口，可以解釋為什麼妳經常晚歸。」

「晚到什麼程度？」

他聽得出她語帶擔憂，是謹慎還是懶惰？「桑鐸院長告訴妳多少？」

「不多。」她拉拉腹部的衣服，想透氣降溫。

「妳為什麼穿那種衣服？」他原本不想問，但亞麗絲感覺真的很不舒服——半開襟黑色上衣扣到最高，兩邊腋下都冒出一圈汗漬——而且非常突兀。她那麼會撒謊，應該懂得如何以衣物偽裝才對。

亞麗絲只是斜斜看他一眼。「我非常保守。」

達令頓不知該如何回答，於是他指著路邊兩棟一模一樣的紅磚建築其中一棟。「這是校園裡最老的建築。」

「感覺沒有很舊呀。」

「因為非常用心維護，不過有一次差點被拆除。大家認為這棟建築破壞了舊校區的美感，所以想要拆除。」

「為什麼沒拆？」

「書上說是因為有人發起保存運動，但其實是因為忘川會發現這棟建築是礦脈。」

「什麼？」

「靈能礦脈。這棟樓是古老結界法術的一部分，用來保護校園安全。」他們右轉，走上一條小徑，這條路通往菲爾普斯門，那裡有仿中世紀城堡的升降閘門。「以前所有校舍都長那樣。小小的紅磚建築，殖民風格，很像哈佛。南北戰爭之後才建了高牆，現在校園裡大部分的建築像堡壘，有高牆、有柵門，有如戒備森嚴的城堡。」

舊校區是最好的例子，高聳的石造宿舍圍著陽光普照的大型中庭，歡迎所有人——但天一黑，所有閘門都會關閉。

「為什麼？」亞麗絲問。

「為了防止暴民闖入。戰爭結束後回到紐哈芬的那些士兵變得瘋瘋癲癲，大多數都沒有結婚，許多人因為打仗而身心受創。加上當時剛好遇上一波移民潮，愛爾蘭人、義大利人、解放的奴隸，所有人都想找製造業的工作。而耶魯不希望那些人跑來。」

亞麗絲大笑。

「哪裡好笑？」他問。

她回頭看宿舍一眼。「梅西是華人，我們隔壁房有一個從奈及利亞來的女生，加上我這個**小雜種**。最後我們還不是全進來了？」

「這過程非常漫長緩慢。」小雜種這個詞有如危險的誘餌。他觀察她的黑髮、黑眸，略帶橄欖色調的肌膚。她感覺像希臘人，或墨西哥人，或白人。「妳母親是猶太人，資料裡沒有提到父親，不過我猜妳應該有吧？」

「從來沒見過。」

感覺有很多內幕，但他不打算追問。「每個人都有想要保持空白的地方。」他們抵達菲爾普斯門，這座回音很大的拱門通往學院街，離開相對安全的舊校區。他不想分心，他們要去很多地方，而且要講解的事情也很多。他們走在石板小徑上，他說：「這是紐哈芬綠原。以前剛開始殖民者到來的時候，他們在這裡建造了聚會所。他們打算將這座城建造成新伊甸園，位在兩條河中間，就像幼發拉底河和底格里斯河那樣。」

亞麗絲蹙眉。「為什麼有那麼多教堂？」

綠原周圍有三座教堂，兩座是幾乎一模一樣的聯邦風格建築，另一座則是精美的歌德復興式建築。

「這個城市幾乎每個路口都有一座教堂，至少以前是這樣。現在有一些教堂關閉了，因為沒人去。」

「你去嗎？」她問。

「妳去嗎？」

「不去。」

「嗯，我去。」他說。「這是我們家的傳統。」他看到她的眼神流露批判，但他不想解釋。週日上教堂、週一忙開工，這是阿令頓家的作風。達令頓十三歲那年曾經企圖反抗，他說只要能留在家睡覺，他願意承受上帝的怒火。爺爺雖然高齡八十了，還是揪著他的耳朵把他拽下床。「我不管你信不信。」他說。「那些工人信上帝，他們期待我們也信，所以你快點給我去換衣服，乖乖去教堂坐好，否則我會打得你屁股開花。」那天達令頓乖乖去了。後來爺爺雖然過世了，但他還是每星期都去。

「紐哈芬市的第一座教堂和第一座墓園都建在綠原，這裡蘊含非常強大的靈力。」

「嗯……對極了。」

他察覺她的肩膀放鬆了，腳步也不一樣。剛才她好像隨時準備要出拳揍人。

達令頓盡可能不表現得太激動。「妳看到什麼？」她沒有回答。「我知道妳的能力。忘川會的人都知道。」

亞麗絲的眼神依然疏遠，幾乎是淡漠。「這裡什麼都沒有，只是這樣而已。墓園那一類的地方很少有那些東西。」

那一類的地方。達令頓看看四周，但他只能看到大家都看得到的東西：學生、法院的員工、查普街上那排店鋪的店員，大家都趁午休時間出來享受陽光。

這幾條石板小路將綠原切得四分五裂，他知道這是一群共濟會成員的設計，當時墓園要遷去幾條街外的新址，他們就用這個圖案安撫、降服死者。他知道從高處俯瞰，可以看出他們的羅盤線——也有人說是五角星——他知道珊蒂颶風肆虐後，林肯橡樹倒下，露出纏在樹根裡的一副枯骨。當初墓園搬遷到果林街時，有些遺體沒有遷葬，這就是其中之一。在他眼中這座城市不一樣，因為他知道這些事，這些知識並非信手拈來，而是出自於愛。然而，就算有再多愛，他依然看不見灰影，除非服用大金碗調製的靈視魔藥。他哆嗦一下，每次服用都很危險，他的身體說不定再也無法承受，一顆腎會直接衰竭。

「在這裡看不到很正常。」他說。「雖然他們會受到墓園裡的一些東西吸引，但基本上他們不會靠近。」

現在她終於認真聽他說話了。她的眼眸閃耀真正的好奇，先前她的眼神一直只有謹慎防備，此刻第一次出現其他神情。「為什麼？」

「灰影熱愛生命，以及能讓他們回想起活著的感覺的所有東西。鹽、糖、汗水；打架、性交；眼淚、鮮血；人類的各種喜怒哀樂。」

「鹽不是能趕走他們嗎？」

達令頓揚起一條眉毛。「妳在電視上看到的？」

「如果我說是在古書裡看到的，你會比較滿意嗎？」

「老實說，會。」

「真可惜。」

「鹽有淨化的力量。」他說，他們走過殿堂街，「所以可以用來驅魔——雖然非常遺憾，但我個人還沒機會真的遇上惡魔。不過如果是灰影，用鹽畫圈只會引他們過來，就像鹽塊吸引鹿那樣。」

「什麼東西才能趕走他們？」

這句話的每個字都表明她需要知道這件事，原來這就是她好奇的原因。

「骨粉、墳土、火葬之後剩下的骨灰。Momento Mori。」他看她一眼。「妳懂拉丁文嗎？」

她搖頭，可想而知。「念死之物。他們討厭會聯想到死亡的東西。如果想讓灰影無法進入房間，就掛上霍爾拜因的版畫《死神之舞》。」他只是開玩笑，但他看得出來，他說的每個字她都認真記住。達令頓感覺到一陣內疚，這讓他心裡很不舒服。他只顧著羨慕這個女孩的能力，完全沒想到永遠無法將幽靈隔絕在外是什麼感受。「我可以幫妳的臥房布下結界。」他想贖罪。「如果妳覺得整間宿舍都需要，那也沒問題。」

「你可以做到？」

「嗯。」他說。「我也可以教妳怎麼做。」

「告訴我其他事。」亞麗絲說。離開陰涼的宿舍在外面走動，讓她的鼻子和前額滿是汗水，人中也積了一層汗。她的上衣很快就會濕透，達令頓看得出來她覺得很尷尬，因為她刻意把手臂夾緊身體。

「妳有沒有讀《忘川人生》？」

「有。」

「真的？」

「大略翻了一下。」

「認真讀。」他說。「我列了一張資料清單，有助於讓妳趕上進度。大部分都是紐哈芬歷史，以及我們自己整理的祕密社團歷史。」

亞麗絲用力搖頭。「我想要知道的是，把我找來這裡……加入你們，要做什麼？」

這個問題很難回答。什麼都不做，什麼都要做。加入忘川會是一份大禮，但對她而言也是這樣嗎？有待觀察，無法斷定。

他們離開綠原，他發現她的肩膀重新緊張起來，雖然他還是看不出有什麼好緊張的。他們走過擠滿銀行的榆樹街，對面以紅色為主調的凱巴比安地毯店規模雖小，但一百多年來在紐哈芬一直生意興隆，真的很不可思議。他們左轉走上橘街。離開校園才幾個路口而已，但感覺卻彷彿相距幾英里。熱鬧繁忙的學生生活消失了，踏進市區彷彿等於墜落懸崖。街頭新舊交雜：略顯風霜的連棟住宅、荒涼的停車場、精心修復的音樂廳、占地廣大的住宅署高樓。

達令頓沒有回答她的問題，於是亞麗絲接著問：「為什麼是這裡？這裡有什麼吸引他們的東西？」

最簡單的回答是**天曉得**？但達令頓知道，這麼說會讓他和忘川會都顯得很不可靠。

「十八世紀早期，魔法從舊世界來到新世界，術士離開歐洲，帶著魔法來到美洲。他們需要找個地方保存他們的知識，讓魔法延續下去。沒有人知道為什麼在紐哈芬行得通，他們試過其他地方。」達令頓有些得意地說。「劍橋、普林斯頓。但只有在紐哈芬才順利捕捉到魔法的力量，並且維持、生根。有些人認為是因為這裡的界幕比較薄，容易穿透。妳應該看得出來為什麼忘川會樂於讓妳加入。」**至少忘川會的部分成員啦**。「說不定妳能給我們答案。有些灰影從大學成立之前就在這裡了。」

「那些術士認為教大學生用魔法是明智的選擇？」

「超自然接觸會對人體造成損害，年紀越大越難承受。因此，每年祕密社團都會補充新血，招收新會員。魔法是一門迅速消逝的藝術，紐哈芬是世上少數依然能讓魔法活起來的地方。」

她沒有說話。她怕了嗎?很好。或許這樣一來,她就會乖乖讀他指定的書籍,而不是只有大略翻一下。

「目前耶魯有超過一百個社團,但大部分不用我們管。他們只是聚會吃飯,分享人生故事,做些社區公益活動。古八會才是重點,界幕八會。這些社團長年擁有會墓。」

「會墓?」

「我敢說妳應該已經看過其中幾棟了。其實只是會所,但感覺像陵墓。」

「為什麼其他社團不用我們管?」她問。

「我們只管魔法,而魔法有地緣關係。界幕八會各自以一種魔法支系為根基,致力於那方面的研究,每個社團的會墓都建造在能量節點上。只有貝吉里斯會例外,沒有人在乎他們。」貝吉里斯會的創始人有感於紐哈芬的魔法氣氛日漸濃厚,作為反制而創立了這個社團,他們認為其他魔法社團都是胡搞瞎搞、迷信無知的半吊子。他們致力於研究新科技,相信科學才是真正的魔法。一九二九年股市崩盤,他們不靠臟卜術就成功撐過,之後持續勉強維持,直到一九八七年再次崩盤,他們才徹底消失。事實證明,真正的魔法就是魔法。

「**能量節點**。」亞麗絲重複。「校園裡到處都有……那個……能量節……」

「能量節點。妳可以想像魔法是一條河,節點就是流量比較大的地方,能夠讓社團的儀式成功運行。我們查出紐哈芬市一共有十二個，其中八個上面建造了會墓，其他幾個則是已經有既存建築了，例如火車站，所以不可能建造會墓。多年來，少數社團失去了會墓，就算他們再努力研究，一旦與靈力失去連結，就很難有所成就。」

「你的意思是，一百多年來，一直有人在玩魔法，可是從來沒人發現？」

「古八會的校友當中，有許多是世界上最有權勢的人。他們都是實際操縱政府的人，掌握國家財富，塑造文化。從聯合國到美國國會、《紐約時報》、世界銀行，全都在他們的掌握中。幾乎每年的棒球世界大賽都被他們動過手腳，六次橄欖球超級盃和奧斯卡獎也是，還有至少一次的總統大選。好幾百個網站致力於破解他們與各種神祕組織的關係，像是共濟會、光明會、畢德堡集團——沒完沒了。」

「如果他們不是躲在巨大陵墓裡集會，而是在丹尼斯家庭餐廳辦活動，或許就不會有這種煩惱了。」

他們抵達權杖居，也就是忘川會的會所。這是一棟三層樓紅磚豪宅，裝飾著彩繪玻璃。一八八二年，約翰・安德森斥資重金建造，但只住了短短一年多就搬走了。他對外宣稱是因為受不了紐哈芬市的重稅，忘川會則記錄了截然不同的故事，涉及他父親與一個賣菸女的幽靈。權杖居不像黑榆莊那樣占地廣大，這是一棟市區住宅，兩邊的鄰居距離很近，雖然高聳但外觀看不出氣派。

「他們一點也不煩惱。」達令頓說。「他們歡迎所有陰謀論，任由那些戴錫箔帽的人妄加猜測。」

「因為他們喜歡神祕感？」

「因為他們實際做的事更惡劣。」達令頓推開黑色鑄鐵閘門，看到老宅的門廊微微變直了一點，彷彿滿懷期待。「妳先請。」

閘門一關上，黑暗吞沒他們。豪宅下方某處傳來尖銳飢餓的嗥叫。銀河・史坦剛才問加入忘川會要做什麼，現在該讓她見識一下了。

3
冬

在體育館前面死掉的人是誰？和道斯通完電話之後，亞麗絲回頭再次穿過廣場。潘恩・惠特尼體育館，她入學至今只去過一次。那次是梅西硬拉著她去學騷莎舞，老師是個白人女生，瘦瘦的身體塞進黑色緊身褲，一直叫她旋轉、旋轉、旋轉。

達令頓鼓勵她去用免費的重訓設備，「增進心肺功能。」

「為什麼？」亞麗絲問。

「為了讓自己更進步。」

只有達令頓才能一本正經地說這種話。不過呢，話說回來，他每天早晨跑六英里，體格完美，不管走到哪裡都光彩照人。每次他來范德比宿舍，感覺就像有人在地板上通電；蘿倫、梅西，就連總是板著臉不說話的安娜也一樣，她們會坐直一點，眼睛發亮，稍微有點慌張，有如儀態優美的松鼠。亞麗絲很希望自己不受影響——那張好看的臉、健美的身材，無論在哪裡都像主人一樣自在的態度。他有個習慣的小動作：漫不經心地伸手將前額的棕髮往後撥，讓人好想伸手幫他撥。但她內心對達令頓有一份清醒的警惕，讓他的魅力大打折扣。說到底，他是個穿高級大衣的有錢少爺，就算不是故意的，也能整死她。

第一次去權杖居那天，他放出胡狼嚇她。**胡狼耶**。他吹一下口哨，發出尖銳的聲音，一群胡狼就從豪宅旁邊的灌木叢衝出來，齜牙咧嘴、高聲怪叫。亞麗絲尖叫。她轉身想逃跑，但雙腿打結跌倒在草地上，差點撞上低矮的鐵欄杆被尖端刺穿。不過，和里恩在一起，讓她早早學會要觀察現場權力最大的那個人。每個房間、每棟房子、每次交易，掌權的人都不一樣，用心觀察，找出能做重大決定的人，絕不會吃虧。此刻的老大是達令頓，而達令頓似乎並不害怕，他只是覺得很有意思。

胡狼逼近她，口水直流、露出利齒、拱起背脊。

牠們的樣子像狐狸，也很像好萊塢丘陵上到處亂跑的郊狼，甚至有點像**獵犬**。

吾等乃牧者。

「達令頓。」她強迫自己裝出沉著的語氣。「把你的臭狗叫回去。」

他念了一串她聽不懂的字，那群胡狼跑回灌木叢裡，剛才的凶猛氣勢完全消失，腳步輕快，互相咬來咬去玩耍。他對她伸出一隻優美的手，而且竟然還有臉對她笑。亞麗絲心中那個凡奈斯區的女孩很想一把拍開，並用手指刺他的氣管，給他一點教訓。但她強迫自己握住他的手，讓他拉她站起來。這只是開頭，這一天非常漫長。

亞麗絲好不容易回到宿舍，蘿倫憋了整整六十秒，然後終於忍不住開口問：「妳表哥有女朋友嗎？」

她們圍坐在新買的茶几旁，鎖上塑膠小螺絲，想盡辦法讓桌腳不要晃動。安娜不知跑去哪裡，蘿倫叫了披薩。窗戶開著，一絲微風剛開始吹起，黃昏到來。亞麗絲多想從中庭看她自己——一個開心的女孩、正常的女孩，身邊的人都有光明未來，而且她們認定她也有光明未來。她一直想抓住那種感覺，把它留在自己身邊。

「這個嘛……我不知道耶。」有太多讓她難以招架的事，她實在沒有閒暇好奇這些。

「他身上飄著鈔票香。」梅西說。

蘿倫用六角扳手扔她。「俗氣。」

「拜託不要打我表哥的主意。」亞麗絲說，因為這是這種女生會說的話。「我不想弄得雞飛狗跳。」

這個夜晚，寒風到處找漏洞想鑽進她的大衣。亞麗絲想起當時那個女孩，在金黃燈光下和好友圍坐在一起，這是她印象中最後一個平靜的時刻。雖然只過了短短五個月，但感覺遠遠不只。

她往左轉，經過公共餐廳南側的一排白色柱子，雖然這棟樓早已改名叫舒瓦茲曼中心，但大家還是習慣叫公共餐廳。舒瓦茲曼是骷髏會員，也是一九六九年畢業的校友，他經營的私募股權基金公司惡名昭彰，但非常成功，名稱是黑石集團。公共餐廳之所以改名，是因為他捐了一億五千萬美金給學校。這筆錢除了作為禮物，也算是道歉，因為他未獲准許便施行法術，魔法亂竄，剛好那天耶魯和達特茅斯學院有場足球比賽，登場表演的「耶魯精準行進樂團」受魔法影響，導致成員出現怪異行為，甚至癲癇發作。

亞麗絲想起手術室裡的那兩個灰影，嘴巴大張。那只是一次例行的臟卜儀式，不該出問題才對，但肯定有問題，即使只有她一個人知道。現在她還得處理殺人案？她知道達令頓和道斯一直留意紐哈芬地區的凶殺案，因為必須確認是不是超自然力量所引起，是不是魔法社團太想實驗，不顧儀式的界線。

在她前方，一群灰影聚集在法學院的屋頂上，有如一鍋流動的稀粥，擴散、盤旋，很像倒進咖啡的牛奶，受到恐懼與野心所吸引。右手邊，書蛇會的雪白會墓高聳矗立；所有會墓當中，這棟最像地下墓穴。「希臘山形牆、愛奧尼柱式。太平凡的設計。」達令頓如是說。他的欣賞保留給其他會所：捲軸鑰匙會的摩爾式屏風與渦卷裝飾、手稿會方正的中世紀線條。但書蛇會外面的欄杆總是讓亞麗絲忍不住多看兩眼：黑鐵柱上纏著蛇。「那是墨丘利的標誌，他是商業之神。」

達令頓說。

也是小偷之神，就連亞麗絲也知道。墨丘利是羅馬神話的信差。

前方就是果林街墓園，亞麗絲看到一群灰影聚集在靠近入口的一座墳邊。很可能有人留下餅乾給過世的親戚，也可能是來朝聖的粉絲在藝術家或建築師的墳前留下甜食。不過，墓園的其他地方都沒有灰影，夜晚的墓園通常都是這樣。白天，灰影會受到悼客眼淚的鹹味或花朵的香味吸引，那些活人留給死者的禮物。她學到，他們喜歡任何讓他們聯想到生命的東西。兄弟會派對上翻倒的啤酒、喧鬧的歡騰；考試期間的圖書館，充滿焦慮、咖啡、打開的糖果罐、甜滋滋的可樂；宿舍裡活靈活現的八卦傳言、喘息的情侶、塞滿腐敗食物的小冰箱、學生在床上翻來覆去，夢中充滿性愛與恐怖。**我應該在宿舍才對**，亞麗絲想著，**在滿是汙垢的浴室洗澡，而不是大半夜從墓園外走過**。

墓園大門的風格很像埃及殿堂，粗大的柱子上刻著蓮花，柱基刻著一行大字：**死者將復活**。達令頓說那個句號是英文中含意最深遠的標點符號，這又成為亞麗絲不得不去查的資料，是另一個需要解讀的密碼。原來這句話引用自聖經：

> 我如今把一件奧祕的事告訴你們：我們不是都要睡覺，乃是都要改變，就在一霎

時，眨眼之間，號筒末次吹響的時候。因號筒要響，死者將復活成為不朽壞的，我們也要改變。

「不朽壞的。」當她看到這個詞，終於明白達令頓為什麼笑。死者將復活，但至於不朽壞這部分，果林街墓園無法保證。在紐哈芬，最好不要期待保證。

潘恩・惠特尼體育館前的場面，讓亞麗絲想起剛才的手術室。警用探照燈照亮雪地，圍觀群眾的影子落在地上，形成漆黑的線條。黑白對比的畫面原本或許很美，有如版畫，但黃色警用封鎖線，加上停在十字路口的巡邏車警示燈懶洋洋轉動紅藍光線，破壞了效果。所有活動似乎都集中在中央那塊三角形的孤立路面。

亞麗絲看到法醫處的廂型車，車身兩側的拉門打開。穿制服的警察站在四周，還有幾個穿藍夾克的人，她猜應該是鑑識人員，因為電視上都這樣演。雖然時間很晚了，還是有學生從宿舍跑出來看發生了什麼事。

和里恩在一起的那段時間，讓她對警察心懷警戒。她還小的時候，他很喜歡叫她去送貨，因為那些穿制服的人——無論是校警或市警——絕不會攔查綁兩條辮子、只是來高中部找姐姐的肉肉小女生。但她長大之後，逐漸失去了屬於健全世界的那種外型。

她學會就算身上沒有毒品，也要小心避開警察。有些警察好像能在她身上嗅出麻煩的味道。但現在她光明正大走向他們，帶著手套的手摸摸頭髮，她只是另一個學生。

百夫長不難找。亞麗絲之前見過亞伯・透納警探，不多不少只有一次。當時他笑容可掬、彬彬有禮，她立刻看出他不只討厭她，也討厭達令頓，以及忘川會的一切。她不知道他怎麼會被選上擔任百夫長，負責警察局長與忘川會之間的聯繫，但他顯然不想做。

他站在路上，和另一名警探與一名警員講話。他是黑人，比那兩個人高半個頭，髮型是低漸層平頭。他穿著筆挺的藏青色西裝，外面的風衣很可能是名牌Burberry的正品，整個人散發出強烈的企圖心。**太稱頭**，她外婆一定會這樣嫌棄他。Quien se prestado se vestio，en medio de la calle se quito（裝模作樣愛打扮的人，最後一定會露出醜陋真面目）。愛絲翠雅・史坦不信任英俊的男人，尤其是衣著光鮮亮麗的那種。

亞麗絲在封鎖線外晃來晃去。確實如道斯所說，百夫長已經在現場了，但亞麗絲不知道該如何讓他知道她來了，也不知道等他發現之後她該做什麼。祕密社團固定週四與週日集會，任何有實質風險的儀式，都必須有忘川會監察員在場，儘管如此，還是會有人不守規範。或許達令頓「去西班牙」的消息傳出去了，所以某個社團的人想趁機玩玩新法術。她認為那些人或許並非存心作惡，但世上的崔普和米蘭達可以在無意間製造太多傷害。無論犯了什麼錯，他們總是能輕易脫身。

她一接近，旁邊的人立刻散開，亞麗絲想起來自己有多臭，但現在她沒辦法處理。她拿出手機，聯絡人清單很短。她接受忘川會的工作時換了新手機，一舉抹去過去人生中的所有人，因此只有少少幾個聯絡人。三個室友；媽媽，她每天早上都會傳一串笑臉圖案來，彷彿表情符號本身也是一種魔法；透納的號碼也在裡面，但亞麗絲從來沒有傳過訊息給他，因為沒必要。

我到了，她輸入，然後補上，**我是但丁**，因為他很可能認為沒必要將她加入聯絡人。

她看到透納從口袋拿出手機讀訊息。他沒有看四周。

一秒後，她的手機震動。

我知道。

亞麗絲等了十分鐘、二十分鐘。她看著透納講完話，然後去找一個穿藍夾克的女士商量了一下，在一個標註禁止進入的區域附近走來走去，遺體想必在那裡。

一群灰影在體育館附近遊蕩。亞麗絲的視線掃過他們，沒有停留，幾乎沒有聚焦。有幾個是鎮上常見的灰影，經常在附近出沒，一個划船選手在佛羅里達礁島群溺斃，但幽靈回到校園，在訓練池邊流連；還有一個體格魁梧的男人，一看就知道曾經是美式足球選手。她似乎瞥見鬼新郎，這座城市最惡名昭彰的幽靈，命案迷很愛他，《新英格蘭鬼地方》嚮導書也絕對少不了他。

據說他是富二代，家族的工廠距離這裡不到一英里，他在辦公室槍殺未婚妻之後自殺。她不允許自己的視線停留確認。潘恩・惠特尼體育館是灰影熱愛的地點，這裡洋溢汗水與努力，充滿飢渴與快速跳動的心臟。

「妳第一次看到他們是什麼時候？」他們第一次見面那天，他放胡狼嚇她的那天，達令頓這麼問道。他精通七種語言；擅長擊劍；練過巴西柔術，會重接電路，經常引用詩或劇本，那些作家亞麗絲連聽都沒聽過。不過，他總是問錯問題。

亞麗絲看看手機，又一個小時白白浪費了。都這個時候了，看來根本不必費事上床睡覺。她知道透納認為她並不重要，但她不能就這樣離開。

她輸入：**我的下一通電話會打給桑鐸院長**。

亞麗絲只是虛張聲勢，她幾乎有點希望透納不會上當。如果他不肯跟她說話，她很樂意去跟院長告狀——但是會等到文明的時間。她可以先回家爽爽睡兩個小時。

她看著透納從口袋拿出手機，搖搖頭，然後慢吞吞走向她站著的地方。他微微皺起鼻子，但只是說：「史坦小姐，請問有什麼在下可以效勞的地方？」

亞麗絲自己其實也不太清楚，不過剛才等候的時間足夠讓她想好該如何回答。「我來這裡不是為了給你添亂。只是上面吩咐我要來。」

透納笑了一下，幾乎像真的。「史坦小姐，我們都有各自的工作。」

相信你很希望工作准許你當場扭斷我的脖子。「我明白，但今天是星期四。」

「昨天是星期三、明天是星期五。」

你就繼續裝傻吧。亞麗絲很樂意轉身離開，但她的報告不能交白卷。「應該有死因吧？」

「她會死當然有原因。」

王八蛋。「我的意思是——」

「我懂妳的意思。現在還無法確定，不過，等我們有進一步瞭解，我會以書面方式向院長報告。」

「如果牽涉到社團——」

「沒有理由這麼認為。」他的語氣活像在開記者會，接著補上一句，「至少目前沒有。」

「今天是**星期四**。」她重複。雖然社團一週集會兩次，但只有星期四可以舉行儀式。星期日的活動僅限於「靜態研究與調查」，通常都是聚餐，用昂貴餐具吃高級料理，偶爾會請人來演講，但永遠少不了大量酒精。

「今天晚上妳也去監督那些白癡了？」他的語氣依然和善。「所以妳身上的味道像加熱過的狗屎？妳和誰在一起？」

心中愛找碴惹事的那一面讓她說出：「你的語氣像吃醋的男朋友。」

「我的語氣像警察。快回答。」

「今晚是骷髏會。」

他的表情似乎覺得很好笑。「叫他們把傑若尼莫[10]的頭骨還回去。」

「不在他們手上。」亞麗絲老實說。幾年前，傑若尼莫的後代控告骷髏會，但一無所獲。不過骷髏會確實有他的肝臟和小腸，裝在一個玻璃罐裡，但她覺得現在不太適合說出這件事。

「達令頓去哪了？」透納問。

「西班牙。」

「**西班牙？**」透納溫和友善的表情第一次消失。

「遊學。」

「他讓妳接手負責？」

---

10 傑若尼莫（Geronimo，一八二九～一九〇九），阿帕契族貝當可黑部落的傑出領袖和巫醫，也是一名傳奇戰士。曾率領族人抵抗美國與墨西哥。相傳在他過世九年後，耶魯骷髏會的一名成員挖出他的頭骨帶回會所收藏。

「當然。」

「看來他肯定對妳很有信心。」

「沒錯。」亞麗絲秀出最討喜的笑容，一瞬間還以為透納警探會報以笑容，因為只有老江湖最瞭解老江湖。但他沒有笑，他一定是習慣小心謹慎太久了。

「史坦，妳是從哪裡來的？」

「為什麼問？」

「聽我說。」他說。「妳感覺像個好孩子——」

「不。」亞麗絲說。「我不像。」

透納揚起一條眉毛，歪頭打量她，然後點頭，姑且承認這一點。「好吧。」他說。「今晚妳要工作，我也是。妳的責任完成了，妳已經跟我談過了。妳去找桑鐸報告有個女生死在這裡——白人女生，就算你們不插手，也已經有很多人矚目了。我們會盡可能不讓這件案子影響到學校和……其他部分。」他揮揮手，彷彿只是隨手趕蒼蠅，而不是維繫百年的古老魔法傳統。「妳已經盡了責任，現在可以回家了。妳應該很想回家吧？」

剛才亞麗絲不是正在想這件事嗎？即使如此，她還是感到遲疑，達令頓的批判重重壓在心上。「我想回家。但桑鐸院長會希望——」

透納的面具突然滑落，他累了一整夜，看到她跑來這裡所引起的憤怒一下子藏不住了。「她是市區的人，史坦。不關你們的鳥事。」

她是市區的人。不是學生，與社團無關。**放手吧**。

「好吧。」亞麗絲說。「我知道了。」

透納微笑，臉頰上出現酒窩，孩子氣、很開心，幾乎像真心的笑容。「這樣就對了。」

他轉身離開，從容回去其他警察那裡。

亞麗絲抬頭看看潘恩・惠特尼體育館，灰色歌德風，很像大教堂。這棟建築看起來完全不像體育館，但耶魯的所有東西都表裡不一。**妳應該很想回家吧？**

亞伯・透納警探瞭解她，以達令頓永遠做不到的方式。

良好，優秀，出類拔萃，這樣的路線讓人來到這裡。達令頓不懂，那些熱忱努力的學生也永遠不會懂，就算是遠比不上耶魯的地方，亞麗絲也願意妥協。達令頓一心追求完美，追求神奇精彩。他不知道平凡人生有多可貴，人有多容易一不小心就遠離正常。剛開始只是睡到中午，蹺一堂課，蹺一天課，被工作開除，又被開除，接著遺忘正常人做事的方法。你失去平凡人生的語言，然後在不知不覺間，就這樣踏入另一個國度，再也無法回頭。生存在一個地面隨時會從腳底消失的狀態，再也回不去穩定實在的地方。

重點不在於亞麗絲看著骷髏會用麥克・雷耶斯的內臟預測期貨未來走勢，也不在於她曾經目睹長曲棍球隊長將自己變成田鼠（他發出尖銳叫聲，然後——她敢發誓——揮了一下小小的粉紅拳頭）。忘川會是亞麗絲回歸正常的機會，她不需要出人頭地，她甚至不需要太好，只要夠好。透納給了她許可，回家；回去睡覺；回去做真正該做的事，努力不被當，努力撐過這一年。她第一學期的成績實在太差，以致於被留校察看。

她是市區的人。

問題是，社團的人很喜歡拐騙市區的年輕男女當實驗品。就是因為這樣，忘川會才會存在。至少是很大的一部分原因，而且亞麗絲幾乎一生都是**市區的人**。

她看一眼法醫的廂型車，一半停在人行道上。透納依然背對著她。

不想被注意的時候，最不該做的事就是表現出漫不經心的樣子，於是亞麗絲擺出很清楚知道要去哪裡的態度，大步走向廂型車，就是一個一心想回宿舍的學生，畢竟已經很晚了。她繞到廂型車後方，匆匆往透納的方向看一眼，然後溜到廂型車呈V字型敞開的門前，穿制服的法醫轉身看她。

「嗨。」她說。他保持半蹲的姿勢，表情警惕，身體擋住後面的東西。亞麗絲隨身帶著兩枚魔法金幣，她從大衣內袋取出一枚。「你掉了這個。」

他看到閃耀的金光，想都沒想就伸出手，他的反應一半出於禮儀，一半則是經驗培養出的行為。有人給你好東西就要收下。但這也是一種本能，人會受到亮晶晶的物品吸引，就像喜鵲那樣。她感覺自己很像童話故事裡騙人的壞蛋。

「應該不是……」他開口說。但他的手指一碰到金幣，表情就變得放鬆，使役魔法生效。

「給我看遺體。」亞麗絲說，有點擔心他會拒絕。她看過達令頓把金幣用在一個警衛身上，但自己從來沒用過。

法醫連眼睛都沒眨一下，只是後退進入車子內部，對她伸出手。她跟著上車，迅速回頭看了一眼，然後關上車門。他們沒有多少時間，萬一駕駛回來就完了，如果透納過來敲門發現她在這裡，站在屍體旁邊和法醫聊天，這樣更慘，她也不確定法術能持續多久。這個法術來自手稿會，他們專精於鏡子魔法、魅惑、說服。他們施過法的物品當中，最有名的是一個保險套，成功讓一個風流的瑞典大使交出大量機密文件。

製造這種金幣要耗費大量魔力，因此，忘川會嚴格管制數量，亞麗絲只分配到兩個，平常她盡可能不用。為什麼現在突然大手大腳地用掉？

亞麗絲跟隨法醫走進密閉空間，她看到他的鼻翼翕張，因為她實在太臭，但他的一隻手已經放在屍袋的拉鍊上了，而另一隻緊握著那枚金幣。他的動作太迅速，彷彿快動作播放，亞麗絲很想叫他先等一下，不過她錯過了時機，他已經把屍袋打開了，黑色塑膠布像果皮一樣分開。

「老天。」亞麗絲輕聲說。

那個女孩的臉彷彿一碰就會碎，浮出無數藍色血管。她穿著白色細肩帶上衣，刀子一次又一次刺入、拔出的地方，那裡的衣服破掉皺起。傷口集中在心臟處，犯人下手非常凶猛，她的胸骨略微塌陷，斷裂的骨頭形成鮮血淋漓的淺坑。亞麗絲突然很後悔沒有聽從透納措辭強烈的建議，乖乖回家。這起命案感覺不像儀式出錯造成的，應該是私人恩怨。

酸液湧上喉嚨，她吞回去，強迫自己深呼吸。假使這個女生被魔法社團盯上，或是接觸過超自然力量，那麼她身上應該還留有界幕的氣味。但救護車裡滿是亞麗絲自己身上的臭味，因此她無法分辨。

「凶手是她的男朋友。」

亞麗絲看法醫一眼。使役魔法會讓接受的一方急於討好。

「你怎麼知道？」

「透納說的。他們已經把他抓回去問話了，他有前科。」

「什麼前科？」

「販毒、持有毒品。她也一樣。」

她當然也一樣。既然男友在販毒，那個女生一定也是。不過，從小毒販變成殺人犯，未免跳得太快。**有時候**，她提醒自己，**有時候一點也不算快**。

亞麗絲再看一次那個女生的臉。她一頭金髮，有點像海莉。相似處只是表面，至少外形很像。至於內在呢？割開外表之後，她們全都一樣。海莉那樣的女孩，亞麗絲那樣的女孩，這個女孩那樣的女孩，有些人不斷逃跑，有些人最終還是被麻煩追上。這個女孩跑得不夠快。

她的雙手套著紙袋——是為了保存證物，亞麗絲領悟到。說不定她用指甲抓凶手。

「她叫什麼名字？」其實不重要，但亞麗絲要寫報告，所以需要知道。

「塔拉・哈欽司。」

亞麗絲輸入手機以免忘記。「蓋起來吧。」

她很慶幸不必繼續看那具殘破的遺體。這起命案雖然殘忍醜惡，但不代表塔拉與魔法社團有關。人不需要魔法也能彼此殘害。

「死亡時間？」她問，她覺得似乎應該要知道。

「十一點左右。因為天氣太冷，所以很難準確判定。」

她抓著廂型車的門把，整個人停住。十一點左右。那兩個從不曾惹事的灰影張大嘴巴，彷彿想吞噬世界，同時有個東西企圖衝撞闖入防禦圈，就是在那個時間發生的。會不會那個東西沒有成功闖入防禦圈，反而找上了塔拉？

還是說，真的是她男友幹的。他吸毒嗨過頭，以為用刀刺穿塔拉的心臟也不會怎樣？披著人皮的怪物從來沒少過，亞麗絲遇到過幾個。至於現在，她的「責任完成了」。甚至還多花了一點力氣。

亞麗絲將廂型車的門打開一個小縫，張望確認外面沒人，然後跳下車。「忘記你見過我。」她對法醫說。

他的臉上流露迷糊困惑。亞麗絲讓他繼續呆站在塔拉的遺體旁邊，自己大步離去，過馬路時走在陰暗處，遠離警方的燈光。再過一下子，使役魔力就會解除，他清醒之後會納悶為什麼拿著一枚金幣。他可能會收進口袋就此遺忘，也可能隨手扔進垃圾桶，完全沒發現那是真的黃金。

她回頭看看聚集在潘恩・惠特尼體育館附近的灰影。是她想太多嗎？她覺得他們肩膀的姿勢有點奇怪，一起擠在門口的感覺也很奇怪。亞麗絲知道不可以太仔細看，然而，在那一閃而逝的瞬間，她敢發誓他們好像很害怕。他們已經死了，還有什麼好怕？

她腦中響起達令頓的聲音：**妳第一次看到他們是什麼時候？**他壓低聲音，語帶猶豫，彷彿不確定能不能問。

但真正的問題、正確的問題，應該是：妳第一次知道要害怕是什麼時候？

亞麗絲很慶幸他從來沒想到要這麼問。

忘川會的歷史該從何說起？一八二四年貝絲希芭·史密斯的悲慘遭遇？或許吧。不過七十年之後，經過許多災難性的事件，忘川會才終於得以建立。因此，還是從一八九八年開始說起吧，那一年，無權無勢的流浪漢查理·貝司特慘死，雙手、雙腳、陰囊都有燒傷，舌頭不見了，嘴裡放著一隻聖甲蟲。各種嫌疑滿天飛，大學威脅要關閉祕密社團。為了彌補裂痕，老實說吧，其實是為了自救，狼首會的艾德華·哈克尼斯連同骷髏會的威廉·潘恩·惠特尼，加上隸屬於洋槐兄弟會（現已廢除）的亥倫·賓漢三世，三人合力建立忘川會，監督八大社團的祕密活動。

忘川會成立之初，制訂了本會的使命：負責監督古八會的魔法相關儀式與操作，包括法術、占卜、通靈，旨在維護市民與學生之安全，以免其遭受身心靈各方面的傷害，同時與古八會暨學校行政單位維持友好關係。

忘川會的創建資金來自於哈克尼斯，以及強制古八會各信託基金提供的資金。哈克尼斯請來建築大師詹姆士·甘博爾·羅傑斯（捲軸鑰匙會，一八八九年）打造耶魯的藍圖，並設計出許多建築結構，他在校園各處安排了許多忘川會專用的安全屋與通道。

哈克尼斯、惠特尼、賓漢從八大社團取得知識，建立奧祕魔法庫房，供忘川會監察員使用。一九一一年，亥倫·賓漢前往祕魯旅行，取得重要物件，為忘川會更添助力。

——引自《忘川人生：第九會之程序與規範》

4 去年秋季

「快走吧。」達令頓拉她站起來。「幻象屏障隨時會消失，到時候路過的人會看到妳躺在院子裡，以為妳大白天就喝醉。」他半拖半拉帶她走上門廊臺階。她面對胡狼的表現不錯，但她的臉色很難看，而且呼吸粗重。「妳的樣子很嚇人。」

「你這個大混蛋。」

「看來我們兩個都有必須克服的缺陷。妳剛才問加入我們要做什麼，現在妳明白了。」

她甩開手臂。「我要你告訴我，而不是企圖殺死我。」

他注視著她。必須讓她理解才行，這件事很重要。「剛才其實妳不會有危險，但以後就難說了。妳一定要嚴肅看待忘川會的工作，否則遲早會害自己或別人受傷。」

「例如你？」

「對。」他說。「一般而言，祕密社團通常不會發生什麼大事。妳會看到想從腦中抹去的事情，也會見證奇蹟。不過，沒有人真正瞭解界幕另一邊的世界，也不知道萬一那邊的東西跑來這邊會發生什麼事。**死神覬覦黑翼振，唯有吾等為防禦，一身擔當為己任，輕騎重騎龍甲披。**」

她雙手按住大腿，抬頭瞄他。「你隨口編的？」

「凱伯特・柯林斯寫的。大家稱他為忘川會詩人。」達令頓伸手要開門。「他穿過多維傳送門時，門突然關閉，導致他失去雙手。當時他正在朗讀最新的作品。」

亞麗絲打個冷顫。「好吧，我懂了。狗屁詩人、嚴肅工作。剛才那些狗是真的嗎？」

「相當真。牠們是靈獸獵犬，效忠於忘川會兒女。史坦，妳為什麼穿長袖？」

「注射毒品的針孔。」

「真的？」雖然他想過可能是這個原因，但他不太相信。

她站直，伸展背部發出喀喀聲響。「當然。我們到底要不要進去？」

他抬下巴指著她的手腕。「給我看。」

亞麗絲舉起手臂，但沒有捲起袖子。她只是把手伸到他面前，彷彿等他抽血。

挑釁。他忽然不想管了，反正不關他的事。他應該說他不想看，然後就這樣算了。

但他沒有這麼做。他反而握住她的手腕，她的骨頭纖細但突出。他用另一隻手將她的袖子往上推到手肘。感覺像前戲。

沒有針孔。她的皮膚完全被刺青覆蓋：響尾蛇蜷起的尾巴、盛開的牡丹，以及……

「命運之輪。」那個圖案在她的臂彎下方，他好想用拇指摸一下，但他努力克制衝動。這是塔羅牌的圖案，道斯應該會覺得很有意思，或許可以作為她們破冰的話題。「為什麼要藏刺青？這裡沒有人在意。」一半的學生都有刺青。雖然刺滿整隻手臂很罕見，但也不是沒聽說過。

亞麗絲將袖子扯下去。「還有什麼關卡要過嗎？」

「很多。」他打開門帶她進去。

門廳昏暗清涼，彩繪玻璃的圖案映在地板上。他們眼前的大樓梯沿著牆延伸到二樓，深色木質雕刻著精緻繁複的向日葵花紋。蜜雪兒曾跟他說過，光是這座樓梯的價值便超過整棟房子與這塊土地。

亞麗絲輕聲嘆息。

「終於不用曬太陽，所以很高興？」

她發出像哼歌的輕柔聲音。「這裡很安靜。」

他過了片刻才領悟她的意思。「權杖居有結界保護。地洞也一樣……真的有那麼嚴重？」

亞麗絲聳肩。

「總之……他們不能進來。」

亞麗絲看看四周，面無表情。高聳的門廳、溫暖的木質、彩繪玻璃，松樹與黑醋栗的香氣讓人一進門就想到聖誕節。這些都不足以令她讚嘆？還是她故意想裝酷？

「這個會所很不錯。」她說。「不像陵墓。」

「我們不是社團，運作的方式不一樣。這裡不是會所，而是我們的總部，忘川會的核心，收藏了百年來研究奧祕學所得到的知識。」他知道這樣說感覺太正經八百，但他無法阻止自己。「古八會每年遴選一批大四會員，十六個人——八男八女。我們每隔**三年**才選一個大一新生擔任但丁。」

「因為這樣所以我很特別？」

「希望如此。」

這句話讓亞麗絲皺起眉頭，然後對衣帽架旁邊那張小桌上的半胸像一撇頭。「那是誰？」

「忘川會的守護聖人，亥倫・賓漢三世。」很可惜，賓漢的娃娃臉與下垂嘴角很不適合化做永恆的石像。他感覺像擺臭臉的百貨公司假人。

道斯拖著腳步從客廳出來，她穿著非常寬鬆的運動衫，雙手藏在袖子裡，耳機掛在脖子上，整個人一片米色，達令頓感覺到她全身輻射出不自在。潘蜜討厭新人。大一的時候，他幾乎花了一整年的時間才贏得她的信賴，但即使到現在，他依然覺得只要稍微太大聲，她就會衝回藏書室躲起來，再也不出現。

「潘蜜拉・道斯，認識一下我們的新但丁，亞麗絲・史坦。」

道斯伸出手說：「歡迎加入忘川會。」但她的態度彷彿面臨霍亂肆虐。

「道斯負責管理所有大小事，讓我不至於太出醜。」

「這是全職工作嗎？」亞麗絲問。

道斯愣了一下。「傍晚和下午，不過只要事先通知，我隨時可以配合。」她焦慮地回頭看起居室，她寫了很久還沒完工的論文放在那裡，表情彷彿聽到論文寶寶大哭。道斯擔任眼目已經將近四年了，這段時間一直努力打造論文——探討早期塔羅牌圖像中的麥錫尼宗教儀式。

達令頓決定讓她逃離這場煎熬。「我帶亞麗絲參觀一下，然後再帶她穿過校園去地洞。」

「地洞？」亞麗絲問。

「我們在約克街與榆樹街交叉口的一間小公寓。那裡沒什麼，不過如果不想跑來離宿舍這麼遠的地方，就可以去那裡。那裡也有結界。」

「那裡有很多吃的。」道斯小小聲說，她已經悄悄往起居室移動，準備躲回安全的地方。

達令頓打手勢要亞麗絲跟他上樓。

「貝絲希芭・史密斯是誰？」亞麗絲在他身後問。

看來她確實看了《忘川人生》。他很高興她記得那個名字，但如果他沒記錯，貝絲希芭出現在第一章的第一頁，所以還是別高興得太早。「鎮上農夫的十七歲女兒。一八二四年，有人在耶魯醫學院的地下室發現她的遺體。學生把她挖出來做研究。」

「老天。」

「在當時並不稀奇。醫生需要研究人體結構，因此需要遺體。但我們認為貝絲希芭被挖出來，是因為有人企圖與死者溝通。一個醫科助理扛下罪責，耶魯的學生學會以後要小心。發現貝絲希芭的遺體之後，鎮上的人差點放火燒掉耶魯。」

「說不定燒了比較好。」亞麗絲喃喃說道。

或許吧。他們稱之為復活暴動，但其實沒有很暴力。無論爆發或熄滅，紐哈芬永遠處在即將發生大事的邊緣。

達令頓帶亞麗絲參觀權杖居：富麗堂皇的起居室，壁爐上方掛著紐哈芬的地圖；廚房與儲藏室；樓下的健身房；二樓的庫房和裡面的藥房抽屜櫃，每個抽屜裡面都放著草藥或聖物。

道斯負責確認補給充足，壞掉的換新或丟棄，以免發臭，一些道具也需要以特殊方式維護。卡斯伯特的護身珠鍊必須每個月拿出來配戴幾個小時，否則會失去光澤，也會失去保護配戴者不受雷擊的作用。忘川會校友當中，有一位名叫李・德佛瑞斯特的發明家，他在大學時期曾經因為害全校大停電而遭到停學，他留下無數發明供忘川會使用，包括革命時鐘。這個裝置能準確指出世界上哪個國家即將發生武裝暴動，並且進行倒數，精準到一分鐘也不差。這個時鐘有二十二面、七十二根指針，必須定時上發條，否則會直接大聲尖叫。

達令頓指給她看存放骨粉與墳土的抽屜，星期四晚上固定會派上用場，另外還有裝在幾根試管中的珍貴地獄水，據說是從地獄的七條河川取來的，只有在最緊急時才能使用。達令頓從來沒遇到需要用上的場合，但他依然希望能有機會。

庫房中央放著亥倫坩堝，忘川會成員習慣稱之為「大金碗」。大小和牽引機的輪子差不多，以二十二K黃金打造。

「多年來，忘川會一直知道紐哈芬有幽靈。鬧鬼事件層出不窮，謠傳有人撞鬼，魔法社團也曾經藉由降靈或召靈儀式穿透界幕。但忘川會知道沒有這麼單純，一個神祕的世界就在我們身邊，並且經常造成干擾。」

「怎麼干擾？」亞麗絲問，他看出她狹窄肩膀的線條變得緊繃，稍微拱起背脊擺出準備打鬥的姿勢。

「那時候還沒有人確切知道。他們懷疑灰影進入魔法圈或聖殿，打亂社團的咒文與儀式。證據顯示，灰影干擾儀式造成魔法亂竄會導致各種難以意料的後果，可能是十英里外某地的所有物品都結霜，也可能是小學生集體狂暴作亂。但忘川會無法證明，也無法制止。年復一年，他們努力改良能讓他們看見幽靈的魔藥，用自己做實驗，從錯誤中摸索，有時候甚至會致命。儘管他們如此努力，卻始終拿不出成果。直到取得亥倫坩堝。」

亞麗絲伸出一隻手指，摸摸巨大坩堝的黃金邊緣。「感覺像太陽。」

「馬丘比丘中的許多東西，都是為了崇拜太陽神而建造。」

「這個東西是從祕魯來的？」亞麗絲問。「你幹嘛這麼驚訝？我知道馬丘比丘在哪裡。只要給我一點時間，我甚至能在地圖上找到德州。」

「請見諒，我不太瞭解洛杉磯公立學校的課程內容，也不知道原來妳上課有在聽。」

「姑且原諒你。」

或許吧，達令頓想。但亞麗絲・史坦感覺像是會記仇的那種人。

「亥倫・賓漢是忘川會的創始會員。他在一九一一年『發現』馬丘比丘，這個說法會惹怒很多人，因為當地人一直都知道馬丘比丘的存在。」亞麗絲沒有回答，於是他接著說：「謠傳他是印第安納・瓊斯的原型。」

「讚喔。」亞麗絲說。

達令頓忍住想嘆氣的衝動，可想而知這件事會贏得她的注意。「賓漢偷走了四萬件文物。」

「全部送來這裡？」

「對，送來耶魯，供皮博迪博物館研究。他宣稱一年半之後就會歸還，祕魯追討了整整一百年才取回，一點也不誇張。」

亞麗絲彈一下坩堝，它發出低低嗡鳴。「歸還的時候漏了這個？應該很難沒發現吧？」

「坩堝不在紀錄中，因為沒有送給耶魯，而是直接運來忘川會。」

「贓物。」

「很遺憾，但確實可以這麼說。不過，這是靈視魔藥成功的關鍵。忘川會的配方沒有問題，只是容器不對。」

「那麼，這是個魔法大鍋？」

多麼野蠻無知。「我不會用這種說法，但是沒錯。」

「整個都是黃金？」

「如果妳想偷了就跑，請記住這個坩堝的重量至少是妳體重的兩倍，而且整棟房子都施了防竊法術。」

「你說是就是吧。」

以他倒楣的程度，她很可能會想出辦法讓坩堝滾下樓梯，用卡車載走，融化之後做成耳環。

「除了靈視魔藥這個名稱之外，那種藥水還有許多名字，例如黃金試煉、亥倫子彈。忘川會成員每次服用藥水、每次使用坩堝，都是拿生命在打賭。藥水有毒性，發揮藥效的過程極度痛苦。但我們還是願意服用，一次又一次，只為了一窺界幕另一邊的世界。」

「我懂。」亞麗絲說，「我看過很多有毒癮的人。」

不是那樣，他很想抗議，但或許真的是。

接下來的參觀過程沒什麼特別的事發生。達令頓帶她去看二、三樓的儲藏室與研究室，教她使用藏書室——不過，他告誡在房子認識她之前，千萬不要自己一個人來用。最後是臥房與附設的浴室，全部整理好等候新任但丁。去年底他把東西搬去味吉爾的套房，那時的他還相信自己會有個具備各種條件的好徒弟。當時他十分感傷，現在想來有點難為情。味吉爾的房間在但丁的樓上，面積有兩倍大。他畢業之後，這個房間會先空著，這樣他如果來造訪，隨時可以住。梳妝檯屬於十八世紀的知名校友，達特茅斯學院創辦人伊立雅薩・徽羅克。面對床鋪的那面牆一半是彩繪玻璃，因為角度的設計，每天日出日落時，玻璃上的森林與天空彷彿會隨之改變顏色。他搬進來那天，發現蜜雪兒之前來訪時，留了一瓶白蘭地和一張短箋：

此地乃為原始林。松樹與鐵杉低語。
青苔低垂若鬍鬚，身著綠裳，暮色之中難辨明。
宛如德魯伊長老[11]佇立，音調悲傷預知……

一座修道院釀造出無比甘醇的雅瑪邑白蘭地，路易十四開玩笑說要殺光裡面的修道士，以免祕訣外流，嚇得他們逃往義大利。這是最後一瓶。不要空腹喝，除非你死了，否則別來煩我。祝你一切順利，味吉爾！

他一直覺得寫那首詩的詩人朗費羅很無趣，但他十分珍惜那封短箋和那瓶白蘭地。

現在，他看著亞麗絲滿身大汗站在這個曾經屬於他的豪華臥房裡，他雖然很少用這個房間，但他十分鐘愛——深藍色牆壁，有頂棚的大床，青綠色厚重寢具，彩繪白色山茱萸的大衣櫃。這裡的彩繪玻璃比較樸素，花紋磁磚壁爐兩側各有一扇優美的窗戶，彩繪的星空上方堆疊層層藍紫色雲彩。

11 凱爾特文化中的特殊階級，德魯伊（Druid）不僅是僧侶，也是醫生、教師、先知與法官。

亞麗絲站在房間中央，雙手環抱腹部緩緩轉圈，他再次聯想到溫蒂妮。不過，或許她只是個在汪洋中迷失的女子。

他一定要問。「妳第一次看到他們是什麼時候？」

她看他一眼，然後轉頭看窗戶，月亮永遠固定在彩繪玻璃的天空中。她拿起放在書桌上的Reuge手工音樂盒，手指輕觸盒蓋，但後來又改變主意重新放下。

達令頓能言善道，但其實他最喜歡沒有人跟他說話的時候，這樣他就不必扮演自己平常的角色，只要觀察別人即可。亞麗絲有種模糊的感覺，像老電影。他感覺得到她正在猶豫該如何選擇。要暴露她的祕密嗎？要逃跑嗎？

她聳肩，他以為她會就這樣算了，沒想到她再次拿起音樂盒，然後說：「我不知道。有一段時間我以為他們是人，小孩子對著空氣說話，沒有人會覺得奇怪。我記得看過一個很胖的男人站在馬路中間，只穿著襪子和內褲，一手抱著遙控器，像抱泰迪熊那樣。我記得我一直告訴媽媽那個人會被車撞。我們有一次去聖塔莫妮卡碼頭，我看到一個女人躺在水裡，就像那個誰……」她比個像攪動鍋子的手勢。「長頭髮拿花的那個？」

「哈姆雷特的戀人奧菲莉雅。」

「奧菲莉雅。她跟我回家，我大哭大叫想趕她走，她卻一直逼近。」

「他們喜歡眼淚。鹽、悲傷，任何強烈的情緒。」

「恐懼？」她問。她整個人靜止不動，彷彿擺姿勢給人畫肖像。

「恐懼也是。」很少有心懷惡意的灰影，但他們確實很喜歡讓人驚嚇、害怕。

「為什麼沒有更多灰影？不是應該到處都是嗎？」

「只有少數灰影能夠穿透界幕。絕大部分都會留在陰間。」

「我在超市看過他們，通常會擠在熟食區或那種粉紅色烘焙食品紙盒附近。他們非常喜歡我們學校的餐廳。我一直沒有想太多，直到有一次傑可布・克瑞格問我想不想看他的小雞雞。我說我看到不想看了，不知道怎麼回事，總之他媽媽知道了，她打電話給學校。於是老師把我找去，問我：『妳說看到不想看了，那是什麼意思？』那時我不知道應該說謊蒙混過關。」她用力放下音樂盒。「想要學校聯絡兒童保護局，最快的方法就是說看過鬼的老二。」

達令頓不確定他以為會聽到什麼答案。公路強盜在窗外浪漫徘徊？瘋女人在洛杉磯河畔遊蕩，像墨西哥傳說中的哭泣女鬼？她的故事非常平凡，但也非常慘。她整個人都是這樣。有人將亞麗絲的個案通報兒保局，可能是忘川會的搜尋演算法找到她，也可能是他們收買的眾多公務員當中，有人發現她的檔案中出現關鍵字：**妄想**、**偏執**、**幽靈**。很可能從那一刻開始，忘川會就一直在觀察她。「那天晚上在賽德羅大道發生了什麼事？」

她皺起眉頭，然後說：「噢，你是說原爆點。別說你沒看過檔案。」

「我看過。我想知道妳怎麼會活下來。」

亞麗絲用拇指搓搓窗臺邊緣。「我也想知道。」

這樣就夠了嗎？達令頓看過案發現場的照片，以及警察抵達現場時拍攝的影片。五個男人死去，每個都被打到血肉模糊，其中兩個的心臟被木頭刺穿，像吸血鬼那樣。儘管那些人死狀悽慘，但血跡噴濺模式表明凶手只有一個人——弧形血跡，非常凶殘地毆打，從左到右揮舞凶器。

整件事感覺很不對勁，但警方從不曾將亞麗絲列為嫌疑人。首先，她是右撇子，再者，她身材太瘦小，不可能以那麼大的力量揮舞凶器。更何況，她體內的吩坦尼劑量非常高，她運氣好才沒有死掉。她的頭髮很濕，被發現時全身赤裸，像新生兒一樣。達令頓始終甩不開懷疑，於是更深入調查，但下水道沒有鮮血或殘渣——表示如果她確實涉案的話，並沒有洗去證據。那麼，凶手為什麼饒過那兩個女生？如果警方的說法沒錯，行凶動機確實是毒販間的恩怨，為什麼放過亞麗絲和她的朋友？能用球棒打死人的毒販，應該不會對婦女兒童有惻隱之心。或許凶手誤以為她們已經用藥過量死掉了，也可能是亞麗絲出賣了同夥。總之，她所知道的事絕對不只是告訴警察的那麼簡單。他從骨子裡感覺得出來。

「海莉和我嗑藥之後嗨到失去意識。」她輕聲說，繼續用手指摸窗臺。「我醒來時已經在醫院了。她完全沒醒。」

她突然感覺非常瘦小，達令頓覺得很內疚。她才二十歲，雖然比一般的大一新生年紀大，但在許多方面依然只是孩子，而且處境非常困難。她一夜之間失去了朋友、男友，熟悉的一切。

「跟我來。」他說。他不知道為什麼，或許是因為覺得不該刺探，或許是因為雖然她接受了正常人都會拒絕的交易。但她不該因此受罰。

他帶她回到陰暗庫房。這裡沒有窗戶，每一面牆都被足足兩層樓高的櫃子、抽屜遮住，他花了一點時間才找到想要的櫃子。他一手按住櫃門，整棟房子停滯了一下，然後允許櫃門打開，但發出不太高興的喀答聲響。

他小心翼翼取出那個盒子——沉重、光亮的黑色木盒，鑲嵌著珠母貝。

「妳可能需要脫掉上衣。」他說。「我把盒子拿給道斯，請她——」

「道斯不喜歡我。」

「道斯誰都不喜歡。」

「好吧。」她說，將上衣拉過頭脫掉，露出黑色胸罩，肋骨的影子很明顯，有如剛犁過的田。「不要叫道斯來。」

為什麼她願意將自己交給他？太大膽？還是單純肆無忌憚？無論是哪一種，對她未來在忘川會的生活都很不利。但他有種感覺，應該兩者都不是。**現在好像換她在測試他**，再次對他提出挑釁。

「稍微端莊一點不會死。」他說。

「說不定會，何必冒險？」

「通常女人要在我面前脫衣服，都會先說一聲。」

亞麗絲聳肩，陰影在皮膚上移動。「下次我會先通知。」

「這樣最好。」

刺青覆蓋的面積很大，從手腕到肩膀，再延伸到鎖骨下方。感覺像盔甲。

他打開盒蓋。

亞麗絲突然倒抽一口氣，急忙後退。

「怎麼了？」他問。她幾乎退到房間另一頭。

「我不喜歡蝴蝶。」

「這是蛾。」幾隻蛾整齊排列在盒子裡，輕柔的白色翅膀顫動。

「都一樣。」

「妳必須靜止不動。」他說。「可以嗎？」

「為什麼？」

「相信我就是了。絕對值得。」他思考一下。「如果妳認為不值得，我就載妳和室友去Ikea。」

「沒問題。」

亞麗絲雙手用力抓住上衣。「買完東西還要請我們吃披薩。」

「愛琳阿姨還要幫我買幾件新的秋裝。」

「**好啦**。快點過來，膽小鬼。」

她側身小小步走向他，完全不敢看盒子裡的蛾。

一隻接一隻，他取出蛾輕輕放在她的皮膚上。右手腕、右前臂、手肘彎、細瘦的上臂、小小的肩膀。然後左邊也一樣放上蛾，最後在鎖骨放上兩隻，兩條黑蛇的頭窩在那裡，在喉嚨下方的凹處，蛇信幾乎碰在一起。

「Chabash，」他喃喃說。蛾以一致的動作拍動翅膀。「Uverat。」牠們再次揮動翅膀，顏色逐漸變灰。「Memash。」

那些蛾每次揮動翅膀，顏色就變得更深，刺青逐漸消失。

亞麗絲的胸口不規則劇烈起伏。她因為恐懼而瞪大眼睛，但隨著蛾的顏色變身、刺青從皮膚上消失，她的表情變了，豁然開朗。她的嘴唇分開。

她目睹過死亡，他想。*她見識過恐怖，但她不曾看過魔法*。

這就是他這麼做的原因，並非出於內疚或自大，而是因為這就是他等待的那一刻：有機會向別人展現神奇，看著他們領悟到一直以來自己都被騙了，原來他們不必摒棄小時候曾經相信的魔法世界。森林裡、樓梯下、星辰間，確實藏著神祕，一切都充滿奧妙。

蛾一次又一次揮動翅膀，完全變成黑色之後又變得更黑。其中一隻從她的手臂跌落，發出輕微聲響。亞麗絲的手臂一片空白，完全看不出曾經有過刺青，只有刺得比較深的地方還能看出一點痕跡。亞麗絲往前伸出手臂，用力喘氣。

達令頓撿起嬌弱的蛾，輕輕放回盒子裡。

「牠們死了嗎？」她輕聲問。

「吸太多墨水醉了。」他蓋上盒蓋，將盒子放回櫃子裡。這次門鎖發出的喀答聲響似乎比較認命，等一下他要好好訓誡這棟房子。「信蛾最早是用來傳送機密資料。牠們喝下文字之後，就可以送去任何地方，裝在口袋裡、藏在一箱古董裡。只要把牠們放在白紙上，就能重現文字，但是收到的人必須知道正確的咒語。」

「也就是說，也可以把我的刺青放到你身上？」

「理論上可行，但說不定會變形。只是要當心……」他揮揮手。「親密接觸。人類的唾液會讓法術逆轉。」

「只限人類？」

「對。儘管讓狗狗舔妳的手肘。」

她的視線轉向他。在陰暗的庫房中，她的眼睛顯得漆黑、狂野。「還有更多嗎？」

他不需要問她的意思。這個世界會繼續展現嗎？會繼續吐露祕密嗎？

「嗯。還有很多很多。」

她略微猶豫。「你會帶我去看嗎？」

「只要妳願意。」

亞麗絲露出微笑，若有似無，讓人得以一窺藏在她內心的那個女孩，快樂、比較不那麼提心吊膽。這就是魔法的力量，讓人找回初心，找回相信一切都有可能的那份心，找回被生活消磨殆盡的信念，找回所有寂寞孩童渴望的世界。忘川會帶給他這樣的體驗，或許亞麗絲也能擁有。

幾個月後，他會想起那些蛾在掌心的重量。他會想起自己有多傻，竟然以為多少瞭解她。

5 冬

亞麗絲終於回到舊校區時，天色已經微亮，漆黑的天空變成灰色。她先去地洞用馬鞭草香皂洗澡，蓮蓬頭上掛著一個香爐，裡面燒著檀香和祕魯聖木——想要除掉界幕的惡臭，這是唯一的辦法。

她很少自己一個人來忘川會的房子。以前達令頓總是在，她依然有點期待會看到他窩在窗臺座位上讀書，聽到他抱怨她把熱水都用光了。他建議她在地洞和權杖居都放幾套衣服，但亞麗絲的衣服太少，她只有一條牛仔褲、兩副胸罩，連宿舍那個難看的衣櫥都裝不滿，更不可能在別的地方放衣服。於是乎，當她離開浴室走進小小的更衣室，她只能換上忘川會的運動裝——上衣左胸口和長褲右臏部都繡著忘川會的靈獸獵犬，除了他們自己人之外，沒有人會知道那個圖案的意義。達令頓的衣服依然掛在這裡——Barbour牌的外套，達文波特學院的條紋圍巾，乾淨的牛仔褲仔細摺好壓痕，完美顯舊的工作靴，Sperry Top-Sider牌的帆船鞋還在等他穿上。她從來沒看他穿過，不過或許還是要準備一雙比較保險，以防萬一有人要檢查。

亞麗絲離開地洞的時候，留著一盞綠色檯燈沒關。道斯一定會不高興，但她不忍心讓這裡一片漆黑。

她正要打開范德比宿舍的門，這時桑鐸院長的簡訊來了：**已會晤百夫長。安心休息。**

她好想把手機扔到中庭。安心休息？既然桑鐸打算親自處理這起命案，何苦讓她白費時間去現場？害她浪費掉一枚使役金幣。她知道院長不信任她，他憑什麼信任她？聽到塔拉遭到殺害時，他八成正在喝洋甘菊茶，大狗睡在腳邊，等著電話鈴聲響起，確認臟卜沒有出狀況，亞麗絲也沒有讓自己或忘川會丟臉。他當然不希望她插手命案。

安心休息。他沒說出的話都藏在裡面：**我不指望妳處理這件案子。沒有人指望妳處理。沒有人指望妳做任何事，只求妳不要引來無謂的關注，安靜等我們把達令頓救回來。**

前提是他們要能找到他。要能找出他跑去了哪個黑暗的地方，然後把他救回來。剩不到一個星期就要舉行新月儀式了，亞麗絲不明白究竟如何運作，只知道桑鐸院長相信這種法術一定有用，在那之前，她的責任就是不要讓別人問太多，好奇忘川會的金童怎麼不見了。至少現在她不必擔心殺人案，也不必應付壞脾氣的警探。

她走進客廳，發現梅西已經起床了。亞麗絲很慶幸她先去了地洞洗澡換衣服。她原本以為大學宿舍會像飯店，長長的走道兩邊滿是房間，但范德比宿舍感覺像老式公寓大樓，總是有各式各樣的聲音；有人哼哼唱唱，有人大笑著進出公共浴室，中央樓梯迴盪著關門聲。她和里恩、海莉、貝恰加上其他人合住的地方非常吵，但那間公寓發出的唉聲嘆氣和這裡不一樣，感覺沮喪無力，有如病入膏肓的身體。

「妳起床了。」亞麗絲說。

梅西正在讀吳爾芙的《燈塔行》，書頁上貼了很多粉彩色調的註記標籤。她的頭髮編成精美的辮子，她沒有裹上她們的破爛鉤織披毯，而是披著一件印著藍色風信子的絲質長袍，蓋住牛仔褲。「妳昨晚沒有回來？」

亞麗絲決定賭一把。「有，可是妳已經睡到打呼了。我剛起床去跑步。」

「妳去了體育館？這麼早，那裡的浴室有開嗎？」

「只供員工使用。」亞麗絲其實不知道是不是真的，但她知道梅西最不關心的就是運動。亞麗絲既沒有慢跑鞋也沒有運動內衣，但梅西從不覺得奇怪。一般人不會毫無理由懷疑別人撒謊，更何況，誰會拿清晨慢跑這種事騙人？

「真變態。」梅西將一疊用釘書針固定的紙張拋向亞麗絲，她接住，但沒有勇氣看。那是她的米爾頓報告，梅西自告奮勇幫她看。亞麗絲已經看到上面全都是紅字了。

「妳覺得如何？」她問，沉重地走進她們的臥房。

「不太糟。」

「但也不好。」亞麗絲嘟囔著走進洞穴般的小房間，脫掉身上的運動服。梅西在她那邊的牆壁貼了很多海報和家人的照片、百老匯戲劇的票根、一幅中文書法的詩，梅西說小時候她爸媽強迫她背起來當作晚宴上的餘興節目，但現在她愛上了這首詩，還有一系列服裝設計師亞歷山大・麥昆的素描圖、用紅包拼成的星星。亞麗絲知道這些裝飾部分是在作秀，堆疊出梅西希望在耶魯擁有的形象，但每件物品、每個小玩意都將她連上其他人事物。亞麗絲覺得好像有人早早切斷了她和一切的連結，只有外婆算得上和過去真正的連結，但愛絲翠雅・史坦早在亞麗絲九歲時過世了。米拉・史坦雖然傷心，但她對母親的故事與歌謠毫無興趣，也不關心她烹飪或祈禱的方式。她自認是探險家——順勢療法、對抗療法、寶石療法、克里昂神祕學、靈性科學，整整三個月的時間，不管什麼食物她都放螺旋藻——每次她都以同樣的熱忱投入，拖著亞麗絲從一個天啟真理奔向下一個。至於亞麗絲的父親，米拉總是閃爍其辭，如果逼她，她只會更閃爍。他是個問號，亞麗絲不存在的那一半；她只知道他愛大海，雙子座，棕色皮膚。米拉無法確定他究竟來自多明尼加、瓜地馬拉還是波多黎各，但她知道他上升水瓶、月亮天蠍，也可能是別的星座。亞麗絲從來記不住。

她從家裡帶了幾樣東西過來。她不想回原爆點去撿她的舊東西，而放在媽媽家的東西都是小女孩用的——塑膠小馬、彩色緞帶做的假花、泡泡糖香味的橡皮擦。最後她只拿了媽媽給的一大塊煙水晶、外婆遺留的食譜卡，雖然上面的字幾乎看不懂，還有一個她八歲就有的耳環架、一張加州復古地圖，她貼在梅西的可可・香奈兒海報旁。「我知道她信奉法西斯主義。」梅西說。「不過我就是戒不掉她。」

桑鐸院長建議亞麗絲買幾本素描簿和炭筆，她乖乖買來放在空空的五斗櫃上當作偽裝。亞麗絲盡可能選簡單的課——英國文學、必修西班牙文、社會學入門、繪畫。她以為至少文學會簡單一點，因為她喜歡閱讀。即使以前在學校狀況最糟的時候，她依然可以蒙混過關。但這裡的文學簡直是另外一種語言。她的第一份報告拿了D，上面還寫著**這不是報告，是讀書心得**。狀況像高中時一樣慘，但現在她甚至還努力讀書了。

「我愛妳，但妳的報告爛透了。」在客廳的梅西說。「妳應該少花點時間建身，多花點時間寫報告。」**可不是?**亞麗絲想。如果梅西要求亞麗絲跑一段路或舉起重物，結果一定會讓她大吃一驚。「等一下吃早餐的時候我再跟妳解釋。」

亞麗絲只想睡覺，但一般人好像不會慢跑回來立刻跑去睡覺，而且梅西都已經費心幫她修改糟糕透頂的文學報告，所以她絕對要陪她去吃早餐。忘川會提供了一個家教給亞麗絲，他是美國研究的碩士生，名字叫安格斯。他們每個星期上課的時候，安格斯大部分的時間都看著亞麗絲的作業無奈地冷笑搖頭，簡直像被蒼蠅糾纏的馬。梅西雖然不算溫柔，但至少有耐心多了。

亞麗絲穿上牛仔褲和T恤，然後再套上喀什米爾毛衣，當初她在Target百貨看到時覺得挖到寶了。直到她看到蘿倫超柔軟的紫色套頭毛衣，傻呼呼地問：「這是什麼質料？」她才終於明白，喀什米爾羊毛也分很多種，就像大麻一樣。而她那件從特價區找來的可悲毛衣，充其量只是不值錢的莖和種子，不過至少很保暖。

她在大衣上噴一些檀香精油，以免還有界幕的臭味殘留，她拎起包包，猶豫了一下。她打開五斗櫃的抽屜，翻出藏在後面的小瓶子，乍看之下只是普通的眼藥水。她不給自己時間多想，仰起頭在左右眼各滴了兩滴顛茄魔藥。這是一種興奮劑，效果很強，類似魔法版的聰明藥阿得拉爾。藥效退了之後會很痛苦，但如果沒有藥物幫助，亞麗絲絕對撐不過這個早上。忘川會的校友在擔任監察員期間全都有寫日誌，他們留下許多偷雞摸狗的祕訣。達令頓消失之後，亞麗絲發現這一招。

亞麗絲和梅西一起離開宿舍，再次走在早晨的寒風中。亞麗絲很喜歡從舊校區走去強艾學院餐廳的這條路，但今天天色陰沉，庭院感覺沒那麼美。夜裡，矮矮的雪堆閃耀朦朧潔白的光澤，但現在顯得髒兮兮，邊緣變成棕色，很像一堆堆早就該洗的髒鞋子。哈克尼斯鐘塔矗立在一旁，有如融化的蠟燭，敲響報時鐘聲。

亞麗絲花了好幾個星期的時間才想通，為什麼她總是覺得耶魯看起來怪怪的。這裡完全沒有光鮮亮麗的感覺。在洛杉磯，即使是最貧窮的谷區，即使是最慘澹的日子，那座城市依然格調十足。即使是她媽媽的紫色眼影配大塊綠松石；即使是她們的破爛公寓，燈罩上蓋著披肩；即使是她那票窮朋友，聚集在後院烤肉，昨晚的狂歡宿醉還沒醒，女生穿著緊身小短褲露出肚子，及腰長髮甩來甩去，男生有的剃光頭、有的將滑順長髮紮成包頭、有的把頭髮編成很粗的黑人辮。所有東西、所有人都有造型。

但是在這裡，顏色變得很模糊。大家好像都穿制服——運動員反戴鴨舌帽，就算天氣很冷一樣只穿及膝短褲，串在鎖鍊上的鑰匙晃來晃去充當裝飾品；女生穿牛仔褲和鋪棉外套；戲劇掛的學生在洗手臺把頭髮染成果汁粉的顏色。每個人穿的衣服、開的車、車上飄出的音樂，這些都應該要告訴別人你是誰。在這裡，彷彿有人都將所有序號歸檔，抹去指紋。**妳是誰？**有時候亞麗絲會這麼想，當她看著另一個女孩，穿著同樣的藏青色毛呢短外套，羊毛帽下潔白的臉蛋有如缺口的月亮，馬尾垂在肩頭，有如死掉的小動物。**妳是誰？**

梅西是特例。她喜歡狂野的印花，而且好像有無數副眼鏡，她總是掛在亮晶晶的鍊子上，但亞麗絲從來沒看她戴過。今天她選了一件錦緞大衣，上面繡著聖誕紅，讓她顯得像全世界最年輕的怪怪老阿嬤。亞麗絲揚起眉毛，梅西只是說：「我喜歡誇張。」

她們走進強納森・艾德華茲學院的大餐廳，一陣暖風吹來。冬季晨光斜斜灑在真皮椅墊上，有如一汪水窪——整體帶有一種忸怩的假樸素格調，連高處的屋椽與餐廳的石造壁龕也一樣。

她身邊的梅西大笑，「只有來吃飯的時候才會看到妳笑得那麼開心。」

確實沒錯。如果拜內克圖書館是達令頓的聖殿，那麼，餐廳就是亞麗絲每天禱告的地點。住在凡奈斯區占用的空屋時，他們有錢就吃塔可鐘、Subway之類的速食，沒錢的時候就吃早餐玉米片，主要是乾吃，如果她真的受不了，就會泡汽水吃。每次獲邀去埃丹家烤肉的時候，亞麗絲都會偷一整袋熱狗麵包，這樣就有東西配花生醬了，有一次她還試著吃洛基的乾飼料，但她咬不動。即使以前和媽媽住在一起的時候，三餐也只有冷凍食品、即食飯。米拉被拉去賣賀寶芙的健康食品之後，菜色就變成詭異的奶昔和營養棒。亞麗絲曾經連續好幾個星期帶蛋白質布丁粉去學校當午餐。

一天三餐都有熱騰騰的食物等著她享用，這件事依然令她感到震撼。然而，無論她吃了什麼、吃了多少都不會飽；彷彿她的身體在經歷長久飢餓之後，現在開始報復。每個小時她的肚子都會咕咕叫，像哈克尼斯鐘塔的鐘聲一樣響亮。亞麗絲總是會帶兩個三明治在身上，隨時拿出來吃，還有用餐巾紙包起來的一疊巧克力脆片餅乾。背包裡的食物有如買保險，如果這一切突然結東，所有東西都被收回，至少她還可以撐上兩天不必挨餓。

「幸好妳常常健身。」梅西說，她看著亞麗絲大口吃早餐穀麥。當然啦，問題在於其實她沒有去健身，所以遲早她的身體代謝會停止配合，但她真的不在乎。「如果我穿裙子去參加明天晚上的奧美加狂歡派對，妳覺得會不會太誇張？」

「妳還沒放棄那個兄弟會計畫？」梅西制訂了一個「五派對計畫」，要擴展她和亞麗絲的社交生活，奧美加狂歡派對也是其中一環。

「我們不像妳這麼好命，有超帥的表哥帶妳去各種好玩的地方。所以除非有人邀請我參加更高檔的派對，否則我會繼續下去。我們不是高中生了，不必可憐兮兮等別人約我們。我有那麼多漂亮衣服，只給妳看太可惜。」

「好吧，如果妳穿裙子，那我也穿。」亞麗絲說。「問題是……妳得借我裙子。」沒有人會為了兄弟會派對特別打扮，不過，假使梅西想打扮得漂漂亮亮給一群穿連身防護衣的男生看，那麼，她也只好捨命陪君子。「妳可以穿那雙綁一大堆鞋帶的靴子。我要去拿第二份。」

她正忙著把花生醬鬆餅端到托盤上，顛茄魔藥偏偏在這個時候發揮藥效，她倒抽一口氣，瞬間精神大振，感覺有點像被人用冰涼的雞蛋敲後頸。她倒楣的程度果然驚人，因為就在這一刻，餐廳角落鉛玻璃窗下的那張餐桌有人對她揮手，貝爾邦教授示意要她過去。教授的白色直髮閃耀光澤，有如剛破水而出的海豹。

「媽的。」亞麗絲小聲抱怨道，然後嚇得一縮，因為貝爾邦教授的嘴角揚起，彷彿聽到她偷罵髒話。

「等我一下喔。」她對梅西說，將托盤放在她們的餐桌上。

瑪格麗特・貝爾邦是法國人，但英文講得非常完美。她的頭髮雪白，剪成俐落柔順的鮑伯頭，幾乎不會移動，感覺彷彿用骨頭雕刻成的頭盔，仔細戴在她頭上。她穿著不對稱剪裁的黑色衣裳，垂墜的線條極度時尚。第一次在強納森・艾德華茲學院的新生介紹活動上見到她時，亞麗絲立刻對她感到崇敬，她的外表苗條精緻，香水帶著辛辣氣息。她是女性研究的教授，也是強艾學院的院長，年紀輕輕便取得終身教職的殊榮。亞麗絲不確定以終身教職而言怎樣算「年輕」，三十？四十？五十？在不同的光線下看貝爾邦，感覺以上三種年齡層都有可能。此刻，因為亞麗絲體內顛茄魔藥的作用，貝爾邦看起來像鮮嫩的三十歲，白髮折射的光線有如一道道迷你流星。

「嗨。」亞麗絲說，站在一張木椅的後面。

「亞麗珊卓。」貝爾邦雙手交疊，下巴靠在上面。她總是弄錯亞麗絲的名字，但亞麗絲從不糾正。對這位教授承認自己的真名是「銀河」，她實在辦不到。「我知道妳正在和朋友一起用餐，但我需要暫時偷走妳一下。」**用餐**絕對是亞麗絲聽過最上流的詞。幾乎和**避暑**不相上下。

「妳有時間嗎？」她的問題聽起來都不像問題。「妳可以來辦公室一趟嗎？我們安靜聊一下。」

「沒問題。」亞麗絲說，但其實她很想問，**我有麻煩了嗎？**第一學期結束時，亞麗絲獲判留校察看，當時貝爾邦在高雅的辦公室裡告訴她這件事，面前擺著她的三份報告：第一份是社會學的報告，以電視劇《太空先鋒》為例探討組織災難；第二份是分析伊莉莎白・畢肖普的詩〈深夜的旋律〉，她之所以選這首詩，單純是因為篇幅短，後來卻發現她想不出該寫什麼，但又無法大量引用內容充版面；最後一篇則是斯威夫特解析課的報告，因為她讀過《格列佛遊記》，她以為這堂課會很好玩。沒想到她讀的那本是兒童版，原版簡直讀不懂。

那時候貝爾邦一手輕撫印著字的紙張，溫柔地對亞麗絲說，她應該早點說出她有學習障礙。「妳有閱讀障礙，對吧？」

「對。」亞麗絲撒謊，因為她必須找理由解釋為什麼學業嚴重落後。亞麗絲覺得很可恥，她應該承認不是那樣，但她太需要幫助，能抓住就要盡量抓。

現在又怎麼了？學期才剛開始沒多久，亞麗絲應該還沒有再次徹底搞砸。

貝爾邦眨眨一隻眼睛，捏一下亞麗絲的手。「不要害怕嘛。妳看起來好像隨時要逃跑的樣子。」她的手指很冰涼，全都是骨頭，像大理石一樣硬；她右手戴著一個大寶石戒指，深灰色表面隱隱反光。亞麗絲知道自己正在盯著看，但她體內的藥水讓那個戒指感覺有如高山、聖壇、繞行軌道的行星。「我喜歡單寶石。」貝爾邦說。「簡單大方，對吧？」

亞麗絲點頭，強迫自己的視線移動。她戴的耳環是三個五美元的那種，而且是在時尚廣場購物中心的Clair's飾品店偷來的。簡單大方。

「走吧。」貝爾邦說，舉起一隻優雅的手揮了揮。

「我先去拿一下包包。」亞麗絲說。她回去找梅西，並將鬆餅塞進嘴裡瘋狂咀嚼。

「妳有沒有看到這則新聞？」梅西將手機轉向亞麗絲。「有個紐哈芬市區來的女生昨天晚上在校園被殺。就在潘恩．惠特尼體育館前面。今天早上妳一定經過了現場！」

「哇塞。」亞麗絲說，草草瀏覽梅西的手機螢幕。「我看到警車的燈光，還以為只是出車禍。」

「好可怕。她才十九歲。」梅西搓搓手臂。「美女貝爾邦找妳做什麼？我們不是要修改妳的報告嗎？」

整個世界亮晶晶。她覺得自己非常清醒、無所不能。梅西慷慨伸出援手，亞麗絲很想趁藥效消失前和她一起改好報告，不過現在沒辦法了。

「貝爾邦現在有空，我要跟她討論一下我的課程。等一下回房間見？」

這個小賤貨很會撒謊，就像呼吸一樣簡單，里恩曾經這樣形容亞麗絲。他生前說過很多屁話。

亞麗絲跟著教授走出餐廳，穿過中庭去她的辦公室。丟下梅西讓她覺得很不應該。梅西出身自芝加哥的富裕郊區，父母都是教授，她寫了一篇很狂的小論文，連達令頓都覺得厲害。她和亞麗絲毫無共通之處，但她們都曾經是在學校餐廳裡獨自吃飯的孩子，而且當亞麗絲把歌德的名字念錯時，梅西也沒有嘲笑她。有她和蘿倫在，亞麗絲比較容易裝出在學校該有的樣子。儘管如此，美女貝爾邦約見，學生無法不從。

貝爾邦有兩個助理，他們輪班坐在她的辦公室外面。今天早上輪到非常學院風、非常俊俏的柯林・卡崔。他是捲軸鑰匙會的成員，聽說是化學神童。

「亞麗絲！」他開心大喊，彷彿她是期待已久的派對貴賓。

柯林的熱情總是感覺很真誠，但不知為何，光是那種高亮度的開朗，就讓她想做些唐突暴力的事，例如用鉛筆戳穿他的手掌。貝爾邦把高雅的大衣掛在架子上，召喚亞麗絲進入她的殿堂。

「麻煩送茶進來好嗎，柯林？」貝爾邦說。

「沒問題。」他回答時露出燦爛的笑容，感覺不像助理，比較像侍奉上師的小徒弟。

「謝啦，親愛的。」

大衣，柯林用嘴形提示，亞麗絲急忙脫掉。她曾經問過柯林，貝爾邦知不知道魔法社團的祕密。「一無所知。」他說。「她認為只是老男孩的菁英狗屁。」

她的想法沒錯。亞麗絲曾經很好奇，八會每年遴選的那些大四生有什麼特別之處。她原本以為那些人肯定有什麼神奇的能力，但他們只是風雲人物——富二代、優等生、人氣女王、《每日新聞》的主編、美式足球隊的四分衛，還曾經有過一個會員以特別前衛的手法搬演舞臺劇《戀馬狂》，雖然沒有人想看。這些人畢業之後會去管理避險基金、新創公司、掛名執行製作。

亞麗絲跟隨貝爾邦走進去，讓辦公室裡靜謐的氣氛浸潤她。書架上滿滿的書籍，貝爾邦在旅途中精心挑選的收藏品——棕色玻璃醒酒器，形狀很像水母；一面古董鏡子；窗臺上種植香草用的陶土容器很像幾何雕塑品。就連陽光也感覺比較溫和。

亞麗絲深吸一口氣。

「香水味太重？」貝爾邦微笑詢問。

「不會！」亞麗絲大聲說。「味道很棒。」

貝爾邦優美地在辦公桌後坐下，打手勢要亞麗絲坐在對面的綠色絲絨沙發上。

「特蕾莎之香。」貝爾邦說。「埃德蒙・魯尼茨卡的作品。他是二十世紀數一數二的調香師，他為妻子設計了這款香水，只有她能搽。很浪漫吧？」

「那麼——」

「我怎麼會搽？呵，他們夫妻都過世了，而且有錢可賺，於是佛瑞德理克・馬雷[12]將這款香水商品化，讓我們這些下等人也能買。」

下等人，真正的窮人絕不會用這個詞，就像真正高尚的人不會說自己是上等人。但貝爾邦的笑容表明將亞麗絲也視為其中一分子，於是她也跟著微笑，希望有同樣心照不宣的含意。

柯林進來，小心端著一個托盤，上面擺著紅土色的茶具，他把托盤放在辦公桌邊緣。「還需要別的東西嗎？」他滿懷期待地問。

貝爾邦趕他走。「去找點重要的事情做。」她倒好茶之後端了一杯給亞麗絲。「如果想加糖和鮮奶油，自己來，別客氣。我這裡也有新鮮薄荷。」她站起來，走到窗臺前，摘了一小段種在那裡的香草。

「請給我薄荷，謝謝。」亞麗絲說，接過那一小段香草之後模仿貝爾邦的動作：揉碎葉片放進杯子裡。

貝爾邦重新坐下，喝了一口茶。亞麗絲有樣學樣，接著熱茶燙到舌頭，她掩飾驚訝與疼痛。

「妳應該聽說那個可憐女孩的新聞了吧？」

「塔拉？」

貝爾邦揚起細細的眉毛。「對，塔拉・哈欽司。妳認識她？」

「不認識。」亞麗絲急忙說，氣惱自己竟然這麼笨。「我剛剛才在新聞上看到她的名字。」

「真可怕。不過我承認，我很慶幸她不是學生，這個想法好像更可怕。當然啦，雖然她不是學生，不代表她失去生命不可惜。」

「當然。」但亞麗絲總覺得貝爾邦的這番話就是那個意思。

「亞麗絲，妳希望在耶魯得到什麼？」

錢。亞麗絲知道瑪格麗特・貝爾邦肯定會嫌這個答案太粗俗。**妳第一次看到他們是什麼時候？**達令頓曾經這麼問。或許有錢人都只會問不對的問題。對於亞麗絲這樣的人而言，重點從不在於**想得到什麼**，永遠是**能得到多少？**足夠活下去嗎？足夠在大難臨頭時照顧媽媽嗎？過去的經驗告訴她，災難永遠會降臨。

亞麗絲沒有回答，於是貝爾邦換個問題。「為什麼沒有選藝術學院而來了耶魯？」忘川會幫她偽造畫作，捏造出許多藝術成就，找了幾個有頭有臉的推薦人，藉此彌補她在學業上的不足。

「我很厲害，但沒有厲害到能靠繪畫出人頭地。」確實如此。魔法能製造出優秀的畫家、熟

---

12 佛瑞德理克・馬雷（Frédéric Malle，一九六二～），法國同名香水品牌 Frédéric Malle 創辦人。

練的音樂家，但無法創造天才。為了滿足各方的期待，她特地選了幾門藝術課程，這是她學業中最輕鬆的部分，因為不是她的手在移動畫筆。當她偶爾想到要拿起桑鐸建議她買的素描簿，感覺就像玩碟仙時碟子自己會動那樣，雖然畫出來的圖來自於她的內心——半裸的貝恰拿著打洞的罐子喝啤酒；海莉的側身，一雙帝王斑蝶的翅膀從她的背上掙扎而出。

「我不會說妳是假謙虛。我相信妳明白自己的才能。」貝爾邦再喝一口茶。「優秀但稱不上偉大的藝術家，在這個世界上會很辛苦。好吧。妳想要什麼？穩定的生活？可靠的工作？」

「當然囉。」亞麗絲說，儘管她很努力控制，但這個回答依然感覺有些嗆。

「妳誤會我的意思了，亞麗珊卓。想要這些東西不犯法，只有一輩子衣食無缺的人才會嫌俗氣。」她眨眨一隻眼睛。「最純粹的馬克斯信徒永遠是男人。女人太容受到災難打擊，只要一個動作，大手粗魯一揮，我們的人生就會四分五裂。至於錢呢？錢是我們攀附的岩石，讓我們不會被急流沖走。」

「對極了。」亞麗絲往前傾身。她的媽媽從來不懂這個道理。米拉熱愛**藝術**、**真實**、**自由**，她不想成為**金錢機器的一部分**，但機器不在乎她的想法。機器碾壓她，無情地將她捲入齒輪中。

貝爾邦將杯子放在杯碟上。「那麼，當妳有了錢，終於可以不必攀附岩石，甚至可以爬上去，妳想在那上面建造什麼？當妳站在岩石頂端，妳想宣揚怎樣的道理？」

亞麗絲原本興致勃勃，這時全洩了氣。她真的應該知道要說什麼嗎？分享智慧？**不要輟學？不要嗑藥？不要搞上壞男人？不要讓壞男人搞死妳？就算爸媽很糟糕，還是要對他們好，因為他們有錢可以帶你去看牙醫？少做春秋大夢？不要讓最愛的好姐妹死掉？**

沉默持續。亞麗絲注視茶杯中漂浮的薄荷葉。

「唉。」貝爾邦教授嘆息。「我之所以問妳這些，是因為我不知道該怎麼做才能激勵妳，亞麗絲。妳想知道為什麼我這麼在乎嗎？」

老實說，亞麗絲不想知道。她單純認為貝爾邦很重視身為強艾院長的工作，用心照顧學院裡每個學生。但她還是點頭。

「亞麗絲，我們都有各自的出身。這裡的學生很多人不用努力就能得到太多，他們忘記了如何去爭取。但妳充滿渴望，而我尊重渴望。」她用兩隻手指敲敲桌面。「但妳渴望什麼？妳逐漸在進步，我看見了。我猜妳應該找到人幫忙了，這樣很好。我看得出來妳很聰明。雖然留校察看有點危險，但我更擔心妳選的課程。妳似乎沒有特別感興趣的方向，只想找輕鬆的課。如果抱著得過且過的心態，在這裡是行不通的。」

當然可以，以後也會，亞麗絲心裡這麼想，但口中說：「對不起。」她是真心的。貝爾邦想找出她身上祕密的潛力加以開發，但亞麗絲注定會讓她失望。

貝爾邦揮揮手，表示不需要道歉。「亞麗絲，好好想一想妳要什麼。或許不是能在這裡找到的東西。不過如果是，我會盡我所能幫助妳。」

亞麗絲想要的就是**這個**，這間辦公室裡完美的安詳氣氛，窗戶透進來的溫和陽光，精美的薄荷、羅勒、墨角蘭，葉片生機蓬勃。

「妳暑假有計畫了嗎？」貝爾邦問。「妳願不願意留在學校？願不願意來幫我做事？」

亞麗絲猛抬起頭。「我能幫妳做什麼？」

貝爾邦大笑。「妳以為伊莎貝兒和柯林在這裡做什麼高難度的大事嗎？他們只是幫我排行程、整理文件，規畫我的生活，讓我不用自己傷腦筋。我相信妳一定也能做到。暑假期間有門寫作課，我認為應該有助於讓妳趕上學校要求的寫作能力。妳可以利用這段時間思考一下未來要走哪條路。亞麗絲，我不希望妳一直落後。」

利用暑假的時間趕上課業、休養生息。亞麗絲很善於判斷機率，她必須如此。毒品交易時，必須先預測是否能全身而退。她很清楚，想靠打混摸魚在耶魯撐過四年，幾乎不可能。達令頓在的時候就已經夠艱難了，他的幫助讓她能有一點餘裕，勉強可以搞定大學生活，不至於毫無機會。但達令頓消失了，天曉得什麼時候才能回來，她受夠了一直在原地踏步。

貝爾邦給她三個月的時間喘息、休養、規畫、尋找資源，成為真正的耶魯學生，而不只是忘川會花錢雇用來扮演學生的人。

「真的可以嗎？」亞麗絲問。她想放下杯子，但她抖得太厲害，擔心會發出碰撞聲響。

「讓我看到妳能夠持續進步，在學年結束時拿出亮眼的表現。下次我問妳想要什麼，希望妳能給我答案。妳知道我的沙龍聚會嗎？昨晚剛舉行過，不過下星期還會再辦。妳可以先來參加，作為第一步。」

「我做得到。」她說，雖然她其實不太確定。「我做得到。謝謝。」

「亞麗絲，不用謝我。」貝爾邦看著紅色杯緣。「多努力就好。」

*

亞麗絲感覺整個人輕飄飄的，離開辦公室時，她對柯林揮揮手。她走進中庭，發現竟然非常安靜。有時候會這樣——所有門都關上，沒有人在上課或吃飯的途中經過，為了抵擋寒風而窗戶緊閉，留下一方寂靜。亞麗絲置身寧靜的中庭，想像四周的建築全部空無一人。

暑假時校園就像這樣嗎？這麼安靜？潮濕無人，有如展示櫃中的城市模型。寒假時亞麗絲一直窩在權杖居，用忘川會買給她的電腦看影片，擔心道斯會出現。她用Skype和媽媽通話，偶爾鼓起勇氣出門買披薩或麵條。就連灰影也消失了，彷彿少了學生的亢奮與焦慮，也就失去了吸引他們來校園的誘因。

亞麗絲思考這片寧靜，想像暑假期間或許可以晚點出門。她會坐在平常柯林與伊莎貝兒用的辦公桌後面，更新強艾的網頁，完成所有交辦的工作。她可以慢慢選課，找出內容變化不大的課程。她可以搶先把書讀完，去上那門寫作課，以後就不用那麼依賴梅西——假如明年梅西還願意當她的室友。

明年，多神奇的兩個字。貝爾邦為亞麗絲搭起一座橋，通往可以成功的未來，她只要走過去就好。暑假不回加州，媽媽會很失望……真的嗎？說不定這樣比較輕鬆。亞麗絲告訴媽媽她要來耶魯的時候，米拉一臉哀傷地看著她，亞麗絲困惑了一陣子才想通，媽媽以為她又嗑藥了。亞麗絲滿懷內疚地用手機拍攝空無一人的中庭，將照片傳給媽媽。**早上好冷喔！**毫無意義，但可以證明她平安無事，而且真的在這裡。日常生活的證據。

去上課之前她先去洗手間，用手指整理一下頭髮。她和海莉都很愛化妝，難得手上有一點錢就拿去買亮片眼線和唇蜜。有時候她會想念。在這裡，化妝會變成異類，傳達出刻意招蜂引蝶的訊號，這可是無法饒恕的大罪。

亞麗絲勉強撐過一小時的西班牙文二——雖然無聊但她能夠應付，因為只要背起來就好。所有人都在聊塔拉•哈欽司的事，只是沒有人知道她的名字。她是那個死掉的女生，命案死者，被刺死的市區女生。他們在討論有哪些生命線和緊急心理諮商服務，被這起事件勾起傷痛的人可以利用。西班牙文課的助教提醒大家，天黑之後如果要在校園走動，可以利用校園護送服務。**那時候我就在附近。案發前一個小時我才經過那裡。我每天都會經過。**亞麗絲聽到這些話一次又一次重複。有些人憂心忡忡，有些人感到可恥——無論有多少連鎖店進駐，紐哈芬永遠不會成為劍橋市。不過，似乎沒有人真的害怕。**因為塔拉不是你們的一分子**，亞麗絲想著，一邊收拾書包。**你們依然感到安全無虞**。

下課之後，亞麗絲有兩個小時的空堂，她打算躲在宿舍吃偷藏的三明治，撰寫要交給桑鐸的報告，然後睡一覺度過顛茄魔藥的後勁，接著再去上文學課。

然而，她的腳卻往潘恩•惠特尼體育館走去。十字路口解除封鎖，人群散去，但體育館對面寸草不生的路上，依然有警用封條圍出的一塊三角形。路過的學生偷偷摸摸看一眼，然後加速離去，彷彿擔心被人看到他們竟然在冰冷灰暗的陽光下窺探聳動事件現場，那會很丟臉。一輛警用巡邏車一半停在人行道上，對面有一輛新聞採訪車。

她不禁想像，桑鐸院長和耶魯的行政單位一定匆匆忙忙趕著開一堆會，商討今天早晨該如何降低這件案子造成的傷害。亞麗絲不懂耶魯、普林斯頓、哈佛這些學校與所在城市之間的差異。

在她眼中，這些學校都是同樣不可思議的地方，位在同樣宛如想像的城市。不過，從蘿倫和梅西的說笑中，她感覺得出來，和其他學校相比，紐哈芬與耶魯比較沒那麼「長春藤」。在離校園那麼近的地方發生命案，即使死者並非學生，依然會損害形象。

亞麗絲很想知道，塔拉是在這裡被殺死的嗎？或者只是單純棄屍在這裡？她應該趁法醫受魔法影響時問清楚。如果想棄屍，應該不會選繁忙的十字路口。

亞麗絲腦海閃過一個畫面：海莉的鞋子，粉紅色果凍涼鞋，從她擦了指甲油的腳尖落下。海莉的腳很寬，腳趾擠在一起，皮膚又厚又硬——那是她全身唯一不美的地方。

我來這裡做什麼？亞麗絲不想太靠近曾經陳屍的地方。**凶手是她男朋友**。法醫都這麼說了。他是毒販。他們發生爭吵。手法很凶殘，但假使他嗑了藥，天知道他腦子裡在想什麼。

儘管如此，這個現場依然讓她覺得怪怪的。昨晚她從果林街走過來，但現在她站在十字路口的另一邊，對面是貝克館宿舍，以及塔拉陳屍的冰冷地面。從這個角度看過去，有種莫名熟悉的感覺——兩條馬路，塔拉遇害或棄屍處的地面打進了許多樁。單純因為現在是白天，而且沒有圍觀群眾，所以感覺不一樣嗎？雖然好像看過，但其實只是錯覺？難道是顛茄魔藥快失效所造成的影響？忘川會日誌裡有很多前人留下警告，這種魔藥效力很強。

亞麗絲想起海莉的鞋子懸在腳尖一下，然後墜落公寓地板發出響亮聲音。里恩轉頭看著亞麗絲，海莉癱軟的身體讓他幾乎撐不住，他雙手勾住她的腋下，她的膝蓋跨在貝恰的髖部兩側，彷彿在跳搖擺舞。「快點。」里恩說。「亞麗絲，快來開門，讓我們出去。」

讓我們出去。

她搖頭甩開回憶，望著聚集在體育館前的那群灰影。今天數量比較少，而且他們的情緒也恢復正常了——如果他們真的有情緒。

不過，鬼新郎依然在。雖然她盡可能裝作沒看到他，但很難真的不看見——筆挺的長褲，閃亮皮鞋，有如老電影主角的英俊臉龐，深色大眼睛，黑髮往後梳，帶著輕柔的鬈度，只可惜他胸前槍擊造成的血紅大洞破壞了整體效果。

他是真正會作祟的鬼，這樣的灰影能夠穿透層層界幕，讓活人感受到他們的存在。他家的馬車工廠——也是他殺害未婚妻之後自殺的地方——現在變成了停車場，那裡的車子經常發生擋風玻璃喀喀作響或警報器莫名啟動的怪現象。那裡是新英格蘭靈異導覽團的熱門景點。亞麗絲不允許視線停留，但眼角餘光發現他離開聚集的幽靈，慢慢朝她接近。

看來該走了。她不想引起灰影的注意，尤其是能夠以任何實體出現的那種。她轉身背對他，快步走向校園中心。

她回到范德比宿舍時，藥效減退的後遺症全面發作。她感覺全身無力、精疲力竭，彷彿得到人生中最嚴重的流感，大病一週之後剛剛痊癒。看來給桑鐸的報告要等等了，反正她也沒什麼可寫。先補眠吧，說不定會夢見暑假。她的指尖上還留著撕碎薄荷的香氣。

她閉上眼睛，海莉的臉龐浮現，因為太常曬太陽而顏色變淺的眉毛，嘴唇上還沾著嘔吐物。都是塔拉・哈欽司害的，金髮的女生總是會讓亞麗絲想起海莉。不過，為什麼犯罪現場感覺那麼熟悉？那塊位在兩條馬路中間的哀傷荒地，究竟讓她聯想到什麼？

根本沒什麼。

只是因為她太常熬夜，只是因為太常聽到達令頓在她耳邊低語。塔拉一點也不像海莉。她有如劣質仿冒品，如果海莉是名牌精品，塔拉就是三流假貨。

不對，她腦中的一個聲音說——是海莉，她站在滑板上，那雙寬腳板前後移動重心，完美保持平衡。她的膚色死灰，比基尼上衣掛著嘔出的最後一餐。**她就是我，她就是妳，只是沒有得到重新來過的機會。**

亞麗絲在睡意的浪濤中拚命掙扎。房間裡很暗，唯一那扇窄窗只透進一點光。海莉早就不在了，害死她的那些人也一樣。但有人害死了塔拉・哈欽司。那個人沒有受到懲罰，還沒有。

交給透納警探吧，她心中只想求生的那一面說。**安心休息。放下吧。專心在課業上。想**

想暑假。亞麗絲可以看到貝爾邦為她搭建的那座橋，她只要走過去就好。

亞麗絲從五斗櫃中拿出顛茄魔藥。再撐一個下午。她至少該給塔拉・哈欽司一個下午的時間，然後就可以將她永遠埋葬之後繼續前進，就像埋葬海莉那樣。

奧理略會，原本可能是未來哲學帝王與偉大統一領袖的產地。奧理略會成立的宗旨是擁抱領導統御的理想，並且將最優秀的社團合而為一，至少理念上是如此。他們將自己打造成某種新忘川會，從各會招攬成員成立領袖議會。可惜並不長久。激烈辯論變成喧譁爭吵，即使招募了新會員，沒過多久也變得像其他界幕社團一樣排他。最後一個問題則是，他們的魔法具有根本的務實特質，非常適合專業人士，感覺不像天啟，而是做生意，一些崇尚魔法純粹性質的人取笑他們。然而，當奧理略會被禁止使用自己的「會墓」，失去了固定的會所，其他社團或許會因此一蹶不振，他們卻成功存活下去——靠著出租自己，價高者得。

——引自《忘川人生：第九會之程序與規範》

他們就是少了那麼一點格調。當然啦，他們偶爾也會產出一個參議員或知名度中等的作家，但奧理略會舉行儀式的夜晚，總是讓我感覺像拿到一齣狗血法庭劇的劇本。一開始讀的時候熱血沸騰，但到了第二頁，你就會發現雖然臺詞一大堆，卻沒有真正的刺激情節。

——忘川會日誌，蜜雪兒・阿拉梅丁

（霍普學院）

6 去年秋季

他先帶她去認識最小的社團——奧理略會。達令頓認為大型魔法還是等到學期中再說，他知道自己做了正確的決定，因為當他走下權杖居的樓梯，看到亞麗絲直挺挺坐在絲絨沙發上，瘋狂咬指甲。道斯似乎完全沒有察覺，全心全意專注閱讀《希臘麥錫尼文字與世界》，降噪耳機戴得很牢。

「準備好了嗎？」他問。

亞麗絲站起來，雙手在牛仔褲上抹了抹。他要求她一一列出該帶哪些保護用品，她一樣都沒有遺漏，達令頓非常滿意。

「再見，道斯。」他說著，從衣帽架取下他們的大衣。「我們不會太晚回來。」

道斯將耳機拉到脖子上。「今天有煙燻鮭魚雞蛋蒔蘿三明治。」

「我可以問一下——」

「還有雞蛋檸檬湯。」

「我很想說妳是天使，不過，妳比天使有意思多了。」

道斯咂咂舌頭。「那不是秋天該喝的湯。」

「現在才剛入秋而已，而且沒有比這個更營養的湯了。」此外，喝過靈視魔藥之後，真的很難讓身體暖起來。

道斯微笑，回頭繼續讀書。她喜歡別人稱讚她的烹飪技術，幾乎不亞於認同她的學術成就。

接觸皮膚的空氣感覺爽朗冰涼，他們離開橘街，往回走向綠原和校園。新英格蘭的春季來得很慢，但秋天卻來得又快又猛。前一刻還穿著純棉衣物大汗淋漓，下一刻天空就變成冰冷的琺瑯藍，讓人冷得發抖。

「奧理略會的資料妳記住了嗎？」

亞麗絲吁一口氣。「一九一〇年成立，使用教室作為會所，位在薛菲爾—史特林—史特拉斯科納樓——」

「省省力氣吧，大家都叫那裡三S樓。」

「三S樓。從一九三二年大樓翻修開始直到現在。」

「差不多在同一段時間，骷髏會將他們的手術室改建成密室。」達令頓補充。

「他們的什麼?」

「等妳第一次監督臟卜就會懂了。不過呢，我認為最好把訓練重心放在妳的第一次監督工作上。」奧理略會的人熱情大方，作為亞麗絲・史坦初試啼聲的場合比較保險，比骷髏會合適多了。「大學將那幾間教室送給奧理略會，回報他們提供的服務。」

「什麼服務?」

「妳說呢，史坦?」

「呃，他們的專長是字卜、文字魔法。所以應該與合約有關?」

「一九一〇年收購薩契姆樹林。那片土地非常大，學校希望未來不會有任何爭議。那塊地後來成為科學丘。還有呢?」

「大家不把他們當一回事。」

「大家?」

「忘川會。」她更正。「其他社團。因為他們沒有真正的會墓。」

「不過我們和那些人不一樣，史坦。我們不是勢利眼。」

「達令頓，你明明就是勢利眼。」

「呃，至少不是那種勢利眼。我們真正在乎的只有兩件事:他們的魔法有沒有用?會不會有危險?」

「有用嗎?」亞麗絲問。「危險嗎?」

「兩個問題的答案都是有時候。奧理略會專精於無法推翻的合約、約束誓言、真正一聽就會睡著的故事。一九八九年,一位富豪在遊艇的艙房陷入昏迷,身邊放著一本《耶魯神與人》,如果有人想到要拿去比對,就會發現這一本很特別,多了一篇導讀——奧理略會寫的。妳或許會有興趣知道一下,英國首相邱吉爾臨死前的最後一句話是『我厭倦這一切』。」

「難道說,奧理略會暗殺了邱吉爾?」

「只是猜測而已。但有一件事我很確定,果林街墓園裡的亡者之所以乖乖待在墳墓裡,一半以上是因為奧理略會員寫的墓誌銘。」

「感覺很厲害呀。」

「那是以前的事了,那時候他們還被視為擁有會墓的社團。因為工會與大學的合約協商破局,奧理略會被踢出教室。雖然表面上的理由是放任未成年人飲酒,但實際上是耶魯認為奧理略會在最初的合約上動了手腳。他們失去了三S樓的四〇五教室,從那之後,他們的魔法就一直很不穩定。現在他們頂多只能偶爾撰寫保密合約或施行靈感法術,我們今晚要監督的就是這種法術。」

他們經過伍德布里吉行政大樓，以及捲軸鑰匙會耀眼的金黃花格窗。捲軸鑰匙會的成員自稱「鎖匠」，他們取消了下一次的儀式。不過，忘川會依然不得閒——書蛇會很樂意接手這個時段——但達令頓納悶鑰匙會的人到底在搞什麼鬼。據說他們的魔法越來越弱，傳送門經常出問題，甚至根本無法開啟。說不定只是謠言——界幕八會最愛搞神祕、互相較勁，經常傳一些小心眼的八卦中傷別人。儘管如此，達令頓打算利用這次取消儀式為藉口，弄清楚捲軸鑰匙會到底怎麼回事，說不定出了什麼亂子，他不想害他的但丁被拖下水。

「既然奧理略會不危險，我們為什麼要去？」亞麗絲問。

「保護儀式不受干擾。這種儀式很容易吸引大量灰影。」

「為什麼？」

「因為儀式中會血流成河。」亞麗絲的腳步變慢。「妳該不會看到血就頭暈吧？要是看到一點血就受不了，妳絕對撐不過一學期。」

話剛說完，達令頓立刻開始自責。亞麗絲在加州那場屠殺中死裡逃生，她當然會害怕。這個女生見識過真正的恐怖，而不是達令頓早已習慣的血腥舞臺劇。

「我不會有問題。」她說，但她雙手握拳，緊抓著包包的背帶。

他們走進高起的冷調拜內克廣場，圖書館窗戶閃閃發光，有如大塊琥珀。

「不用擔心。」他承諾。「這裡的環境控制得很好，而且只是簡單的咒文儀式。今晚我們基本上只是去看門。」

「好。」

但她看起來一點也不好。

他們推動圖書館的旋轉門，走進挑高的拱頂大廳。設計這棟大樓的建築師是戈登・邦沙夫特[13]，他的構想是盒子裡的盒子。無人坐鎮的保全櫃檯後面是一整面玻璃牆，直達天花板，透過玻璃可以看到每一層樓擺滿書本的書架。那裡才是真正的圖書館，由紙張與羊皮紙構成的心臟；外層建築只是入口、防護，一層假皮。四邊的大窗戶都可以看到外面空無一人的廣場。

距離保全櫃檯不遠的地方放著一張長桌，和所有展示櫃保持安全距離，圖書館的珍藏放在櫃子裡旋轉展示。古騰堡聖經安放在專屬的小玻璃方塊裡，燈光從上方照亮，每天都會翻頁。老天，他好喜歡這個地方。

奧理略會的人已經換上牙白色長袍，聚集在長桌邊緊張地交談。光是那亢奮的能量已經足夠吸引灰影。現任會長喬許・齊林斯基離開其他人，快步過來迎接他們。達令頓認識他，他們一起參加過幾次美國研究的研討會。他留著龐克頭，喜歡穿寬鬆吊帶褲，非常愛講話。一位四十多歲的女性跟在他身後，她是今晚的帝王——獲選來督導儀式的校友。達令頓記得她，去年奧理略會舉行了一場儀式，幫她的公寓管理委員會撰寫住戶規約。

「艾美莉雅。」他努力想起她的名字。「真高興再次見到妳。」

她微笑，然後看亞麗絲一眼。「這是新的你？」他大一入會的時候，大家也這樣問蜜雪兒・阿拉梅丁。

「我來介紹一下，我們的新但丁。亞麗絲來自洛杉磯。」

「不錯喔。」齊林斯基說。「妳認識電影明星嗎？」

「我曾經在奧利佛・史東的泳池裡裸泳——這樣算嗎？」

「他本人在場嗎？」

「不在。」

齊林斯基似乎真心感到失望。

「我們午夜十二點準時開始。」艾美莉雅說。

時間很充裕，他們可以在儀式用的長桌外圍畫好防禦圈。

---

13 戈登・邦沙夫特（Gordon Bunshaft，一九〇九～一九九〇），美國建築師，二十世紀中葉的摩登建築大師，對美國建築影響深遠。

「舉行這種儀式時，不能完全將灰影隔絕在外。」達令頓解釋，他帶著亞麗絲繞著長桌走一圈，確認要在哪裡畫防禦圈。「這種魔法需要保持與界幕的通道。好了，告訴我第一步要做什麼？」

他之前給了她功課，熟讀幾段《富勒結界術》，以及一篇捲軸鑰匙會早期所寫的傳送魔法短論文。

「準備骨粉或墳土，或任何可以畫出防禦圈的念死之物。」

「很好。」達令頓說。「今晚用這個。」他交給她一根粉筆，這是壓縮骨灰做成的。「畫符文會比較精準。要在東南西北各留一個通道。」

「然後呢？」

「然後我們要守住門。灰影會搗亂儀式，我們不希望這樣的魔法流竄出去。魔法需要強烈的意念。這次的儀式一旦開始，就會尋求鮮血，萬一掙脫這張桌子流竄出去，真的可能會把坐在下一條街讀書的法學院好學生切成兩半。雖然世界上少一個律師沒什麼不好，但我聽說律師笑話已經過時了。因此，萬一有灰影企圖闖入，妳有兩個選擇：用墳土灑他們或以死亡真言驅趕。」灰影痛恨任何會聯想到死亡、消逝的東西——悼詞、輓歌、描述哀慟或失去生命的詩歌，出色的葬儀社廣告詞有時也能派上用場。

「不能一起用嗎？」亞麗絲問。

「真的不需要。除非絕對必要，否則不要浪費魔力。」

她似乎心存疑慮。她的焦慮令他感到意外。亞麗絲・史坦或許欠缺優雅、沒受教育，但她一直表現得很有膽量——除了看到蛾的時候。他之前明明見識過她的堅強意志，現在跑去哪裡了？為什麼她的恐懼令他如此失望？

正當他們快要畫完防禦圈時，一個年輕人從旋轉門進來，圍巾幾乎遮住眼睛。「今晚的貴賓。」達令頓悄悄說。

「他是誰？」

「查布・雅羅曼，少年得志的天才作家。或者該說曾經是。長大之後一事無成的少年天才，德文想必有個專門詞彙。」

「你應該很清楚那種滋味，達令頓。」

「太失禮囉，史坦。我還有幾年的時間。查布・雅羅曼在耶魯念大三的時候寫了一本小說，出版的時候他還沒畢業，接下來幾年，他一直是紐約文學圈的寵兒。」

「那本書很好看？」

「不算**難看**。」達令頓說。「憂傷、瘋狂、青澀戀情，成長小說常見的套路，故事背景是查布他叔叔快倒閉的乳品工廠。不過文筆確實厲害。」

「他來這裡教寫作？」

「他來這裡是因為《微處之王》出版之後已經過了將近八年，查布・雅羅曼再也沒有寫出任何東西。」達令頓看到查布對帝王打手勢。「要開始了。」

奧理略會的成員整齊排成兩列，隔著長桌面對面。他們身穿白色斗篷，有點像唱詩班的制服，尖尖的袖子非常長，幾乎碰到桌面。喬許・齊林斯基站在一頭，帝王站在另一頭。他們戴上處理古老手稿用的白手套，在長桌上展開一個捲軸。

「羊皮紙。」達令頓說，「以山羊皮製成，浸泡過接骨木花汁。這是獻給繆思女神的禮物，但女神還要其他東西。來吧。」他領著亞麗絲回到他們第一個畫好的符文那裡。「妳負責守南邊和東邊的通道。除非絕對必要，否則不要站在兩個符文中間。如果看到灰影接近，過去擋住他的路，然後灑墳土或說死亡真言。我負責守北邊和西邊。」

「怎麼守？」她的語氣緊張尖銳。「你又看不見他們。」

達令頓從口袋裡拿出裝著魔藥的小試管。不能再拖延了，他拆開蠟封、拔掉軟木塞，趁自保的本能還來不及干預，一口喝光裡面的東西。

達令頓一直無法習慣。他懷疑以後應該也不可能習慣——噁心反胃，強烈的苦味飆過他柔軟的味蕾，竄上頭腦。

「媽的。」他作嘔。

亞麗絲愣了一下。「這好像是我第一次聽到你說粗話。」寒意震撼他全身，他盡可能控制不斷肆虐身體的顫抖。「我、我認、認為髒、髒話和戀愛告白一樣，最好少說，只有真心的時候才、才能說。」

「達令頓……你的牙齒在打顫，這樣真的正常嗎？」

他想點頭，不過他已經在點頭了——其實是痙攣。

喝下魔藥的感覺就像腦袋被扔進冰天雪地，彷彿踏進漫長黑暗的嚴冬。蜜雪兒曾經如此形容：「就像屁眼被塞進冰柱。」

「只是範圍更大一點。」那時候達令頓勉強開了個玩笑，但其實他抖得太痛苦，很想乾脆昏倒算了。最糟的不是苦味或發抖，而是那種彷彿和恐怖的東西擦身而過的感覺。當時他不確定那種感覺是什麼，幾個月後，他在九五州際公路上開車，一輛聯結車往他的車道甩過來，只差一點點就會撞上他的車。大量腎上腺素狂飆，口中充滿像咬碎阿斯匹靈的苦味，他瞬間想起亥倫子彈的味道。

每次服用都像這樣——永遠會這樣，直到他的肝臟終於再也無法負荷毒性。人類不能一次又一次偷偷接近死亡，把腳趾伸進去試探。遲早有一天會被抓住腳踝拖下去。

唉。如果真的發生了，忘川會將找人捐肝給他，早有前例。不是每個人都可以像銀河・史坦一樣天賦異稟。

顫抖終於停了，短暫的瞬間，世界變得朦朧，彷彿隔著厚厚一層蜘蛛網看拜內克圖書館的金黃光輝。這就是一層層的界幕。

當界幕揭開之後，他眼前恢復清晰。拜內克圖書館熟悉的柱子，穿著斗篷的奧理略會成員，亞麗絲憂心忡忡的臉，一切全部恢復正常——只是，現在他看到一個穿著千鳥紋外套的老人，站在古騰堡聖經展示櫃旁，然後悠哉地漫步參觀詹姆斯・鮑德溫[14]紀念展示品。

「那個……那個應該是——」他及時制止自己，沒有說出弗雷德里克・普羅科什[15]的名字。名字很親密，要是說出來，很可能會與亡者產生連結。「他寫過一本很有名的小說，書名是《亞洲之旅》，寫作時他一直待在史特林圖書館，固定用同一張桌子。不知道查布是不是他的書迷。」普羅科什號稱是無法瞭解的神祕人，就連最親近的朋友也覺得他是個謎，然而他死去之後，卻在大學的圖書館瞎晃。或許魔藥如此傷身、如此難喝是件好事。否則達令頓一定會每天下午都喝，只為了能一窺這樣的畫面。但現在該工作了。「送他離開，史坦，但不要看他的眼睛。」

亞麗絲轉轉肩膀，動作有如準備登場的拳擊手，她走向普羅科什，眼睛看著另一邊。她從包包拿出裝墳土的試管。

「妳在等什麼？」

「我打不開蓋子。」

普羅科什原本在看展示櫃，這時抬起頭，朝亞麗絲飄過來。

「那就說出**死亡真言**，史坦。」

亞麗絲後退一步，依然手忙腳亂想拔起蓋子。

「他不能傷害妳。」達令頓說，過去擋在普羅科什與防禦圈開口之間。儀式還沒開始，不過最好保持乾淨。達令頓不太願意親自驅趕這個灰影，他已經知道太多關於這個幽靈的事，將他逐回界幕後方，說不定會造成他們之間的連結。「快呀，史坦。」

亞麗絲緊閉雙眼，大喊：「**鼓起勇氣！人皆有死！**」

14 詹姆斯・鮑德溫（James Baldwin，一九二四～一九八七），美國作家、社會評論家。作品多關注美國種族及性別議題。
15 弗雷德里克・普羅科什（Frederic Prokosch，一九〇六～一九八九），美國作家、翻譯家。

普羅科什厭惡地顫抖，舉起一隻手彷彿想趕走亞麗絲。他穿過圖書館的玻璃牆逃跑。死亡真言的內容包羅萬象，其實什麼都可以，只要能讓灰影想起他們最害怕的事——永遠無法回頭的生死過渡、沒有留下功績的人生、幽冥世界的空虛。達令頓教了亞麗絲最簡單的一句要她背起來，這句話出自於在希臘塞薩利發現的古希臘奧菲斯教銘板。

「看吧？」達令頓說。「多簡單。」他看看奧理略會的那些人，其中幾個因為亞麗絲慷慨激昂的語氣而偷笑。「不過，其實不必那麼大聲。」

但亞麗絲似乎不在意那些人的眼光。她的眼睛發亮，注視剛才普羅科什站著的地方。「簡單！」她蹙眉看著手中的墳土。「多簡單。」

「至少歡呼一下嘛，史坦。不要剝奪我訓斥妳的樂趣。」她沒有回答，於是他說：「快來吧，他們已經開始了。」

查布・雅羅曼站在桌首。他已經脫掉了襯衫打赤膊，他的膚色蒼白，胸口狹窄，手臂緊靠著身體兩側，有如收起的翅膀。過去三年來，達令頓看過無數男男女女站在桌首。有些是奧理略會的成員，有些只是付了信託基金會所要求的大筆費用。他們來這裡說出他們的心願，提出他們的要求，希望會發生神奇的事。他們各自有不同的需求，奧理略會依據他們的要求選擇儀式場地：無法撼動的婚前協議可以在法學院門口撰寫。如果要判斷真偽，則會在大學的美術館舉行，選在班傑明・韋斯特的畫作《西賽羅發現阿基米德墓》前方，這位畫家雖然貧窮又遭人詐騙，但可以利用他精明的雙眼辨別真假。土地與房屋交易則選在東岩頂端，遙望下方燈火通明的市區。奧理略會的魔法或許比其他社團弱，但易於移動，也更加務實。

今晚的咒文以拉丁文念誦，輕柔的咒文傳遍拜內克圖書館，往上飄送，經過中央四方玻璃牆中一個又一個的書架。達令頓漫不經心地聽著，同時仔細觀察防禦圈四周，並且留意亞麗絲的狀況。她很緊繃，他認為這是好現象，至少她在意這份工作。

咒文改變，從拉丁文變成簡單易懂的義大利文，從古典到現代。查布的聲音最大，懇切哀求，在石壁間迴盪，達令頓感覺得到他有多焦急。他必須夠焦急，才能忍受即將發生的事。

查布伸出雙臂。站在他兩邊的奧理略會成員拔出刀，念誦咒文的同時，他們在他的手臂上割出兩道很長的傷口，從手腕到手肘。

血流一開始很慢，凝聚在紅色傷口表面，有如睜開的眼睛。

查布雙手按住面前的紙張邊緣，鮮血流到上面，染紅白紙。那張紙彷彿喜歡上血的滋味，血流越來越快，有如爬上捲軸的浪潮，同時查布繼續以義大利文念誦。

一如達令頓所料，許多灰影紛紛出現，穿透牆壁，受到鮮血與希望所吸引。

當鮮血浪潮終於抵達羊皮紙底端，奧理略會眾各自垂下袖子，讓尖角輕觸浸透鮮血的紙張。

查布的血彷彿往上爬上衣袖，同時誦念咒語的音量加大——現在已經不只是一種語言了，而是所有的語言，從書本中汲取的文字，四面八方，甚至是藏在樓下環境控制保險庫裡的珍本書。千千萬萬本。回憶錄、童書、明信片與菜單、詩歌與遊記，柔和圓潤的義大利文被高亢銳利的英文刺穿，抑揚頓挫的德文夾雜著幾許廣東話。

奧理略會員集體同時將雙手往吸飽鮮血的羊皮紙上一拍，炸開有如轟雷的巨響，他們的掌心擴散出黑色，一波新的血潮變成墨水，流回桌上，沿著羊皮紙蜿蜒流向查布的雙手。墨水進入體內時，他放聲尖叫，墨水形成的字跡盤繞他的雙臂，一行接一行、一字接一字，重複覆蓋，他的皮膚整個變黑，墨水繼續緩慢往上繞圈，爬上他的手肘。他因為劇痛而哭泣、顫抖、哀號——但雙手始終牢牢按著紙張。

墨水繼續往上爬，攀上拱起的肩膀、頸子，纏繞胸口，同時進入他的心臟與頭部。

這是儀式最容易出差錯的時候，奧理略會員無暇自保，灰影激動亢奮。大量灰影穿透牆壁與密閉窗，速度越來越快，他們繞著防禦圈，尋找亞麗絲與達令頓留下的開口，查布・雅羅曼的渴望以及鮮血濃濃的鐵鏽味強烈吸引他們。無論剛才亞麗絲為什麼害怕，現在她已經樂在其中了，對著灰影狂灑墳土，多餘的浮誇動作讓她看起來像職業摔角選手，拚命想炒熱氣氛，鼓動看不見的觀眾。達令頓確定她沒問題之後，專注守著自己的兩個開口，對接近的灰影灑骨粉，如果有灰影企圖闖關，他就小聲念誦死亡真言。他最喜歡的奧菲斯教詩歌開頭第一句就是：**噢，未熟之果的靈魂呀**，但內容太長，不值得費那種功夫。

他聽見亞麗絲悶哼，於是回頭察看，以為她在表演什麼特別高難度的驅鬼花招。沒想到卻看見她倒在地上，手腳並用慌張後退，眼神滿是驚恐——灰影直接走進防禦圈。他立刻明白發生了什麼事：南邊開口的符文糊掉了。亞麗絲玩得太開心，不小心踩到防禦圈，造成南邊出現破口。原本只是讓魔法流動的小門，現在卻變成一個大洞，幽靈可以暢行無阻。灰影湧上，他們全神專注在鮮血與渴望的誘惑上，越來越接近一無所知的奧理略會員。

達令頓急忙撲過去擋住，喊出他所知道最簡短、殘酷的死亡真言：「**無人哭泣！**」他大喊。「**無人彰顯，無人哀歌！**」一些灰影停下腳步，一些甚至轉身逃跑。「**無人哭泣，無人彰顯，無人哀歌！**」他重複。但大批灰影形成一股衝力，數量驚人，卻只有他和亞麗絲看得見，他們的服裝橫跨許多時代，有些年輕，有些老邁，有些受傷殘廢，有些完好無缺。

萬一他們到了長桌那裡，儀式就會受到干擾。雅羅曼肯定會死，很可能一半的奧理略會員也會跟著沒命。魔法將瘋狂流竄。

不過，拜內克雖然是文字的寶庫，但也收藏了無數象徵人生終結的物品。小說家桑頓・懷爾德的死亡面具、詩人艾茲拉・龐德的牙齒、數百位作家所寫的輓歌。達令頓尋找可以用的字句……詩人哈特・克萊恩悼念作家梅爾維爾、班・瓊生悼亡兒、羅伯特・路易斯・史蒂文森的《安魂曲》。他的頭腦慌張地尋找可以抓住的東西。**隨便開個頭。什麼都好。**

「混沌白骨，吟唱吾歌，

行至風吹枯骨之處。」

老天，他的任務是驅趕超自然靈體耶，怎麼會選詩人傑克・佛雷描述骷髏做愛的詩？

幾個灰影退卻，但他需要更強而有力的東西。

古羅馬詩人賀拉斯。

「寒冬將至，

下海之水擊岩而碎，

吾等依然暢飲夏季醇酒。」

這下他們放慢速度，有些甚至摀住耳朵。

「**看啊，雪白冬風中，**」他高喊。「**白日懸若薔薇。垂向伸長的手。速速摘取，轉瞬即逝！**」

他舉起雙手擋在身體前面，彷彿能推開灰影。為什麼他想不起來那首詩的第一句？因為他覺得沒意思。**未來不可知，何苦費心尋思？**

「**寒冬將至！**」他重複。達令頓成功將闖入缺口的灰影趕出去，但他拿出粉筆的同時，看到了圖書館玻璃牆外的恐怖畫面。大群灰影聚集——透過玻璃牆，他看到灰影排山倒海而來，包圍整棟建築。他無法及時修復防禦圈。

亞麗絲依然倒在地上，全身劇烈顫抖，即使隔著一段距離他也清楚看出她在發抖。萬一魔法竄出，他們兩個會最先死。

「**鼓起勇氣。**」她不斷重複。「**鼓起勇氣。**」

「這樣不夠！」

灰影向圖書館撲來。

「Mors vincit omnia！」達令頓大喊，用上忘川會所有印刷品上都有的格言。帝王與奧理略會員全部都往這裡看，只有查布・雅羅曼依然深陷在儀式的痛苦當中，聽不見現在已經進入防禦圈內的喧鬧。

這時一個聲音穿透空氣，高亢顫抖，不是說話，而是歌唱……「Pariome mi madre en una noche oscura。」

亞麗絲在唱歌，因為啜泣而走音。「Ponime por nombre niña y sin fortuna。」

母親在黑夜生下我，將我取名為不幸之女。

西班牙文，但不太一樣。可能是某種方言。

「Ya crecen las yerbas y dan armarillo triste mi corazón vive con suspiro。」

他沒聽過這首歌，但歌詞似乎讓灰影放慢腳步。

草葉生長枯黃。

我沉重的心跳動嘆息。

「繼續！」達令頓說。

「剩下的我不會唱！」亞麗絲大喊。灰影逼近。

「隨便說點什麼，史坦！我們需要更多死亡真言。」

「Quien no sabe de mar no sabe de mal！」這次她不是用唱的，而是大喊，一次又一次。

不識海者不知苦。

外面的整排灰影停下腳步回頭張望，他們後面有東西在動。

「繼續！」他對她說。

「Quien no sabe de mar no sabe de mal！」

那是一道波浪，非常巨大，從廣場湧來，但不知起源何處。怎麼會這樣？她說的甚至不是死亡真言。**不識海者不知苦**。達令頓甚至不明白這句話的意思。

灰影大浪湧起，達令頓想起味吉爾的詩句——真正的味吉爾。《牧歌集》裡的句子。「**令萬物化做汪洋！**」他高喊。波浪變得更高，遮住後面的建築與遠方的天空。「**永別了，森林！吾將躍下參天山峰，投身波濤；收下吧，此即為吾臨終之禮！**」

大浪崩潰，灰影四散跌落在廣場的石板上。達令頓透過玻璃看見他們，在月光下有如漂流的大冰塊。

達令頓急忙重新畫好防禦符文，灑上好幾堆墳土作為加強。

「妳剛才說的是什麼？」他問。

亞麗絲望著外面墜落的灰影，臉頰上依然掛著淚水。「我……那只是我外婆以前常說的話。」

拉迪諾語。她說的那種語言混合了西班牙語和希伯來語，還有一些他不太確定的語言。死亡的語言。算她走運，他們兩個都一樣。

他對她伸出一隻手。「妳沒事吧？」他問。她握住他的手，手掌冰冷汗濕，她站起來。

「嗯。」她說，但依然在發抖。「我沒事。對不起，我——」

「回權杖居之後再說，還有，拜託妳，等我們出去之後再道歉。」

齊林斯基大步走來，帝王緊跟在後。儀式結束了，他們的表情十分氣憤，他們的打扮很像三K黨的人出去鬧事卻忘記戴頭套。「你們到底在搞什麼鬼？」艾美莉雅問。「你們大吼大叫，差點搞砸我們的儀式。到底發生了什麼事？」

達令頓轉身看他們，擋住糊掉的符文不讓他們看見，然後模仿爺爺權威的架勢。「我才想問**你們呢！**」齊林斯基猛然停下腳步，他雙手垂落，袖子——現在恢復潔白了——輕輕甩了一下。

「什麼？」

「你們以前舉行過這種儀式嗎？」

「當然有，你明明知道！」艾美莉雅氣沖沖地說。

「和這次一模一樣？」

「當然不是！因為需求不同，每次的儀式都會有些差異。每個故事都不一樣。」

達令頓知道這樣做很冒險，但還是決定先發制人，絕不能讓他們以為忘川會是一群外行人。

「哼，我不知道查布想寫什麼新小說，不過他召來大批幽靈，差點害死你們所有人。」

齊林斯基瞪大眼睛。「剛才這裡有灰影？」

「像軍隊一樣多。」

「可是她在尖叫——」

「你們害我的但丁和我本人陷入險境。」達令頓說。「我要向桑鐸院長報告。奧理略會不該擅自玩弄——」

「不、不，拜託。」齊林斯基舉起雙手，彷彿想滅火。「拜託。這是我們這批新人第一次舉行儀式，難免會出點小狀況。我們正在努力爭取重新使用三S樓的教室。」

「她很可能會受傷。」達令頓的語氣充滿貴族派頭的憤慨。「甚至喪命。」

「今年是經費年，對吧？」艾美莉雅說。「我們……我們保證，數字會很漂亮。」

「妳想收買我？」

「不是！怎麼會呢？只是協商，取得共識。」

「快給我滾出去。算你們運氣好，圖書館的收藏沒有受到永久損傷。」

帝王與齊林斯基匆忙離開，亞麗絲悄悄說：「謝謝。」

達令頓氣憤地看她一眼，但彎腰開始清除防禦圈。「我是為了忘川會才那麼做，不是為了妳。」

*

他們把剩下的防禦圈擦掉，確認奧理略會沒有留下任何痕跡。查布的手臂妥善包紮，生命跡象也很穩定。他的嘴唇、牙齒、牙齦依然有墨跡，耳朵和內側眼角都在滴墨。他的樣子很恐怖，但他滿臉笑容，不斷自言自語，已經拿出筆記本在快速書寫。在故事完全寫出來之前，他會一直這樣。

回權杖居的路上，達令頓與亞麗絲都一言不發，氣氛很緊繃。夜晚感覺更冷了，不只是因為時間，也是因為靈視魔藥的影響。平常魔法結束時他都會感到一絲惆悵，但今晚他巴不得界幕快點關閉。

進行儀式的時候到底發生了什麼事？亞麗絲怎麼會那麼不小心？她違反了他所立下最基本的規則。絕不能碰到防禦圈。守好符文。難道是他不夠嚴格？太急於讓她安心？

他們進入權杖居，門口的燈光閃爍，彷彿房子感應到他們的心情。道斯還在壁爐前，他們離開之後她似乎沒動過。她抬頭看一眼，然後彷彿縮進運動上衣深處，繼續埋頭研究索引卡，不理會人類的衝突。

達令頓脫下大衣掛在門邊，然後往廚房走去，沒有停下來看亞麗絲有沒有跟上。他打開爐火加熱道斯準備好的湯，從冰箱拿出裝三明治的托盤用力往桌上一放，發出響亮的聲音。一瓶希哈紅酒已經醒好了，他幫自己倒一杯，然後坐下看著亞麗絲。她頹喪地坐在廚房餐桌邊，深色眼眸注視著黑白地磚。

他強迫自己喝完那杯紅酒，又倒了一杯，才終於開口說：「嗯？到底發生了什麼事？」

「我不知道。」她喃喃說，聲音幾乎聽不見。

「這個答案不夠好。如果連幾個灰影都應付不來，妳對我們而言等於毫無用處。」

「他們又沒有朝你去。」

「當然有。我也負責守兩個開口，記得嗎？」

她搓搓手臂。「我只是還沒準備好，下次會進步。」

「下次的狀況又會不一樣。再下次、再下次也是。現在有六個社團使用魔法，每個的儀式都不一樣。」

「不是因為儀式。」

「是因為血？」

「不是。有個灰影抓我，你沒說會發生那種事。我——」

達令頓不敢相信自己的耳朵。「妳說有灰影碰到妳？」

「不只一個。我——」

「不可能。這種事——」他放下酒杯，雙手扒一下頭髮。「很罕見，非常罕見。偶爾會發生，如果現場有血，或是靈魂特別激動的時候。所以真正的鬧鬼事件很稀有。」

她的語氣生硬、疏遠。「有可能。」

或許吧。除非她撒謊。「下次妳必須準備周全。這次妳沒有準備好——」

「是誰的錯？」

達令頓挺直背脊。「妳說什麼？我給了妳兩週的時間趕上進度。為了讓妳容易消化，我還做好摘要寄給妳。」

「可是之前的那些年呢？」亞麗絲站起來，把椅子推回去。她大步走進早餐室，黑髮反射燈光，全身散發強烈能量。房子發出嗚咽警告。她的心情不是難過、不是羞恥，而是憤怒。「那時候你們在哪裡？」她質問。「你們這些忘川會的聰明人，你們的咒語、粉筆、書本在哪裡？幽靈跟我回家的時候，你們在哪裡？他們闖進我的教室、我的臥房，連我洗澡的時候都會跑進浴缸，那些時候，你們在哪裡？桑鐸說你們追蹤我很多年，從我小時候開始。難道就不能派個人來教我怎麼擺脫他們？為什麼不告訴我，原來只要說幾個神奇的字，就能趕走他們？」

「灰影不會害人，只是因為儀式才會——」

亞麗絲一把抓起達令頓的杯子用力往牆上砸，玻璃與紅酒四散飛濺。「他們絕對會害人。你說得好像一副很懂的樣子，好像你是專家。」她雙手往桌上一拍，彎腰逼近他。「你根本不知道他們能做什麼。」

「妳鬧夠了嗎？還是要再砸一個杯子？」

「為什麼不幫我？」亞麗絲的語氣幾乎是咆哮。

「我幫妳了。妳原本差點被埋在像大海一樣的灰影裡，妳應該記得吧？」

「我說的不是你。」亞麗絲揮舞手臂，比比整棟房子。「桑鐸，忘川會，誰都好。」她雙手摀住臉。「**鼓起勇氣**。**人皆有死**。如果小時候我就知道這些話，我的人生會有多大的改變，你知道嗎？這麼短的兩句話就能改變一切。但沒有人在乎。等到你們需要利用我了，才終於願意教我。」

達令頓不願意承認他做錯了，他不願意承認忘川會做錯了。**吾等乃牧者**。然而他們卻讓亞麗絲獨自面對狼群。她說得沒錯，他們不在乎。對於忘川會而言，她只是一個從遠處研究、觀察的對象。

他告訴自己，他給了她一個機會，這個女孩莫名其妙被沖上他的海岸，但他決心要公平對待她。然而，他沒有糾正自己的謬誤，認定她每次面臨選擇都選錯，就這樣一路誤入歧途。他完全沒想過她可能是被驅趕而走上那條路。

許久之後，他說：「多砸一點東西會讓妳好過一點嗎？」

她呼吸粗重。「或許。」

達令頓站起來，打開一個櫥櫃，然後又一個、再一個，裡面每一層都擺著高級餐具，Lenox瓷器、Waterford水晶杯、Limoges餐盤——玻璃杯、盤子、水壺、托盤、奶油碟、醬汁碗、價值上萬的水晶與瓷器。他取下一個玻璃杯，裝滿紅酒之後遞給亞麗絲。

「妳想從哪裡開始？」

7 冬

忘川會肯定有處理謀殺案的程序，一連串她應該遵守的步驟，且達令頓一定知道的步驟。

他八成會要她請道斯幫忙。然而，亞麗絲和道斯一直沒有熟起來，頂多只是客氣地裝作對方不存在。道斯熱愛光鮮亮麗的達令頓，所有人都愛他。似乎只有他能夠自在和她交談，道斯每次都很彆扭，那種感覺總是掛在她身上，就像她常穿的運動衫，尺寸過大，看不出究竟是什麼顏色。亞麗絲十分確定，那天在羅森菲爾館發生的事，道斯認為是她的錯，雖然道斯沒有說出口，但她的沉默多了一種之前沒有的恨意，關櫥櫃門時很大聲，而且經常用猜忌的眼神偷看她。除非絕對必要，否則亞麗絲不想和道斯說話。

如此一來，只剩下查詢忘川會藏書室這個辦法了。**不然也可以乾脆拋下這所有鳥事**，她雖然這麼想，但還是乖乖走上橘街豪宅的臺階。再過一個星期，達令頓應該就會回到這個屋簷下。舉行新月儀式之後，他一定會回來，平平安安、開開心心，準備用他神奇的頭腦解開塔拉・哈欽司謀殺案的謎團。不過，說不定他會先處理其他問題。

權杖居沒有鑰匙。達令頓第一次帶她來的那天，把她介紹給大門認識，現在每次她進來，門就會發出哀怨嘆息。達令頓和她一起來的時候，門總是發出愉悅聲響。至少門沒有放出胡狼攻擊她。自從第一次來的那天早上被嚇壞之後，亞麗絲再也沒有看過那群靈獸獵犬，不過，每次她接近這棟房子就會想起那群胡狼，好奇牠們睡在哪裡、會不會肚子餓。靈獸需要吃東西嗎？

理論上，道斯星期五休假，但幾乎隨時都能看到她抱著筆電窩在一樓的起居室角落，因此要避開她很簡單。亞麗絲溜進門廳、鑽進廚房，找到道斯昨晚準備的三明治，用溼布蓋著放在冷藏室頂層。她狼吞虎嚥吃光，覺得好像在做賊，但這種感覺反而讓柔軟白麵包、小黃瓜圓片，以及蒔蘿調味的燻鮭魚，全都變得更美味。

忘川會於一八八八年買下橘街的這棟豪宅，那時約翰．安德森剛剛搬出去沒多久，據說是為了逃離女鬼，他父親殺死的賣菸女一直陰魂不散。從那之後，權杖居換過許多偽裝，一般住家、聖瑪麗修女會經營的學校、律師事務所，現在則是永遠等待整修的住家。但無論換過多少名目，其實始終是忘川會總部。

二樓的走道上放著一個書櫃，旁邊有個古董寫字桌，花瓶裡插著乾燥繡球花，這就是藏書室的入口。旁邊的木飾板裡藏著一個老舊面板，理論上是用來控制音響系統的，實際上只有一半的時間能用，有時候播放出來的音樂如此細微遙遠，反而讓屋裡顯得更淒涼。

亞麗絲從書櫃第三層拿起阿貝馬雷之書。這本書乍看之下只是普通的帳簿，髒兮兮的布質封面，但她翻開時，書頁發出電流霹啪聲響。她敢發誓，真的有一股輕微的電流竄過她。這本書會保留上一次查詢殘留的印象，亞麗絲翻到前一頁，看到達令頓潦草的筆跡寫下**羅森菲爾館平面圖**，日期是十二月十日。那天晚上之後，便再也沒有人看過丹尼爾·阿令頓。

亞麗絲從寫字桌上拿起筆，寫下日期以及「**忘川會程序。命案**」。她將書放在兩本書中間，分別是《史多佛在耶魯》以及《新英格蘭烹飪大全卷二》。她從來沒看過卷一。

房子唉聲嘆氣表達不滿，書櫃輕微震動。亞麗絲很想知道，道斯是不是太專心寫論文，所以沒察覺，還是她正在望著天花板，猜測亞麗絲又在搞什麼鬼。

書櫃停止震動，亞麗絲抓住右邊一拉。書櫃像門一樣打開，裡面是一個兩層樓高的圓形大廳，四周全部擺滿書架。雖然現在是下午，但上方玻璃穹頂外的天空卻呈現剛進入暮色時分的朦朧藍色。空氣感覺有些潮濕，她聞到橙花的香氣。

忘川會空間有限，因此，他們向捲軸鑰匙會借用魔法，將藏書室轉移到另一個空間，當時執行這項計畫的理查·阿貝馬雷還只是但丁。在阿貝馬雷之書寫下關鍵字，放回書架上，藏書室就會很貼心地從忘川會藏書中找出所有相關資料，只要打開密門就能看見。這些書其實收藏在格林威治一座莊園的地窖，絕大多數的主題都是奧祕學、紐哈芬與新英格蘭的歷史。這裡藏有十五世紀知名宗教裁判官海因里希・克雷默所寫的《女巫之槌》，不只有初版，還有五十二種譯本。另外還有十五世紀鍊金術大師帕拉塞爾蘇斯的作品全集、英格蘭神祕學家阿萊斯特・克勞利與法蘭西斯・培根的祕密日記、從位於伊朗恰克恰克的瑣羅亞斯德教拜火聖殿取得的咒語書、美式足球傳奇人物卡爾文・西爾的簽名照、威廉・巴克利的作品《耶魯神與人》的初版，還附上寫在Yakee Doodle連鎖餐廳餐巾紙上的咒文，可以顯現書中隱藏的章節。不過這裡絕對找不到《傲慢與偏見》，冷戰歷史相關的作品也全都在探討艾森豪主義演講詞使用了多少錯誤的魔法。

藏書室本身也很任性。要是查詢條件不夠精確，或是找不到查詢的書，書櫃就會不停抖動，最後釋放高熱，並且發出尖銳瘋狂的嗚咽，唯一的解決辦法就是拿出阿貝馬雷之書，對著書頁輕聲念誦一段安撫咒文，同時輕撫書脊。空間轉移魔法也需要定期維護，每六年就必須進行一系列繁複的儀式。

達令頓第一次帶她來看藏書室並且解說使用方式時，亞麗絲問：「要是忘記維護會怎樣？」

「一九二八年發生過一次。」

「結果呢？」

「所有藏書同時全部擠進權杖居的藏書室，地板坍塌，壓死了當時的眼目確斯特・凡斯。」

「老天，好慘。」

「難說。」達令頓沉思著說。「被一堆書壓到窒息，這種死法感覺很適合研究助理。」

亞麗絲每次來藏書室都小心翼翼，書櫃晃動的時候絕不靠近。她完全可以想像，未來的達令頓拿她當笑料，嘲弄無知的銀河．史坦被暴走的知識一拳擊中下顎而死。

她把包包放在藏書室中央的圓桌上，木桌面上鑲嵌著星座圖，她看不出是哪個星座。亞麗絲覺得很奇怪，書本的氣味永遠一樣。拜內克圖書館空調書庫與展示櫃中的古老文件，史特林圖書館的研究室，忘川會的魔法藏書室。這些地方的氣味都和她小時候常去的閱覽室一模一樣，雖然那裡只有日光燈管和廉價平裝書，那時她幾乎是住在那裡。

書架上沒有幾本書。幾本老舊厚重的紐哈芬歷史、一本感覺很新的平裝書，書名叫作《紐哈芬騷動！》，感覺應該是觀光紀念品店賣的東西。亞麗絲研究了一分鐘，才發現其中一個書架塞滿了同一本單薄小書的無數版本——《忘川人生：第九會之程序與規範》，早期是精裝本，但隨著時間過去，忘川會逐漸放棄裝模作樣，開始注意預算，裝訂方式也變成用釘書針簡單固定。

亞麗絲拿起最新的版本，封面上蓋著一九八七年的日期戳記。沒有目錄，只有歪歪的影印書頁，邊緣偶爾出現註記，裡面夾著一張票根，是英國搖滾樂團Squeeze在紐哈芬體育館舉行的演唱會。體育館早已拆除，原本預計建造公寓大樓和社區大學校園，但最後都沒有實現。亞麗絲曾經看到一個青少年灰影，他穿著R.E.M.樂團的T恤，在體育館原址改建的停車場漫無目的地轉來轉去，彷彿還在努力設法弄到門票。

關於「命案」的段落短得令人沮喪：

倘若發生與會墓社團相關的暴力死亡事件，則必須召開研議會，由院長、大學校長、忘川會現任會員、現任百夫長、忘川會信託基金理事長出席討論，共同研擬處理辦法（請見「會議程序」）。

亞麗絲翻到「會議程序」，卻只看到忘川會餐廳的平面圖、座位順序表、提醒眼目做會議紀錄的備忘錄，以及建議菜單。顯然會議中必須提供輕食，但不主動供應酒類。甚至還有一篇食譜，菜色叫薄荷水果冰沙。

「真是幫了大忙啊，各位。」亞麗絲嘀咕。在他們眼中，殺人似乎只是一種失禮的行為。她不知道研議會是什麼鬼東西，不過，顯然參加的都是大人物，她一點也不想召開。她真的應該聯絡校長，邀請他來吃冷肉拼盤？桑鐸叫她安心休息，他沒有說要召開研議會。為什麼？**因為今年是經費年，因為塔拉・哈欽司是市區的人，因為沒有證據顯示祕密社團涉案。所以就算了吧。**

亞麗絲走出藏書室，關上門，再次翻開阿貝馬雷之書。這次書頁飄出雪茄味，她聽見餐具敲擊的聲音。這就是忘川會對謀殺的記憶——沒有鮮血、沒有痛苦，只有一群人聚集在餐桌邊，暢飲薄荷水果冰沙。她遲疑片刻，思考該用什麼關鍵字才正確，然後她寫下新的查詢要求：**如何和死人說話**。

她將書放回去，書櫃劇烈震動。這次當她進入藏書室，書架上塞滿了書。

*

她很難不覺得達令頓此刻就站在身後探頭看，滿懷熱忱的學者努力克制自己，不干預她笨拙的搜尋。

妳第一次看見他們是什麼時候?亞麗絲沒有對達令頓撒謊，她真的想不起來第一次看到幽靈是什麼時候，她腦中甚至不認為他們是幽靈。泳池邊那個嘴唇發青的比基尼女孩；學校鐵絲網柵欄外那個裸男，懶洋洋地撫弄下體，看著她班上的同學打躲避球；In-N-Out漢堡店的卡座裡，那兩個穿染血T恤的男生，他們從不點餐。她稱他們為「安靜東西」，只要她不理他們，他們就不會來糾纏她。

她十二歲那年，在戈立塔市的一間廁所裡，一切都改變了。

那時候，她已經知道不可以跟別人說她看到什麼，日子過得還算不錯。到了要上國中的時候，她要求媽媽不要稱呼她銀河，改用亞麗絲這個名字，學校的資料也填寫這個名字。在以前的學校，所有人都知道她是那個神經兮兮的同學，經常自言自語，明明沒有東西卻嚇一跳；她沒有爸爸，而且長得也不像媽媽。一位輔導老師認為她有過動症，另一位認為她需要規律睡眠。而副校長則把她媽媽拉到一邊，悄悄說亞麗絲可能有點遲緩。「有些毛病不能靠心理治療或吃藥解決，妳懂吧？有些孩子就是無法達到平均水準，但教室裡依然有他們的位子。」

新學校、新開始，她要把握機會將自己塑造成正常人。

亞麗絲好不容易鼓起勇氣說出她想改名字，媽媽說：「妳不該因為與眾不同而覺得丟臉，銀河這個名字不是隨便亂取的。」

亞麗絲沒有反駁。她讀過的書、看過的電視節目都說與眾不同沒什麼不好。與眾不同非常棒！只是沒有人像她這麼不同。更何況，她還顧小小的公寓，家裡到處是補夢網、絲巾、精靈在月光下跳舞的圖畫，她永遠不會真的和別人一樣。

「說不定只要努力就可以做到。」

「好吧。」米拉說。「我尊重妳的決定。」她將女兒拉進懷中，在前額印上一個吻。「不過，妳永遠是我的小星星。」

亞麗絲大笑著扭動掙脫，因為安心與期待而幾乎有點頭暈，她接著開始思考該如何說服媽媽買新牛仔褲給她。

七年級開始了，亞麗絲覺得新名字似乎有魔力。儘管依舊有些問題無法解決，她的球鞋還是和大家不一樣，髮飾也不對，午餐的菜色仍舊很怪。新名字無法讓她變成金髮、長高，也無法讓眉毛變細，她必須勤奮地拔，兩邊眉毛才不會結合成同一陣線。白人同學依然認為她是墨西哥人，墨西哥同學依然認為她是白人。不過她的課堂表現還不錯，而且中午有人陪她吃飯。她交了一個朋友，叫作梅根，她會邀請亞麗絲去她家看電影、吃早餐穀片，穀片的名字感覺甜滋滋的，因加了人工色素而顯得鮮豔亮眼。

去戈立塔校外教學的那天早上，蘿莎莉老師叫大家分成兩個人一組，梅根握住亞麗絲的手，亞麗絲感到深深的感激，擔心會因為太激動而嘔出老師發的藍莓小瑪芬。整個早上，她們端著寶麗龍杯喝熱可可，在校車的綠色塑膠皮座位上擠在一起。她們兩個的媽媽都喜歡佛利伍麥克樂團，因此當收音機播放起〈Go Your Own Way〉時，她們跟著一起唱，幾乎是大吼大叫，笑到喘不過氣，寇迪・摩根摀著耳朵大聲叫她們閉嘴。

去蝴蝶保護區的車程幾乎花了三個小時，每一分鐘都讓亞麗絲感到回味無窮。蝴蝶園本身沒什麼特別：一條灰塵很重的小徑穿過漂亮的尤加利樹林，導覽員講解帝王斑蝶的進食習慣與遷徙模式。亞麗絲看到一個苗條的女人在園區遊蕩，她的一條手臂只剩一條筋還連著身體，亞麗絲急忙轉過頭，剛好看到樹梢升起一大片橘色翅膀，大批帝王斑蝶飛起。靠近入口的地方有野餐桌，她和梅根並肩坐在那裡吃午餐。上車前，大家都去上廁所。廁所是兩棟低矮建築，水泥地濕答答，梅根與亞麗絲進去時都差點吐了。

「算了吧。」梅根說，「我可以憋到回學校。」

但亞麗絲非上不可。她選了最乾淨的隔間，在馬桶座上仔細鋪好一圈衛生紙，然後脫掉牛仔短褲，她嚇得呆住了。她呆望許久，不確定那究竟是什麼。血幾乎乾了，顏色非常深，她幾乎無法理解那是血。她的月經來了。不是應該會痛嗎？梅根暑假的時候來了，經常和她分享對棉條和衛生棉的看法，以及止痛藥有多重要。

幸好血沒有滲透到短褲上。不過，她要如何撐過回學校的車程？

「梅根！」她大喊。但就算剛才廁所有人，現在也全都出去了。亞麗絲感到越來越驚慌。她必須在大家上車坐好之前去找老師，她一定知道該怎麼辦。

亞麗絲將衛生紙在手上纏了幾圈，做成臨時襯墊放在髒掉的內褲上，然後穿上短褲匆忙走出隔間。

她驚呼一聲。外面有個男人，他的臉上有很多瘀血。她意識到那是幽靈而鬆了一口氣。在女廁遇到死掉的男人，比遇到活著的好多了。她握緊拳頭，硬是穿過他的身體。**她最討厭穿過他**

們。有時候她會看到記憶一閃而過，但這次她只感到一股寒意。她快步走向洗手臺，急忙洗好手。亞麗絲感覺得到他還在，但她小心避免在鏡子裡對上他的視線。

她感覺有個東西碰到後腰。

下一瞬間，她的臉被按在鏡子上。她的腹部壓在陶瓷洗手臺邊緣，她感覺到冰冷的手指拉扯褲腰。

亞麗絲尖叫，她抬腳踢，感覺到真實的肌肉與骨頭，拉她褲腰的手鬆開。她想往後推離開洗手臺，卻在鏡子裡看到自己的臉，藍色髮夾滑落，她看到抓住她的那個男人——那個東西。**你不能做這種事**，她想著。**你不能碰到我**。不可能，不允許。安靜東西從來不會碰到她。

緊接著她的臉被壓在水泥地板上。她感覺臀部被往後拉，內褲被扯下來，有個東西抵著她，想要**進入**她。她看到一隻蝴蝶躺在洗手臺下面的積水裡，一隻翅膀狂亂拍動，彷彿在對她招手。

她不停尖叫、尖叫。

梅根和蘿莎莉老師發現她的時候，她趴在公廁地上，皺成一團的短褲拉到腳踝，內褲拉到膝蓋，鮮血染紅她的大腿，雙腿之間夾著被血浸透的一團衛生紙。她哭泣、掙扎，臀部翹在半空中，不停發抖。沒有別人在。

蘿莎莉老師在她身邊說：「亞麗絲！親愛的！」那個企圖進入她的東西消失了。她始終不知道他為什麼停止，為什麼逃跑，只知道她死命抓著老師活生生、有溫度、帶著薰衣草肥皂香味的身體。

蘿莎莉老師叫梅根先出去。她幫亞麗絲擦乾眼淚，然後幫她清理。她的皮包裡有衛生棉條，她教亞麗絲怎麼用。亞麗絲聽從她的指示，依然不停顫抖、哭泣。她不想碰下面那裡，她不願意去想剛才那個東西企圖進去。回程的路上，蘿莎莉老師和她坐在一起，給了她一盒果汁。亞麗絲聽著同學笑鬧歌唱，但她不敢回頭。她怕看見梅根。

回學校的漫長車程，在保健室等候的漫長過程，她只想要媽媽，只想被媽媽抱在懷裡，只想讓媽媽帶她回家，回到安全的公寓，裹著毯子躺在沙發上看卡通。媽媽終於來了，壓低聲音和校長、輔導老師、蘿莎莉老師談了很久，走廊上已經沒有學生了，大家都走了。米拉帶她走過回音很大的寂靜校舍前往停車場，亞麗絲好希望自己還是小寶寶，可以讓媽媽抱著走。

回到家之後，亞麗絲盡快洗澡。她感覺太脆弱、太赤裸。萬一那個東西又跑來怎麼辦？萬一其他東西跑來找她怎麼辦？要怎麼阻止他，阻止那些東西，不讓他們找到她？她看過他們穿牆。她要去哪裡才能再次感到安全？

她讓水繼續流，偷溜去廚房翻雜物抽屜。她聽到媽媽在臥房小聲講電話。

「學校的人認為她可能曾經遭到侵犯。」米拉說，她在哭。「因為過去的創傷，所以現在才會出現這種行為……我不知道，我不知道。基督教青年會有個游泳老師，他總是怪怪的，而且亞麗絲一直不喜歡去游泳池。說不定出過什麼事？」

亞麗絲討厭游泳池，因為那裡有個年紀很小的安靜東西，他的一邊腦袋凹進去，很喜歡在生鏽的矮墩附近走來走去，那裡原本有座跳臺。

她胡亂翻找抽屜，終於發現一把紅色小摺疊刀。她帶著刀回浴室，放在肥皂碟上。她不知道拿來對付安靜東西有沒有用，但至少可以讓她安心一點。她匆匆洗好澡、擦乾、換上睡衣，走進客廳蜷起身體，窩在沙發上，濕髮包著毛巾。她媽媽一定聽到水聲停了，因為不久之後她從房間出來。

「嗨，寶貝。」她輕聲說，眼睛很紅。「妳餓不餓？」

亞麗絲注視電視螢幕。「可以吃真正的披薩嗎？」

「我可以在家做給妳吃。妳不喜歡杏仁起司嗎？」

亞麗絲沒有說話。幾分鐘後，她聽到媽媽打電話去阿米其披薩店叫外送。她們邊吃邊看電視，米拉假裝沒有偷看亞麗絲。

亞麗絲吃到胃痛，然後繼續吃。時間太晚，沒有卡通了，播出的節目變成太開朗的情境喜劇，主角有的是少年巫師、有的是住在頂級飯店的雙胞胎，學校裡每個人都假裝嫌這些節目幼稚。這些人是誰？亞麗絲想著。這些快樂、瘋狂、有趣的人，他們是誰？他們怎麼可以那樣毫無恐懼？

媽媽小口咬著餅皮邊緣，然後終於拿起遙控器按下靜音。

「寶貝。」她說。「銀河。」

「亞麗絲。」

「亞麗絲，可以和我談談嗎？可以談一下今天發生的事嗎？」

亞麗絲感覺笑聲凝聚成硬球，從喉嚨推擠上來，弄得她很痛。等到那顆球冒出來，她會哭還是笑？可以談一下今天發生的事嗎？她該說什麼？有個鬼想強暴我？說不定他得逞了？她不確定到什麼程度才算得逞，進去多深才算數。無所謂，反正沒有人會相信。

亞麗絲緊握著睡衣口袋裡的小刀，她的心跳突然加速。她能說什麼？救救我。保護我。問題是沒有人能保護她，沒有人能看見傷害她的那些東西。

他們甚至可能不是真的，這才是最嚴重的問題。萬一只是她的想像呢？說不定她只是瘋了，然後呢？她好想放聲尖叫，永遠不要停。

「寶貝？」媽媽的眼睛再次漲滿淚水。「無論發生了什麼事，總之不是妳的錯。妳知道吧？妳——」

「我不要去上學。」

「銀河——」

「媽媽。」亞麗絲轉身抓住媽媽的手腕，她需要媽媽認真聽。「**媽媽**，不要逼我去。」

米拉想要抱住亞麗絲。「噢，我的小星星。」

這時亞麗絲真的放聲尖叫。她猛踢媽媽，不讓她接近。「**妳是個該死的廢物**。」她一次又一次尖叫，最後媽媽哭了出來，亞麗絲回房間鎖上門，因為羞恥而覺得想吐。

米拉哀求亞麗絲，企圖用垃圾食物和電視時間收買她，終於她下了最後通牒：「妳如果不去看心理醫生，就回去上學。」

於是接下來的星期一，亞麗絲回去上學。沒有人跟她說話，沒有人正眼看她，她發現體育館的置物櫃被人抹上義大利麵醬，她知道梅根說出去了。

亞麗絲有了個新綽號，血腥瑪麗。她獨自吃午餐。無論是實驗課或校外教學，再也沒有人選她搭檔，每次都得由老師指派。亞麗絲太急著想挽回梅根，於是告訴她那天真正發生的事，努力想解釋。她知道這樣做很蠢，在滔滔不絕訴說她看到那些東西的當下，她已經看到梅根漸漸後退，眼神越來越疏遠，食指纏繞著一綹光亮的棕色長鬈髮。梅根越是退縮、越是沉默，亞麗絲就越是講個不停，彷彿那些話裡藏著密碼、鑰匙，能夠讓她多少找回失去的友誼。

最後梅根只說了一句：「好喔，我要走了。」然後她做了亞麗絲早就猜到她會做的事：全部說出去。

因此，當莎拉・麥金尼求亞麗絲去「三個男孩」餐廳和她碰面，一起去找她奶奶的鬼魂說話，亞麗絲其實知道很可能只是整人、惡作劇。儘管如此，她還是去了。依然懷抱希望，結果卻一個人坐在美食街強忍淚水。

就是那一天，在「棍子熱狗」上班的茉緒從櫃檯看過來，覺得她很可憐。茉緒念十二年級，頭髮染黑，屍體一樣慘白的手上帶著數不清的銀戒指。她太清楚女生有多壞心，於是邀請亞麗絲去購物中心停車場和她的朋友一起玩。

亞麗絲不知道該做什麼，於是她只是呆站著，雙手插在口袋裡。那些人一起抽大麻菸，互相傳來傳去，茉緒的男友傳給她。

「她才十二歲耶！」茉緒說。

「我看得出來她心情不好。而且她很酷，對吧？」

亞麗絲在學校看過比較年長的孩子抽大麻和香菸。她和梅根玩過抽假菸，所以她至少知道抽大麻的時候不可以像抽菸那樣呼出來。

她含住大麻菸吸了一口，盡可能憋住，然後大聲猛烈咳嗽。

茱緒和她的朋友鼓掌歡呼。

「看吧？」茱緒的男友說。「這孩子很酷，而且很漂亮。」

「少變態了。」茱緒說。「她只是個孩子。」

「我又沒說想上她。妳叫什麼名字？」

「亞麗絲。」

茱緒的男友伸出一隻手，他的兩隻手腕上都戴著真皮手環，前臂上長著許多黑毛。他完全不像和她同年的男生。

她和他握手，他對她眨眨一隻眼睛。「很高興認識妳，亞麗絲。我是里恩。」

幾個小時後，她爬上床，感覺睏倦又強大。她發現自從吸進第一口大麻之後，就再也沒有看到幽靈。

*

亞麗絲學會關鍵在於平衡。酒精有用，鴉片類止痛藥也有用，能讓注意力渙散的東西都有用。煩寧最棒，一切變得朦朦朧朧，她感覺像裹在棉花裡。安非他命類的快速丸千萬不能碰，聰明藥更是如此，但最可怕的是類似搖頭丸的莫利。亞麗絲有一次吃到莫利，她不但看到灰影，甚至能感受他們的心情，他們的悲傷與飢渴從四面八方向她湧來。蝴蝶園區公廁那樣的事件再也沒有發生過，安靜東西再也無法碰到她，但她不知道為什麼。依然到處都可以看到他們。

最美好的一件事，則是和這群新朋友在一起，大家都很嗨，就算她突然驚慌害怕也沒有人會覺得怪，他們只覺得超好笑。她是那群人當中年紀最小的，是他們的吉祥物，當她和看不見的東西說話，他們總是大笑。茉緒說梅根那樣的女生是「金髮婊」、「變種萌」，她說她們全都是「可悲的小魚，只會在主流社會喝自己的尿」。她說超羨慕亞麗絲的黑髮，當亞麗絲說到處是幽靈、他們企圖闖入活人的世界時，茉緒只是搖頭說：「妳應該寫下來，亞麗絲。我說真的。」

亞麗絲留級一年，然後被停學。她偷媽媽皮包裡的錢，然後偷拿家裡的小東西變賣，最後，她偷走了外公遺留的猶太逾越節銀聖杯。米拉哭泣吼罵，立下新的家規。但亞麗絲一項都沒遵守，她因為讓媽媽傷心而感到內疚，但又因為自己的內疚而憤怒。這一切讓她厭倦疲累，最後她乾脆不回家了。

亞麗絲滿十五歲那年，媽媽用光最後的積蓄，送她去迷途少年鐵血矯正中心。那時候茉緒早已離開了，去念藝術學院，就算放假回家也不會再找亞麗絲、里恩和其他人一起混。有一次，亞麗絲在美妝店碰巧遇到她，她來買染髮劑，依然是黑色。茉緒問她學校的狀況，她只是大笑，茉緒不停道歉。

「為什麼要道歉？」亞麗絲說。「妳救了我。」

茉緒的表情如此悲傷、羞恥，亞麗絲只好逃出美妝店。那天晚上她回家，想要看看媽媽、睡在自己的床上。但半夜她驚醒，因為有兩個男人用手電筒照她的眼睛，然後把她拖出房間，她媽媽在旁邊哭著說：「對不起，寶貝。我不知道還能怎麼辦。」顯然那是個適合道歉的好日子。

他們用束帶綁住她的手，把她扔上一輛休旅車，她穿著睡衣、沒穿鞋。他們對她大吼大叫，說她不孝，傷透了媽媽的心，她要去愛達荷州學習正當生活，受點教訓。幸好里恩教過亞麗絲如何掙脫束帶，她只試了兩次就成功。她悄悄打開後座門，逃進兩棟公寓之間的小巷，前座那兩個大塊頭驚覺亞麗絲不見時，她早已跑遠了。她走了好幾英里，去到里恩打工的三一冰淇淋店。他下班之後，他們把亞麗絲長滿水泡的腳放進一桶泡泡糖冰淇淋，嗑藥之後在倉庫地上做愛。

她在星期五餐廳打工，然後換到一家墨西哥餐廳，那裡的老闆會把客人沒吃完的豆子回收再利用，接著是雷射標籤店、Mail Boxes Etc.快遞公司。有一天下午，她站在寄件櫃檯後面，一個留著栗色長鬈髮的漂亮女生和媽媽一起進來，要寄一堆牛皮紙信封。亞麗絲看了整整一分鐘才認出那個女生是梅根。她穿著紫紅圍裙站在那裡，看著梅根和另一個店員聊天，亞麗絲突然覺得自己變成了安靜東西，多年前她早已死在那間公廁裡，從那之後，大家的視線都會直接穿透她，她只是一直嗑藥嗑太嗨所以沒察覺。這時梅根回過頭，那慌亂緊張的眼神讓亞麗絲回歸肉體。**妳看得**

見我，她想。妳希望沒看見，但妳看見了。

許多年就這樣過去了。有時候亞麗絲會抬起頭，想要戒毒，想要重拾書本、重新上學、回去找媽媽。她夢想著乾淨的床單，有人幫她蓋被子。然後她瞥見一個重機騎士，一邊臉頰的皮全部磨光，血肉模糊的臉上黏著碎石子，還有那個穿睡袍的老太太，她總是站在電器行前面，沒有人看得見她。於是她又繼續嗑藥。只要她看不見他們，他們就看不見她。

她就這樣沉淪下去，幸好海莉出現了。金黃燦爛的海莉，里恩以為她會討厭海莉，甚至希望她討厭她，但她反而愛上她——直到在原爆點的那一夜，所有事情天翻地覆；直到那天早上她在醫院醒來，看到桑鐸院長在她的病房裡。

他從公事包拿出幾份文件，以及以前她還願意上學時寫的一篇作文。她沒有印象了，但題目是「**我的一天**」。頂端有個大大的紅色F，評語則是：**要妳寫作文，妳給我寫小說**。

桑鐸直挺挺坐在病床邊的椅子上，問她：「這篇作文裡寫的那些東西，妳還看得見嗎？」

奧理略會舉行儀式的那個晚上，灰影受到鮮血與渴望所吸引，一擁而上撲向防禦圈，凝聚成形，當時這所有往事瞬間湧上心頭。入學之前她幾乎失去一切，但她設法撐了過來，只要能得到一點點幫助——例如，暑假在貝爾邦教授的辦公室學習如何泡一壺完美好茶，以此作為第一步——她應該可以再撐久一點。只要讓塔拉·哈欽司安息就沒問題了。

亞麗絲離開忘川會藏書室時，太陽已經下山了，她的頭腦感覺麻麻的。她第一次查詢時失誤了，忘記限定只要英文資料，即使當她重新設定條件，依然出現一大堆看不懂的東西。大量學術論文與專題著作，難度太高，她難以解讀。如此一來反而簡單，亞麗絲能理解的儀式只有那幾個，這大大縮小了範圍；再去掉那些需要特殊行星排列、春分秋分、十月大晴天的儀式，那個需要用到「**勇猛年輕紳士包皮**」的儀式也不行，另外一個儀式要用的東西沒那麼可怕，但也很難取得：一百隻金鶚鳥的羽毛。

「達成使命的滿足感。」這是她媽媽很愛講的一句話。「辛苦的工作試煉靈魂、優秀的工作滋養靈魂！」亞麗絲不確定她剛才的那番努力算不算「優秀」的工作，不過至少比什麼都不做要來得好。她將內容影印一份——因為在藏書室裡不能用手機，就連拍照也不行——關上藏書室之後，她強迫自己下樓去起居室。

「嗨，道斯。」亞麗絲侷促不安地說。沒有回應。「潘蜜拉。」

她像平常一樣，坐在平臺鋼琴邊的地板上，整個人縮成一團，嘴裡含著螢光筆。她的筆電放在一旁，四周堆著一疊疊書本和一排排提示卡，亞麗絲猜那些卡片可能是她的論文章節標題。

「嗨。」她再試一次，「我需要妳陪我去做件事。」

道斯將**從厄琉息斯到安波利**放到**擬仿與馬車輪**下面。

「我很忙。」她咬著螢光筆含糊地說。

「我需要妳陪我去一趟太平間。」

道斯終於抬起頭，眉頭糾結，不停眨眼睛，彷彿被太陽炫到張不開。別人和她說話時，她總是有點心不在焉，彷彿隨時會找到突破的關鍵，讓她能完成已經撰寫六年的論文。

她把螢光筆從嘴裡拿出來，隨手在皺巴巴的運動衫上擦擦，那件衣服隨著光線感覺不同，可能是藏青色也可能是灰色。她的紅髮紮成包頭，亞麗絲看到她的下巴有塊紅紅的痕跡，看來快冒痘痘了。

「為什麼？」道斯問。

「塔拉・哈欽司。」

「桑鐸院長要妳去的嗎？」

「我需要更多資料。」亞麗絲說。「為了寫報告。」對於這樣的難題，親愛的道斯應該很能感同身受。

「那妳應該打電話給百夫長。」

「透納不肯跟我說話。」

道斯伸出手指輕撫一張提示卡邊緣。**異教的聖經解析：喬瑟夫斯與搗蛋鬼神話對愚者牌**

的影響。她的指甲全都咬得光禿禿。

「他們不是要起訴她的男友嗎？」道斯問，拉扯鬆掉的袖子。「這件事和我們有什麼關係？」

「說不定沒有。不過案發當時是星期四晚上，我認為應該要確認。這不就是我們存在的意義嗎？」

亞麗絲沒有說出，**達令頓一定會去調查**，不過意思到了。

道斯不自在地動了動。「可是萬一透納警探——」

「透納滾去肏他自己吧。」亞麗絲說。她累了，她沒吃晚餐。她已經為塔拉・哈欽司浪費了好幾個小時，眼看還要繼續浪費下去。

道斯咬著下唇，彷彿認真思索他要怎麼肏自己。「我不知道耶。」

「妳有車嗎？」

「沒有。達令頓有，他還在的時候。可惡。」一瞬間，他和她們在一起，耀眼而幹練。道斯站起來，打開背包拉鍊，取出一串鑰匙。她站在昏暗的光線下，把鑰匙放在掌心掂量。「我不知道耶。」她重複。

這個回答可能代表一百件不同的事。**我不知道這樣做對不對。我不知道能不能信任妳。**

我不知道如何完成論文。我不知道是不是妳搶走了我們璀璨耀眼、前途不可限量的完美男孩。

「我們要怎麼進去？」道斯問。

「我會想辦法。」

「進去之後呢？」

亞麗絲把剛才在藏書室抄寫的資料交給她。「這些東西我們都有吧？」

道斯瀏覽一下內容，她一臉驚訝地說：「這個很不錯。」

不要道歉，好好工作就好。

道斯咬著下唇。她的嘴唇毫無顏色，她整個人都是這樣。或許論文吸乾了她的生命。「難道不能叫車嗎？」

「我們說不定得匆忙離開。」

道斯嘆息，伸手拿起連帽大衣。「我開車。」

8
冬

道斯將達令頓的車停在馬路稍微前面一點的地方。那是一輛酒紅色的老派賓士車，可能是八〇年代生產的——亞麗絲從來沒問過。焦糖色真皮座椅有些地方磨損了，縫線也稍微有點綻開。達令頓一直把這輛車保持得很乾淨，但現在更是一塵不染，這絕對是道斯的傑作。

道斯發動引擎之前先猶豫了一下，彷彿需要許可。車子發出轟隆聲響，他們離開校園開上高速公路。

她們沒有交談。法醫處其實在法明頓，距離紐哈芬將近四十英里。太平間，亞麗絲想著。**我要去太平間，而且是坐賓士車去**。亞麗絲想開收音機——老式的那種，一條紅線在數字上移動，彷彿用指尖摸書頁尋找正確段落。但她擔心音響會傳出達令頓的聲音——**史坦，滾出我的車**——因此決定還是寂靜比較好。

她們花了將近一個小時才找到法醫處。亞麗絲不確定原本期待什麼，但她們到達時，她很慶幸裡面燈火通明，停車場很寬廣，整體有種辦公大樓的感覺。

「現在呢？」道斯問。

亞麗絲從包包拿出剛才準備好的小塑膠袋與錫罐，全部塞進牛仔褲後口袋。她打開車門，脫掉外套和圍巾扔在座位上。

「妳在做什麼？」道斯問。

「我不想被看出是學生。妳的上衣借我。」亞麗絲的短外套是薄羊毛材質、化纖內裡，一看就知道是大學生會穿的那種衣服。她當初就是因為這樣才買。

道斯似乎想抗議，但還是拉開大衣的拉鍊，脫下運動衫扔給亞麗絲，她身上只剩下一件T恤，冷得發抖。「我不確定這樣做對不對。」

「當然不對。走吧。」

亞麗絲透過玻璃門看到等候室裡有幾個人在，全都想趁辦公時間結束前把事情處理好。後方的櫃檯有個女人坐在那裡。她有一頭豐盈的棕髮，在辦公室燈光下隱約映出紅色。

亞麗絲匆匆傳了簡訊給透納：**需要談談**。然後她告訴道斯：「五分鐘之後再進來，坐下來假裝等人。如果那個女的離開櫃檯，立刻傳訊息告訴我，好嗎？」

「妳打算做什麼？」

「找她說話。」

亞麗絲後悔不該將使役金幣浪費在那個法醫身上，她只剩下一個，必須省著用。櫃檯只是第一關，如果計畫進行順利，那等一下還要用到。

亞麗絲將頭髮塞到耳後，焦急地衝進等候室，不停搓手臂。櫃檯後面貼著一張海報：**體諒與尊重**。一個小牌子上寫著：**我的名字是莫依拉，很榮幸為您服務**。榮幸，不是樂意。在這棟充滿死人的建築裡，不該有任何歡樂。

莫依拉抬頭微笑。她的眼睛周圍有艱苦生活留下的細紋，脖子上也有。

「嗨。」亞麗絲說，她刻意顫抖著深吸一口氣。「呃，一位警官說我可以來這裡看我表妹。」

「好的，沒問題。妳表妹叫什麼名字？」

「塔拉・安・哈欽司。」在網路上稍微搜尋就能找到她的中間名。櫃檯小姐的表情變得戒備。塔拉・哈欽司上過新聞，她是凶殺案死者，很容易吸引瘋子。「透納警官叫我來的。」

莫依拉的表情依舊戒備。他是這件案子的承辦人，媒體很可能公布了他的名字。

「妳先請坐，我聯絡他確認一下。」莫依拉說。

亞麗絲拿起手機。「他有給我電話號碼。」她匆匆傳送另一則簡訊：**快點接電話，透納**。

然後她叫出通訊錄，撥打之後開啟擴音。「這裡。」她將手機遞過去。

莫依拉慌張地說：「我不能……」但手機輕微的撥號聲，加上亞麗絲充滿期待的表情說服了她。莫依拉抿著嘴唇，從亞麗絲手中接過手機。

電話轉到透納的語音信箱，亞麗絲早就料到會這樣。亞伯．透納警探想接電話的時候才會接，絕不會因為一個大學小鬼叫他接就接，她命令他接，他更是不會接。

亞麗絲希望莫依拉會直接掛斷，但她清清嗓子說：「透納警官，我是法醫處的民眾服務人員莫依拉．亞當斯。麻煩您回電……」她報出號碼。亞麗絲只希望透納看到是她的留言就不想聽，或許他會小心眼地直接刪除。

莫依拉交還手機時，亞麗絲說：「塔拉很善良，妳知道嗎？她不該遭遇這種事。」莫依拉同情地嗯了一聲。「很遺憾妳痛失親人。」語氣彷彿在念臺詞。

「我只想在她身邊禱告，和她道別。」

莫依拉伸手摸摸脖子上的十字架。「當然。」

「她確實有很多問題，但大家不都這樣？每個週末我們都會拉著她一起去教堂。可想而知，她的那個男朋友很不高興。」聽到這裡，莫依拉哼了一聲表示同意。「透納警官應該很快就會回電吧？」

「他聽到應該就會回，說不定他剛好在忙。但你們再過一個小時就要關門了，對吧？」

「沒錯，民眾服務時間就快結束了。妳可以星期一再──」

「可是我沒辦法。」亞麗絲迅速瀏覽莫依拉放在櫃檯下面的照片，看到一個穿著小熊維尼手術服的女生。「我在念護校。」

「阿貝圖斯馬格納斯學院？」

「對！」

「我姪女也念那裡。愛莉森・亞當斯？」

「紅頭髮、很漂亮？」

「就是她沒錯。」莫依拉微笑著說。

「我不能不去上課。課程真的很難，我好像從來沒有這麼累過。」

「我知道。」莫依拉惆悵地說。「愛莉森也很辛苦。」

「我只是……我媽叫我一定要去和她道別，我希望可以老實地說我去了。塔拉的爸媽……關係不太好。」亞麗絲現在只是隨便瞎掰了，不過她猜想對於塔拉・哈欽司這樣的女生，莫依拉・亞當斯心中應該自有一套故事。「我只想看看她的臉，和她道別。」

莫依拉遲疑了一下，然後伸出手來捏捏她的手。「我可以請人帶妳進去看她。準備好證件……妳一定會很難過，不過祈禱能帶來安慰。」

「每次都很有效。」亞麗絲激動地說。

莫依拉按下一個按鈕，幾分鐘之後，一個穿著藍色手術服、感覺很疲憊的法醫出來，揮手要她進去。

他們進入一道雙扇門，溫度變得很低，地磚是花灰色，牆壁則是黯淡的米白。「在這裡簽名。」他指著牆上的文件夾板說。「我要確認有照片的證件。手機、相機以及所有攝錄裝置都必須放在籃子裡，妳等一下出來就可以拿回去。」

「沒問題。」亞麗絲說。然後她伸出一隻手，金幣在日光燈下閃耀光芒。「你好像掉了這個。」

*

太平間比她想像的大很多，而且非常冷。各種出乎意料的噪音——水龍頭漏水、冰櫃嗡嗚、空調吹風——不過在另一方面，也可以說很安靜。灰影絕對不會來這個地方。貝爾邦滾一邊去吧，暑假她應該來太平間實習才對。

所有檯面都是金屬的，水槽和收在上方的水管也是，存放屍體的冰櫃也一樣——一個個扁平的四方形，放在兩面牆中間，有如檔案櫃。海莉也在這樣的地方接受驗屍嗎？她的死因非常明顯，不是需要解剖研究的謎。

亞麗絲好希望有穿外套，或是道斯的大衣。來杯伏特加也不錯。

她必須動作快。使役金幣的效果大約可以維持半小時，她必須在這段時間完成工作離開。幸好她很快就找到塔拉，雖然她沒想到抽屜會這麼重，但還是順利拉了出來。

第二次看到她如此的模樣，感覺比第一次更慘，這讓她們彷彿互相認識。現在看著塔拉，亞麗絲明白只是那頭金髮讓她想到海莉。海莉很健壯，高中時加入足球隊和壘球隊，她的身體還記得，她會衝浪、玩滑板，像《十七》雜誌裡的模特兒一樣。眼前這個女生的體格像亞麗絲，精瘦但沒有力氣。

塔拉的膝蓋感覺棕棕灰灰。比基尼線附近有很多毛根，剃毛造成的毛囊炎感覺很像出疹子。她的髖部有個鸚鵡刺青，下方的花體字寫著**西礁島**。她的右手臂有個很醜的寫實肖像刺青，是個小女孩的臉。女兒？姪女？她小時候的臉？另外還有一面海盜旗和一艘乘風破浪的船、一個很像五〇年代性感名模貝蒂・佩吉的僵屍，穿著高跟鞋和黑色性感內衣。塔拉手臂內側的華麗頭像看起來比較新，墨水感覺新鮮深黑，但下面的文字有點模糊，老套的歌德風字體寫著：**寧死勿疑**。應該是歌詞，但亞麗絲想不起來是哪首歌。

她很想知道，她死了以後，刺青會重新出現嗎？還是會永遠留在信蛾的肚子裡？

不能再拖拖拉拉了，亞麗絲拿出筆記。儀式的第一部分很容易，只是簡單的咒文。Sanguis Saltido——問題是不能用念的，而是要用唱的。在空無一人、回音很大的太平間裡唱歌，感覺很褻瀆，但她強迫自己唱出咒文：「Sanguis Saltido！Salire！Saltare！」沒有指定曲調，只要求快板。唱到第二次，她才驚覺她用的是扭扭糖的廣告曲。**好QQ、果香濃。噢，好開心、果汁多！**說不定這就是讓血液舞動的關鍵……她知道咒語生效了，因為塔拉的嘴唇開始變紅潤。

接下來的步驟就沒這麼愉快了。血流咒文只是啟動塔拉的血液循環，鬆弛屍僵，讓亞麗絲能夠打開她的嘴。亞麗絲捏著塔拉的下巴，盡可能忽視剛剛變成溫暖柔嫩的皮膚觸感，用力打開她的下顎。

她從後口袋拿出那個小塑膠袋，裡面裝著一隻聖甲蟲，她取出之後輕輕放在塔拉的舌頭上。然後她從另一個口袋拿出錫罐，用裡面的油膏在塔拉身上畫出像蠟一樣的痕跡，盡可能轉移心思，不去想她正在摸死人的皮膚。雙腳、小腿、大腿、腹部、胸部、鎖骨，從塔拉的雙臂往下畫到手腕與中指。最後，從塔拉的肚臍為起點，她畫出一條線往上穿過軀幹、喉嚨、下巴，一直到頭頂。

亞麗絲驚覺她忘記帶打火機。她需要火。門邊亂糟糟的白板下方有張辦公桌，大抽屜上鎖了，但最上方的扁抽屜一拉就開。裡面有一包萬寶路香菸，旁邊有個粉紅色塑膠打火機。

亞麗絲拿出打火機，將火焰舉在剛才畫過的地方上，重新在塔拉身上繞一圈。繞圈的同時，皮膚上出現淡淡的光暈，有如從黑色毛衣冒出熱氣，空氣彷彿在晃動、搖盪。有些地方影像比較明顯，因為太濃，所以變得朦朧顫動，彷彿隔著轉動的輪子觀看。

亞麗絲將打火機放回抽屜。她把手伸向出現在塔拉手肘上方的模糊影像，然後穿過去。一瞬間，她在馬路上騎腳踏車。前面的路上有輛汽車突然開門，她急忙煞車卻停不下來，撞上車門的角度剛好打到手肘。一陣劇痛穿透她，亞麗絲倒抽一口氣，她抱著手臂，彷彿骨折的人是她而不是塔拉。

浮現在塔拉身體上方的影像，是她承受過的所有傷痛地圖——刺青與耳洞上方的很淡，手臂骨折處很濃很大團。一邊臉頰上方有一小塊淡色影像旋轉，那是被空氣槍打到留下的小疤，胸口的致命傷上方懸著一大片模糊黑暗。

在忘川會的書籍中，亞麗絲找不到能讓塔拉開口說話的辦法，也無法去界幕另一邊找她——除非藉助魔法社團的力量。即使亞麗絲能設法讓他們幫忙，但許多儀式也警告，最好不要冒險和剛死去不久的人說話，因為很可能會喚醒他們，這種狀況非常危險。沒有幽靈可以永遠留在界幕這邊，硬是把不情願的靈魂帶回身體裡，後果不堪設想。書蛇會專精於降靈，他們的儀式設定了很多預防措施，但就連他們也無法控制回到肉體的灰影。七〇年代末期，他們嘗試召喚紐哈芬傳奇中慘死的美女珍妮・克拉莫，他們在康登市找到一個在暴雪天喝醉凍死在車上的少女遺體，想讓珍妮的靈魂進入這個身體。沒想到他們召回的是康登少女本人，她冷得全身發抖，並且擁有新幽靈的可怕怪力。

她當時破壞書蛇會的幾道門逃出，走到約克賽披薩店，吃了整整兩個披薩，然後躺在烤箱裡想取暖。幸好忘川會監察員當時在場，他迅速封鎖該區域，然後藉由一連串的使役魔法，讓客人相信那個女生正在進行表演藝術。披薩店的老闆是希臘人，所以很難唬弄。他一直配戴媽媽送他的護身符——剛好是藍色的「邪眼」，希臘文稱之為mati，這種護身符會讓使役魔法失去作用。事實證明，現金的魔力最可靠。當時的地主希望招來高級的店家，於是以大幅提高租金的手段逼迫原本承租的商家遷出，在披薩店老闆的要求之下，忘川會介入租約協商。榆樹街與布洛威大道上的當地商家全部消失，換成高級精品店和連鎖店，只有約克賽披薩屹立不搖。

既然無法讓塔拉說話，那就由她的遺體說吧。亞麗絲找到能夠重現傷痛的儀式，簡單、小規模，原本是用來診斷無法說話的病患或證人。這個法術是由吉拉羅莫・佛拉卡斯多羅所發明，他是義大利文藝復興時期的醫生，負責調查一位伯爵夫人的毒殺事件，她在自己的婚宴上口吐白沫跪倒死去。

塔拉胸口恐怖的傷口上方飄著一片濃霧，亞麗絲很不想把手伸進去，但她來這裡就是為了做這件事。她深吸一口氣，將手指往前伸過去。

她躺在地上，上方有一個年輕男人的臉——蘭斯。有時候她愛他，但最近狀況不太……思緒離開她。她感覺自己張嘴，舌頭上有種辛辣刺激的感覺。蘭斯在微笑。他們正要去……哪裡呢？她只感覺到興奮，滿懷期待，世界開始變得模糊。

「對不起。」蘭斯說。

她仰躺望著天。路燈感覺好遙遠，所有東西都在動，旁邊的大教堂融化，倒向那棟擋住幾顆星星的建築。非常安靜，她聽到一個聲音，像是靴子踩在爛泥裡。**噗啾**、**噗啾**。她看到一個人站在旁邊彎腰看她，她看到一把刀，意識到那是刀子刺進自己身體時，流血與骨折的聲音。為什麼她感覺不到痛？什麼是真的？什麼是假的？

「閉上眼睛。」陌生的聲音說。她閉上，失去意識。

亞麗絲蹣跚後退，一手摀著胸口。她依然能聽到那個可怕的噗啾聲響，依然能感受到濕熱在胸口擴散。但卻沒有疼痛？怎麼可能不痛？她嗑藥了嗎？嗨到感覺不出刀刺？蘭斯先對她下藥。他說了對不起，他一定也嗑藥了。

看來這就是她要找的答案。塔拉與蘭斯顯然沾上其他毒品，不只是大麻而已。透納現在肯定正在搜查他們家，想找出他們吸食並販賣的詭異毒品。亞麗絲無法得知那天晚上蘭斯到底在想什麼，但他一定吸食了某種迷幻藥物，什麼都有可能。

亞麗絲低頭看塔拉的遺體。臨死前她很害怕，但並沒有感到疼痛。至少還算幸運。

蘭斯會進監獄。肯定有證據，那麼大量的血……唉，想藏也藏不住。亞麗絲很清楚。

傷痛地圖依然浮在塔拉身體上方微微發光，各種大小傷痛。亞麗絲的地圖會是怎樣？她從來沒有骨折過，也沒有動過手術。但最痛的傷反而不會留下痕跡。海莉過世時，亞麗絲感覺彷彿胸口挨了一刀，像木頭一樣裂開。如果真的裂開了，她就會血流不止走在路上，盡可能不讓肋骨散開，心、肺以及所有一切都會坦露在世人眼前。然而，她內心碎裂了，卻沒有留下半點痕跡，沒有傷疤讓她可以指著說，**這就是我的致命傷**。

塔拉肯定也是如此，封鎖在她內心的傷痛無法以發光的地圖呈現。然而，儘管她的傷怵目驚心，但凶手沒有取走她的內臟，也沒有用血畫出符文或其他使用魔法的痕跡。塔拉之所以會死，是因為她像亞麗絲一樣愚蠢，卻沒有人及時伸出援手。她沒有找到耶穌、也沒有找到瑜伽，更沒有人給她獎學金讓她就讀耶魯大學。

該離開了。她找到了答案，這樣應該足夠讓她安心了，海莉的回憶與達令頓的批判也可以閉嘴了。但她依然感覺有個東西不停糾纏，命案現場有種似曾相識的感覺，不只是因為塔拉的金髮，也不是因為她們走在同一條可悲的人生路上。

「要走了嗎？」她問穿手術服的法醫，他站在角落茫然望著前方。

「妳說好就好。」他說。

亞麗絲關上抽屜。

「我想一口氣睡十八個小時。」亞麗絲嘆息說。「跟我一起出去，告訴莫依拉一切正常。」

她打開門走出去，一頭撞上亞伯・透納。

*

他抓住她的手臂，拉著她重新進去，用力關上門。「媽的，妳跑來這裡搞什麼鬼？」

「嗨！」亞麗絲開朗地說。「你來了呀。」

法醫站在他身後問：「要走了嗎？」

「先等一下。」亞麗絲說。「透納，你最好放開我。」

「輪不到妳命令我。他怎麼會那樣？」

「他只是太開心了。」亞麗絲說，心臟在胸口猛跳。亞伯・透納從不失態，他總是笑容滿面、冷靜沉著。但亞麗絲心中某個地方比較喜歡他現在的樣子。

「妳動了遺體？」他問，用力捏她的手臂。「遺體是證物，妳竟敢隨便亂碰。這是犯罪。」

亞麗絲有點想用膝蓋頂透納的蛋蛋，可惜不能用這招對付警察，於是她全身癱軟。徹底癱軟。她和里恩在一起的時候學會用這招。

她整個人倒在他身上，他先是努力想讓她站好，然後乾脆放開她。「搞什麼鬼？」他拍拍手臂，彷彿擔心她全身無力的狀況會傳染。「妳到底有什麼毛病？」

「很多。」亞麗絲說。剛才她及時站好，沒有真的摔在地上，然後小心和他保持距離，以免又被抓住。「塔拉和蘭斯沾上什麼鬼東西？」

「什麼？」

她回想剛才看到蘭斯的臉出現在上方。**對不起**。他們在一起的最後那一夜，兩個人都嗑藥了，究竟是什麼毒品？「他們賣的毒品是什麼？安非他命？莫利？我知道絕不只有大麻而已。」

透納瞇起眼睛，那種圓滑文明的態度又回來了。「這件事，以及所有與這起案件有關的事，全都不關妳的事。」

「他們有沒有和學生交易？祕密社團呢？」

「他們的聯絡人清單非常長。」

「有哪些人？」

透納搖頭。「別再問了。**快出去**。」

他伸手想抓她的手臂，但她往旁邊躲開。「你留在這裡。」亞麗絲對法醫說。「英俊體貼的透納警探會送我出去。」

他們走出去之後，透納小聲問：「妳對他做了什麼？」

「很詭異的事。」

「我不是在開玩笑，史坦小姐。」

他催促她往前走，亞麗絲說：「我做這些也不是為了好玩而已，你懂嗎？我不喜歡擔任但丁，而你不喜歡擔任百夫長，但我們的工作就是這樣，你這種態度只會讓我們雙方都難做事。」

這番話似乎讓透納稍微消了火。當然，事實並非如此。桑鐸是吩咐她放手，**安心休息**。

他們回到等候室，道斯不見人影。「我叫妳朋友回車上等。」透納說。「至少她夠聰明，知道做錯事了。」

而且完全沒有告訴我。道斯很不會把風。

莫依拉・亞當斯在櫃檯後面微笑。「孩子，妳順利道別了嗎？」

亞麗絲點頭。「嗯。謝謝。」

「我會為妳的家人禱告。晚安，透納警探。」

他們走到寒冷的戶外，透納問：「妳也對她做了很詭異的事？」

亞麗絲慘兮兮地搓手臂。她想要她的大衣。「不需要。」

「我跟桑鐸說過，我會報告最新進展。要是我認為你們監督的那些小神經病有任何嫌疑，我絕對會追查到底。」

亞麗絲相信他。「說不定有些事你沒看見。」

「沒什麼好看的，她的男朋友在現場附近遭到逮捕。鄰居說過去幾個星期他們吵得很凶，血液證據也指出他與命案有關。他體內驗出強烈迷幻藥——」

「哪一種？」

「我們不確定。」

亞麗絲絕對不碰迷幻藥，因為她發現嗑了之後灰影會變得更加恐怖。不過她陪伴許多人走過迷幻旅程，有些好、有些壞，但她從沒見過那麼厲害的迷幻菇，竟然能讓人被刀刺死，都感覺不到痛。

「妳希望他全身而退嗎？」透納問。

「什麼？」那個問題嚇了她一跳。

「妳亂動遺體。塔拉的遺體是證物，要是妳繼續亂搞下去，蘭斯．葛瑞生可能會逃出法網。

妳想看到這種事發生嗎？」

「不。」亞麗絲說。「他休想逃出法網。」

透納點頭。「很好。」他們站在冷風中，亞麗絲看到達令頓的舊款賓士車在停車場裡怠速等候。透過擋風玻璃看進去，道斯的臉很模糊。她舉起一隻手，亞麗絲領悟到那是個無力的揮手動作。**真多謝呀，潘蜜**。她早就該放下這件事了，為什麼做不到？

她使出最後一招。「你只要透露一個名字就好，反正忘川會終究會查出來。要是祕密社團沾染非法藥物，我們必須知道。」然後我們就可以去處理更嚴重的問題，例如綁架、內線交易，以及——把人的肚子切開，用內臟占卜，這樣算傷害罪嗎？如果要制裁祕密社團，恐怕刑法得新增一整章。「就算不干涉命案，我們也可以調查。」

透納嘆息，吁出的氣凝結成白霧。「她的聯絡資料中只有一個社團成員。崔普・海穆斯。我們正在確認他的不在場證明——」

「那天晚上我見過他。他是骷髏會員，那天的臟卜儀式，他負責守門。」

「他也這麼說。他整個晚上都在那裡？」

「不確定。」她承認。崔普當天被流放到走廊上守門。確實，儀式一旦開始就很少有人出入，除非有人昏倒、嘔吐或去幫臟卜師拿東西。在亞麗絲的印象中，門開關過幾次，但她不確定。她很擔心防禦圈出狀況，同時努力忍住不嘔吐。不過，她很難想像崔普偷偷離開儀式現場，一路跑到潘恩・惠特尼體育館，殺死塔拉，然後神不知、鬼不覺地回去繼續守門。更何況，他和塔拉能有多大的恩怨，會鬧到要殺人？崔普很有錢，無論塔拉和她男朋友對他造成什麼威脅，他都可以用錢解決。而且剛才她看到那個拿刀低頭看塔拉的人也不是崔普，而是蘭斯。

「不要跟他說。」透納說。「確認他的不在場證明之後，我會通知妳和桑鐸院長。妳休想插手我的案子。」

「也休想破壞你的前途？」

「沒錯。下次再抓到妳跑去不該去的地方，我會當場逮捕妳。」

黑暗的冷笑泡泡冒出，亞麗絲控制不住。

「你才不會逮捕我呢，**透納警探**，你絕對不希望我跑去警察局亂說話。我是麻煩，忘川會也是麻煩，你一心只想撐過這段時間，不讓我們的麻煩弄髒你昂貴的皮鞋。」

透納盯著她看了許久。「我不知道妳怎麼會進到耶魯，史坦小姐。不過至少我會分辨高級好東西和鞋底髒東西，而妳絕對不是高級好東西。」

「多謝開示，透納。」亞麗絲靠近他，知道自己身上散發出濃濃的界幕惡臭。她賞他一個最甜、最暖的笑容。「還有，不要再那樣抓我。就算我是狗屎，也是會黏住清不掉的那種。」

9
冬

亞麗絲在神學院附近和道斯分開，那棟馬蹄形的公寓位在形同貧民窟的研究生宿舍。道斯不想把車留給亞麗絲，但她有很多學生的報告要評分，而她已經拖太久了，於是亞麗絲自告奮勇幫忙把車開回達令頓家。她看得出來道斯很想拒絕，學生的報告一點也不重要。

「小心點，不要……千萬不可以……」但道斯全都沒說完，亞麗絲驚覺在這個狀況下，道斯不得不順從她。但丁服務味吉爾，但眼目服務他們兩個，而他們所有人都服務忘川會。道斯點頭，不停點頭，下車走上公寓前的車道時一直點頭，彷彿每一步都需要確認。

達令頓的家在西村，距離校園短短幾英里。這裡就是亞麗絲夢想中的康乃狄克州——沒有農田的農莊，堅固的紅磚殖民風建築，配上黑色窗格、整潔的白色飾邊，窗戶在夜色中閃耀金黃，有如一道道小門，通往更美好的人生；廚房的爐子上燉煮著好菜，早餐桌上有幾枝散亂的蠟筆。沒有人會拉上窗簾，陽光、溫暖、好運流洩到窗外，彷彿這些傻瓜不知道這樣的富裕會引來覬覦，彷彿他們特地敞開這些小門，任何飢餓的女孩都可以進去。

亞麗絲離開洛杉磯之後就很少開車，能夠重新回到駕駛座上，感覺真的很棒，雖然她一直擔心會刮傷這輛車。儘管用手機導航，她還是錯過了該轉彎進入達令頓家車道的路口，她折返兩次，終於看到黑榆莊入口的粗石柱。車道兩旁的燈亮著，明亮光暈讓葉子幾乎掉光的樹木顯得柔和友善，有如冬季明信片。巨大的房屋映入眼簾，亞麗絲猛踩煞車。

廚房窗戶透出燈光，有如明亮的燈塔，另外一個地方也亮著燈——樓上達令頓的房間。她回憶起他蜷起身體貼著她，還有窄窗朦朧的玻璃，下方的樹林宛如漆黑汪洋，那片黑暗森林讓黑榆莊與世隔絕。

亞麗絲匆忙關掉車頭燈、熄火。如果有人在屋裡，如果**那個人**在屋裡，她不想嚇跑他。她的靴子踏在碎石車道上，聲音大得誇張，但她沒有躡手躡腳——沒錯，她沒有躡手躡腳，她大方地走向廚房門。她手中有鑰匙，她並非不速之客。

說不定是他爸媽，她告訴自己。她對達令頓的家人所知不多，但他應該有。**其他親戚，或是桑鐸雇用的人，在道斯太忙的時候來幫忙照料房子。**

這些可能性都比較大，但……**他回來了**，她的心堅持，在胸口如此劇烈敲打，她不得不在門邊停下腳步調整呼吸。**他回來了**。這個念頭拉扯她，像拽著衣袖的幼童。

她躲在安全的暗處從窗戶窺探。廚房裡，色調溫暖的木質櫥櫃搭配藍色花紋磁磚——**磁磚是戴夫特藍陶風格**——很大的紅磚壁爐，勾子上掛著閃亮的黃銅鍋具。廚房中島上堆著郵件，好像有人整理到一半突然有事走開。**他回來了**。

亞麗絲想要敲門，結果還是選擇笨手笨腳地試鑰匙。第二把成功轉動門鎖，她進去之後輕輕關上門。廚房裡愉悅的燈光很溫暖，充滿溫馨氣息，反射在黃銅鍋底，倒映在光亮的綠色瑭瓷檯面上，這是五〇年代安裝的。

「有人在嗎？」她小小聲問。

她沒想到鑰匙落在檯面上的聲音竟然這麼響亮。亞麗絲內疚地站在廚房中央，等著有人斥責她，甚至可能是房子本身。但這棟房子和橘街的豪宅不一樣，不會發出滿懷希望的嘎嘎聲響，也不會失望嘆息。達令頓是這棟房子的生命，少了他，房子變得太大、太空，有如沉船的空殼。

自從那晚在羅森菲爾館出事之後，亞麗絲經常懷疑這會不會只是一場測驗，每個忘川會的新學徒都要通過，道斯、桑鐸、透納全部聯合起來考驗她。其實達令頓就躲在三樓的臥房裡，他聽見有車開上車道，因此急忙上樓躲在黑暗中，等她離開。命案說不定也是測驗的一部分。根本沒有人死，等到測驗結束，塔拉・哈欽司就會翩然登場謝幕。他們只是想確認亞麗絲能獨自解決嚴重的事件。

非常荒謬。即使如此，那個聲音依然堅持：**他回來了**。

桑鐸說過他可能沒死，他們會帶他回來。他說只要等到新月那一天，使用正確的魔法，一切就可以回歸原狀。但說不定達令頓自己找到回來的方法，他無所不能，這次也絕對沒問題。

她慢慢走進屋內。車道的燈光讓每個房間蒙上一層黃光——總管儲藏室，裡面的白色櫥櫃裝滿餐具與杯子；大型冷凍櫃，金屬門很像太平間的冷凍櫃；正式餐廳，鏡子般反光的桌面有如寂靜沼澤中的深色大湖；寬敞的客廳，黑色大窗戶俯瞰花園裡模糊的輪廓，與一道道樹籬、一棵棵枯樹。大客廳旁邊有一個比較小的起居室，裡面有大沙發、電視機、遊戲機。看到那個螢幕的尺寸，里恩絕對會尿褲子。他會愛死這間起居室，說不定這是他與達令頓之間唯一的共通之處。

唉，其實不是唯一。

二樓的房間大多鎖起來了。「我整修到這裡就沒錢了。」他告訴她，一手搭著她的肩膀，她努力扛著他往前走。這棟房子有如重病的人體，為了存活而切斷所有循環，只留下維生必要器官。老舊的宴會廳改造成拼湊的建身房，一個架子上掛著練拳擊的速度球，擊劍用的鈍頭劍掛在牆上，重訓機器放在窗前，光影對照之下有如巨大的昆蟲。

她繼續往上走向三樓，轉彎步上走道。達令頓的房門開著。

他回來了。再一次，她滿懷信心，但這次更強烈。他開著燈等她。他希望她發現他。他會坐在床上，長腿交疊，彎腰讀書，深色頭髮垂落前額。**妳也太慢了吧？**

她想要奔向那一方明亮，但她強迫自己慢慢走，有如走在紅毯上的新娘。她的信心漸漸消失，隨著腳步，**他回來了**這個想法慢慢改變，她察覺到自己在祈禱：**拜託回來、拜託回來、拜託回來**。

房間裡沒有人。比起權杖居的房間，這裡相當小，奇特的圓形空間一看就知道不該用作臥房，她總覺得這裡像僧侶的修行室。這裡和她上次來的時候一模一樣：書桌靠著圓弧牆壁，牆上用膠帶貼著一張泛黃的剪報，圖片是一座老舊的雲霄飛車，彷彿遭到遺忘；一個小冰箱——可想而知，達令頓不想讀書或工作到一半時下樓去找東西吃；窗邊放著一張閱讀用的高背椅。這裡沒有書架，只有一堆又一堆的書本，堆疊成不同的高度，彷彿他打算用五彩繽紛的磚塊搭建牆壁，將自己關在裡面。檯燈投下的圓形燈光照亮一本書：《塔羅冥想：基督教神祕學探究》。

是道斯。道斯來照料房子、整理信件、把車子開出去以免太久沒發動而故障。道斯在這個房間讀書，為了接近他，也可能是為了等他。她臨時要出去，所以沒有關燈，原本以為晚上還會回來。沒想到卻是亞麗絲把車子開回來，一切就是這麼單純。

達令頓沒去西班牙，他也不在家，他永遠不會回家了。全都是亞麗絲害的。

一道白影從她的眼角晃過。她往後跳，撞倒一堆書，罵了一句髒話。原來只是柯斯莫，達令頓的貓。

牠在書桌邊緣遊走，磨蹭溫暖的檯燈。亞麗絲總是在心中稱呼牠為鮑伊貓，因為牠眼睛上的斑紋加上白毛的層次，感覺很像大衛・鮑伊在電影《魔王迷宮》中戴過的假髮。牠傻傻的，很親人——只要把手伸過去，牠會磨蹭你的指節。

亞麗絲坐在達令頓的單人床邊緣。床鋪很整齊，八成是道斯整理過。她也曾經坐在這裡嗎？在這裡睡覺？

亞麗絲憶起達令頓纖細的腳，以及他消失時的慘叫。她把手往下伸，呼喚貓咪。「嗨，柯斯莫。」

牠的異色雙眼望著她，左眼的瞳孔有如墨池。

「別這樣嘛，柯斯莫，我不是故意要害他。不算是啦。」

柯斯莫從房間另一頭漫步走來。牠光滑的小腦袋一碰到亞麗絲的手指，她就哭了出來。

*

亞麗絲睡在達令頓的床上，夢見他也躺在單人床上，蜷起身體睡在她身後。

他將她拉過去，手指按住她的腹部，她感覺到他的指尖有利爪。他在她耳邊低語：「我會服侍妳到世界末日。」

「還要愛我。」她笑著說，因為在作夢，所以很放肆，什麼都不怕。

但他只是說：「這兩件事不一樣。」

亞麗絲驚醒，翻身仰躺，望著尖尖的三角形屋頂，窗外的樹木在天花板映上光影，樹枝影子與冷調冬陽交錯。她不敢亂動空調，於是裹上三件達令頓的毛衣，她在衣櫥上方找到一頂很醜的棕色帽子，她從來沒看他戴過，她也拿出來戴上。她重新把床鋪好，下樓去幫柯斯莫倒水，然後翻找廚房，在儲藏櫃發現一盒有堅果的高級早餐穀片，她拿出來乾吃。

亞麗絲從包包拿出筆電，去到滿是灰塵的陽光室，這個房間占據了一樓的一個長邊。她望著後院，一道緩坡通往被雜樹吞噬的樹籬迷宮，她可以看到迷宮中央有一座像是雕像或噴水池的東西。她不確定黑榆莊的範圍到哪裡，很好奇這片山丘有多少屬於阿令頓家。

她花了將近兩個小時才寫完塔拉・哈欽司命案的報告。死因，死亡時間，骷髏會臟卜儀式中灰影的奇怪舉動。她猶豫許久，不確定該不該寫最後那部分，但忘川會之所以帶她來，就是為了倚重她能看見幽靈的能力，她沒必要撒謊。她也寫上從法醫那裡問出的消息，以及透納身為百夫長所透露的內情，說明警方發現崔普與塔拉有聯絡，也表明透納認為崔普應該沒有涉案。她希望透納不會告訴院長她跑去太平間的事。

事件報告的最後，有一個欄目的標題是「調查結果」。亞麗絲想了很久，一手撫摸柯斯莫的毛，牠和她一起窩在老舊柳條雙人椅上，不停呼嚕。最後，她決定不提現場讓她感到莫名地似曾相識，也不提她懷疑塔拉與蘭斯很可能販毒給其他魔法社團的成員。她只寫下：**百夫長若有進一步發現將知會但丁，但目前所有證據皆顯示凶手為塔拉之男友，他服用了強烈的迷幻藥，在藥物作用下殺人，本案與忘川會、界幕八會皆無關連。**她檢查了兩次，確認標點符號沒問題，盡可能讓內容像達令頓寫的一樣端正確實，然後寄給桑鐸院長，副本道斯。

亞麗絲從廚房後門溜出去，柯斯莫可憐兮兮地喵喵叫，不過能夠離開這棟房子感覺真好，她深吸一口冰涼的空氣。天空晴朗碧藍，萬里無雲，車道上的碎石閃閃發光。她將賓士車開進車庫，然後走到車道盡頭叫車。晚一點再把鑰匙拿去還給道斯。

如果室友問她昨晚去了哪裡，她可以說在達令頓家過夜。家裡有點狀況，這個藉口早就用爛了，但以後她不會那麼常晚歸或搞消失了。她為塔拉盡力了，蘭斯將受到法律制裁，亞麗絲的良心得到平靜，至少不會因為這起命案而不安。今晚，她要和室友一起去奧美加狂歡派對，拿一瓶啤酒慢慢喝，看梅西大喝從冰雕流出的薄荷調酒，直到爛醉如泥。明天她會花一整天的時間把該讀的書讀完。

她請司機讓她在榆樹街的高級便利商店前面下車，進到店裡之後，她才驚覺頭上還戴著達令頓的帽子。她脫掉，但又馬上戴回去。天氣很冷，那只是頂帽子，沒什麼好感傷的。

亞麗絲拎著籃子，選了Chex Mix零嘴、扭扭糖、酸味蟲蟲軟糖。她不該亂花錢，但她渴望垃圾食物的安慰。她伸手進飲料冰櫃，想找一瓶保存日期比較遠的巧克力牛奶，突然感覺有個東西碰到她的手——手指碰到她的指節。

亞麗絲急忙把手收回來，把那隻手按在胸前，彷彿被燙到，她顫抖著用力關上門，心臟劇烈跳動。她後退離開冰櫃，等著裡面的東西衝出來，但什麼都沒有發生。她難為情地看看四周。

一個男的在看她，他戴著小圓框眼鏡，穿海軍藍耶魯大學運動衫。她彎腰拎起購物籃，藉由這個動作掩飾，趁機閉上眼睛做個深呼吸。想像力過盛，睡眠不足，只是很普通的神經質。老天，說不定是老鼠。不過還是去地洞躲一下好了，反正就在馬路對面。她可以躲在結界裡，在沒有灰影的環境中靜靜整理思緒。

她拿起籃子站起來。戴小圓眼鏡的人出現在她身邊，距離太近。因為鏡片反光，她看不見他的眼睛。他微笑，嘴角有個東西在動。亞麗絲驚覺那是昆蟲的觸角，一隻甲蟲從他口中爬出來，彷彿嚼過的菸草藏在臉頰內側。蟲從他的嘴唇跌落，亞麗絲往後跳開，強忍住尖叫。

可惜太遲了。那個穿藍色運動衫的東西抓住她的後頸，用她的頭去撞冰櫃門，玻璃碎裂。亞麗絲感覺碎玻璃刺進皮膚，溫熱鮮血滑下臉頰。他將她往後拉，朝地上一扔。**你不能碰我，你**

不准碰我。經過這麼多年、這麼多恐怖，她心中依然冒出這個幼稚的反應。

她蹣跚後退。收銀臺裡的女人大叫，她丈夫從倉庫出來，瞪大眼睛。眼鏡男進攻，**他不是人，是灰影**。不過，是什麼吸引他，讓他能夠穿透界幕？為什麼他不像她看過的其他灰影？他的皮膚已經沒有人的樣子了，而是像玻璃一樣半透明的感覺，她可以看到裡面的血管，甚至隱約能看到骨頭。他身上飄出濃濃的界幕惡臭。

亞麗絲翻找口袋，但她還沒有補充墳土。她幾乎隨時都會帶在身上——以防萬一。

「**鼓起勇氣！**」她大喊。「**人皆有死！**」自從達令頓教她這句死亡真言，她就經常在心中重複。

但那個東西沒有半點沮喪或退卻的樣子。

店主大喊，其中一個拿起電話。**沒錯，快報警**。但他們是對著她叫，不是那個東西。他們看不見他，他們只看到一個女生撞破他們的飲料櫃，大肆破壞店面。

亞麗絲跳起來，她必須盡快去地洞。她衝出門外，跑到人行道上。

亞麗絲撞上一個穿綠外套的女生，她氣呼呼地喊了一聲「喂！」，店主追出來，大聲叫路人抓住她。

亞麗絲回頭看。那個戴眼鏡的東西從店主身邊飄過，然後彷彿躍過人群。他一手抓住亞麗絲的喉嚨，她蹣跚跨出人行道，跑到馬路上。喇叭聲大作，她聽見緊急煞車發出的輪胎摩擦聲響。她無法呼吸。

她看到喬納斯・瑞德目瞪口呆站在街角，他們是文學課的同學。她想起梅根驚恐的表情，先是錯愕，然後變成厭惡。她腦中響起蘿莎莉老師的驚呼，**亞麗絲！親愛的！**她即將在馬路中間被掐死，但沒有人能看到凶手，沒有人能制止。

「**鼓起勇氣！**」她想大喊，卻只能發出沙啞低語。亞麗絲慌亂地看看左右，她的眼睛冒出淚水、臉上滿是鮮血。**現在他們不能欺負妳了**，達令頓承諾過。她知道事實並非如此，但她任由自己相信能得到保護，因為只有這樣，她才能承受。

她雙手在那個東西的皮膚上亂抓，觸感又硬又滑，像玻璃一樣。她看到有東西從他透明的喉嚨往上湧出，深紅色，像雲霧。他張開嘴，他放開亞麗絲的脖子，她明知不該，卻還是無法控制地猛吸一口氣，剛好他吐出的紅色粉塵吹到她臉上。粉塵進入肺裡，爆發出一連串尖銳劇痛。她想咳出來，但那個東西用膝蓋壓住她的肩膀，她奮力掙扎。

圍觀人群大喊。她聽見救護車的警笛聲，但她知道絕對來不及。她會戴著達令頓的醜帽子死掉，說不定他會在界幕另一邊等她，和海莉一起，還有里恩，其他所有人。

世界漸漸變黑——突然間，她能動了，壓在肩頭的重量消失了。她發出一聲痛呼勉強站起來，摀著胸口努力呼吸。那個怪物跑去哪裡了？她抬頭看。

十字路口半空高處，那個戴眼鏡的東西正在和另一個東西搏鬥。不是東西，是灰影。鬼新郎，紐哈芬最廣為人知的殺人後自殺事件的凶手，他穿著華麗服裝，頂著默片明星的髮型。戴眼鏡的東西抓住他的領子，他在太陽下略微閃爍，他們一起在空中翻滾，穿過路燈，燈光亮起又熄滅。如雷轟鳴撼動整條馬路，但亞麗絲知道只有她聽得見。

緊急煞車的聲音穿透轟然聲響。一輛警車停在約克街上，救護車緊跟在後。亞麗絲最後看一眼鬼新郎的臉，他咧著嘴用力揮拳打對手。她衝到馬路對面。

胸口不停冒出劇痛，彷彿一個個煙火炸開。她不對勁，很嚴重，她不知道還能保持清醒多久。她只知道必須盡快去地洞，上樓躲在忘川會的祕密公寓裡。說不定會有其他灰影、怪物跑來。他們能做什麼？他們不能做什麼？她必須盡快躲到結界裡。

她回頭張望，看到緊急醫療人員在追她。她跳到人行道上，繞過街，然後跑進小巷裡。醫療人員緊跟在後，但他幫不了她。如果被抓去治療，那她就死定了，她很清楚。她往左閃到他看不見的地方，衝向地洞的門。

「是我！」她對地洞大喊，祈求房子記得她。門瞬間打開，樓梯捲過來，將她拉進去。

她想走上樓梯，卻站不穩跪倒。通常樓梯間的氣味有安撫作用，冬季芳香，燃燒的木柴、蔓越莓醬在火上慢熬，還有熱紅酒。現在卻令她反胃，**那是魔法製造出的氣味**，她領悟到。外面巷子裡垃圾堆的臭味至少是真實的，這些製造安撫效果的香味太假了。她的身體受不了更多魔法。她一手緊抓住鐵扶手，另一手抓住一階石子樓梯，用力把身體往上拖。眼前的水泥出現黑點，有如黑色的星星在樓梯上聚集成星雲。那是她的血，從嘴唇滴落。

恐慌竄過心頭。她回到那間公廁的地板上，受傷的帝王斑蝶揮動僅存的翅膀。**快起來，血會吸引他們**。她腦中響起達令頓的聲音。如果灰影的渴望夠強烈，就能穿透界幕。萬一結界撐不住呢？萬一結界的設計無法阻擋那種怪物呢？剛才鬼新郎好像快贏了。萬一他贏了呢？沒有人能保證他會比那個戴眼鏡的怪物溫和，他的樣子一點也不溫和。

她急忙拿出手機輸入訊息發給道斯：SOS，**九一一**。說不定忘川會有專門的密碼代表「吐血」，但道斯只能接受她發的訊息了。

假如道斯在權杖居，不在這裡，那麼，亞麗絲就會死在樓梯上。她可以想像道斯坐在橘街那棟豪宅起居室的地上，她用來整理論文章節的提示卡像塔羅牌一樣攤開，每一張的解讀都是災難、失敗。白費功夫女王：頭上懸著刀的女孩。債務人：壓在巨岩下的男孩。學生：道斯本人困在她一手打造的籠子裡。同時亞麗絲則在一英里外吐血身亡。

亞麗絲拽著身體再往上前進一階，她必須盡快進去裡面。這間安全屋的設計有如俄羅斯娃娃；地洞，就是小動物藏身的地方。

一波強烈的噁心湧上，她嘔出一團黑色膽汁。有個東西在樓梯上爬，她看出那是一隻濕潤閃亮的甲蟲。**聖甲蟲**。她嘔出的甲殼，在血與黑泥中反射燈光。她爬過自己嘔出的髒東西，再次嘔吐，頭腦努力想理解到底發生了什麼事。那個怪物為什麼攻擊她？難道有人放出怪物來對付她？要是她死了，她小心眼的靈魂想知道該去找誰算帳。現在她眼前的樓梯一下出現、一下消失。她要死在這裡了。

她聽見金屬撞擊聲響，片刻之後才明白是門猛然打開的聲音。亞麗絲想喊救命，但她發出的聲音卻只是虛弱哽咽。道斯下樓時，Teva運動涼鞋拍打地面，造成響亮的回音——停頓一下，然後腳步聲加快，伴隨著一句句「媽的、媽的、媽的、媽的、媽的」。

亞麗絲感覺一隻結實的手臂伸到身體底下，把她往上拉。「老天。**老天**。怎麼會這樣？」

「救我，潘蜜。」道斯全身一抽，為什麼亞麗絲會用那個小名叫她？只有達令頓會那樣稱呼道斯。

道斯扶她上樓，她的腿感覺沉重無比。她覺得很癢，好像有東西在皮膚下面爬。她想起剛才嘔出的甲蟲，又再次乾嘔。

「不要在我面前吐。」道斯說。「妳吐我也會吐。」

亞麗絲回憶起海莉幫她抓頭髮。她們喝了太多野格酒，坐在原爆點的廁所地板上，狂笑、嘔吐、刷牙，然後再重複。

「亞麗絲，妳的腿讓開啦。」海莉說。她把亞麗絲的膝蓋推開，和她一起坐在編織圓椅上。她身上有椰子的香味，她很暖，總是這麼暖，就好像太陽特別愛她，想要盡可能留在她金黃的肌膚上。

「亞麗絲！妳的腿要動呀！」不是海莉。道斯對著她的耳朵吼。

「我有啊。」

「才**沒有**咧。快點，再爬幾階。」

亞麗絲想警告道斯有怪物。死亡真言沒用，或許結界也擋不住。她張嘴，卻只是再次嘔吐。道斯跟著作嘔。她們終於到了樓梯口，進門之後一起往前倒。亞麗絲發現自己倒下了，她趴在地洞的地板上，臉貼著脫線的地毯。

「到底發生了什麼事？」道斯問，但亞麗絲太累了，無法回答。她感覺身體被翻成仰躺，臉上挨了重重一巴掌。「亞麗絲，快告訴我發生了什麼事，不然我沒辦法救妳。」

亞麗絲強迫自己看著道斯。她一點都不想看她，她想回到那張編織椅上，身邊的海莉有如明亮的陽光。

「灰影，我不確定。像玻璃，我可以看到他身體裡面。」

「糟糕，是**使靈**。」

亞麗絲需要提示卡。不過她對那個詞有印象，在記憶的某個角落。使靈只是空殼，從剛死去的人身上召喚出靈體，可以穿透界幕，在陰陽界之間自由移動。他們是使者，由書蛇會差遣。

「他噴出紅煙，我吸進去了。」她再次乾嘔。

「食屍甲蟲，會啃光妳的內臟之後鑽出來。」

可想而知，當然會這樣。因為魔法從來不善良、不溫和。

她聽見一陣乒乒乓乓的聲音，然後感覺有個杯子抵著嘴唇。「快喝。」道斯說。「喝下去之後會痛得要命，一路灼傷喉嚨，但那種傷我知道怎麼治。」

道斯抬起亞麗絲的下巴，強迫她張嘴。亞麗絲的喉嚨像著了火，感覺藍色火焰在大草原上肆虐。劇痛一路往下穿透，她抓住道斯的手。

「老天，亞麗絲，妳怎麼笑得出來？」

使靈。空殼。有人派了怪物來殺她，原因只有一個：亞麗絲查到了重要線索。他們知道她去看過塔拉的遺體。不過是誰呢？書蛇會？骷髏會？無論是誰，他們不會知道她去過太平間之後就決定放棄；他們不知道她的決定，也不知道報告已經交出去了。亞麗絲猜對了，塔拉的命案有蹊蹺，與祕密社團有關，與界幕八會有關。但她並非因此而笑。

「海莉，他們想殺我。」她沙啞地說完之後墜入黑暗。**如此一來，我就可以殺他們了。**

手稿會，界幕八會中最晚成立的一個，但毫無疑問絕對是當中最適應現代潮流的一個。雖然手稿會的校友當中有許多奧斯卡獎得主和影視紅人，不過也有總統顧問、大都會博物館館長，而或許最能反映手稿會特質的校友，是那些神經醫學界的大師。手稿會的專長是鏡子魔術、幻術、能夠製造明星的強大魅惑術。但千萬要記住，他們的魔法都來自於玩弄我們自身的感知。

——引自《忘川人生：第九會之程序與規範》

不要去手稿會的派對。千萬不要。

——忘川會日誌，丹尼爾・阿令頓
（達文波特學院）

10 去年秋季

手稿會派對那天的傍晚，達令頓裝飾黑榆莊的窗戶，發糖果，車道兩側擺上南瓜燈籠，就這樣玩了好幾個小時。他很喜歡萬聖節的這個部分，那種儀式感，許多陌生人來到他家門前，伸手討糖果。平常黑榆莊有如一座黑暗孤島，再也不會有船隻靠岸。但萬聖節例外。

這棟房子矗立在一道坡度和緩的山丘上，曾經屬於作家唐納德・格蘭特・米謝爾的土地就在附近，那裡的圖書館塞滿各種版本的米謝爾著作：《王老五狂想曲》、《夢幻人生》，以及他爺爺唯一認為值得一讀的作品《艾吉伍農場》。達令頓小時候看過幾本米謝爾的書，主要是因為他的筆名「異客・魔弗」感覺很神祕，結果卻大失所望，因為他的書中沒有半點魔法或奇異。

不過那時候，所有東西都只讓他感到失望。應該有更多魔法，不是那種耍花槍的小丑把戲或所謂幻術，也不是紙牌花招。而是他從小聽說的那種，藏在衣櫥後面、大橋下面、鏡子裡面。危險又迷人，絕非為娛樂而存在。如果他在一般的房子裡成長，或許不會變成這樣，如果有品質優秀的隔熱材料、修剪整齊的庭院草坪，而不是黑榆莊崩壞坍塌的高塔、遍布青苔的池塘、暗藏劇毒的毛地黃，秋季黃昏時刻還會有濃霧從樹林滾滾而來；如果生長在正常的環境，或許他還有機會能當一般人。如果他出生在鳳凰城之類的地方，而不是被詛咒的紐哈芬。

讓他深陷超自然世界的那一刻，甚至不是他的親身體驗。他十一歲那年，天主教志工組織哥倫布騎士團舉辦野餐活動，他們的管家柏娜黛堅持要他去，因為「男孩子需要新鮮空氣」。到了燈塔角之後，她和一群朋友坐在遮陽棚下納涼吃魔鬼蛋，叫他自己去玩。

達令頓找到一群和他年齡相仿的男生，也可能是他們找到他，總之，他們整個下午玩在一起，賽跑，玩各種嘉年華遊戲，玩膩之後開始自己發明遊戲。不知不覺中，他們有了一個帶頭老大，他是個名叫梅森的高個子男生，小平頭，牙齒歪七扭八，一切都由他決定——什麼時候吃東西、什麼時候去游泳、什麼時候換玩其他遊戲——達令頓很樂意跟隨。他們玩膩了老舊的旋轉木馬，決定走到公園外圍去遠眺長島海灣和紐哈芬港。

「這裡應該有船才對。」梅森說。

「快艇之類的，或水上摩托車。」一個叫作連恩的男生說。「那樣一定很酷。」

「對呀。」另一個男生說。「那樣就可以去對面坐雲霄飛車。」他一整個下午都和他們一起玩。他個子很小，臉上長了很多沙色雀斑，鼻子曬傷了。

「什麼雲霄飛車？」梅森問。

雀斑男孩指著海灣對面。「有很多燈的那裡，就在碼頭旁邊。」

達令頓望向遠方，但那裡什麼都沒有，只有逐漸變暗的天空，以及一片空地。

梅森看了一下，然後說：「你在說什麼鬼話？」

即使天色漸暗，達令頓依然看出雀斑男孩的臉整個紅了。雀斑男孩大笑。「沒有啦，鬧你們的。」

「你很白爛耶。」

他們走下窄窄的沙灘，追逐浪花，很快就忘記了這件事。幾個月後，達令頓的爺爺吃早餐時翻開報紙，達令頓看到標題寫著：**緬懷薩文岩遊樂園**。下面的圖片印著一座大型木造雲霄飛車，突出長島海灣。圖片解說寫著：**傳奇的「閃電飛車」，薩文岩遊樂園最熱門的設施，一九三八年遭颶風吹毀**。

達令頓剪下那張圖片，貼在書桌前面。那天在燈塔角，那個曬傷的雀斑男孩真的看見了雲霄飛車，而他以為他們也能看見。他不是假裝，也不是胡鬧。他的反應驚訝又尷尬，然後再也沒提起，感覺就好像以前也發生過類似的事。達令頓努力回想他的名字，他拜託柏娜黛帶他去哥倫布騎士團的各種活動，賓果、聚餐，什麼都好，他只希望能再次遇到那個男生。最後爺爺生氣了，怒吼：「休想把他變成天主教徒！」於是他不得不放棄。

隨著歲月過去，燈塔角的記憶也越來越模糊，但他從來沒有取下閃電飛車的照片。有時候他會暫時忘記幾個星期，有時候甚至幾個月，但他永遠無法徹底甩開一個想法：他只看到一個世界，但可能有很多世界存在，只要他知道該怎麼看，知道正確的咒語，說不定就能看到那些逝去的地方，甚至是逝去的人。書裡描寫的那些魔法門、神祕地點，更加深他的執著。

這種感覺應該隨著時間消退才對，長大過程中，一次又一次的淡淡失望早該將這份痴迷消磨殆盡。然而，十六歲那年，皮夾裡放著剛到手的學習駕照，達令頓開著爺爺的老賓士車，去的第一個地方就是燈塔角。他站在海邊，等著那個世界顯現。多年後，當他認識亞麗絲・史坦，就有股衝動想帶她來這裡，好不容易才壓抑住自己。他想知道閃電飛車會不會出現在她眼前，就像其他灰影那樣。發出轟然巨響的幽靈，承載著歡樂與暈眩驚恐。

天完全黑了，戴著怪物面具的孩子變得稀疏，達令頓穿上自己的服裝，他每年都穿這套——黑大衣、塑膠尖牙，這副假牙讓他看起來像剛看過牙醫。

他把車停在地洞後面的巷子裡，亞麗絲在那裡等他，她穿著一件他沒看過的黑色長大衣，冷得不停發抖。

「不能開車去嗎？」她問。「冷死了。」

加州人真沒用。「現在還有五十度，距離才三個路口，妳應該可以撐過這趟凍原長征。希望妳大衣底下的打扮不是性感小野貓，我們必須有一點權威的氣派。」

「就算穿熱褲我也能把工作做好，說不定還做得更好。」她小小模仿一下跆拳道踢腿。「動作可以更大。」至少她穿的靴子很務實。

藉著路燈的光，他看到她畫了很濃的眼線，戴著金色大耳環。希望她的打扮不會太誘人或太暴露，要是亞麗絲打扮成性感寶寶嘉康蒂，他就得整個晚上應付手稿會的冷嘲熱諷。

他帶頭走出巷子，走上榆樹街。她似乎很警覺，隨時可以應變。奧理略會那次事件之後，她一直表現很好。那天晚上，他們在權杖居的地板上砸破了價值好幾千的玻璃和瓷器餐具。說不定連達令頓也表現得更好了，他們監督狼首會進行一連串化獸術初體驗，沒有發生什麼大事——只是肖恩・麥凱一直無法恢復人形，所以他們只好把他關在廚房裡，等他從公雞變回人。他因為啄桌子弄到流鼻血，他的一個死忠朋友花了整整一小時幫他拔掉身上的白色絨毛。後來大家不停拿這件事開玩笑，叫他小雞雞。他們監督書蛇會進行一次降靈，在翻譯的協助下，他們透過一具乾屍轉達，讓一位不久前在烏克蘭戰死的士兵描述臨死前的狀況，有如亡靈版的傳話遊戲。達令頓只知道國務院要求得知這項訊息，但不知道是誰的指示，不過想必會如實傳達。他們監督捲軸鑰匙會打開傳送門，可惜失敗了——他們原本想送一個人去匈牙利，結果不但沒成功，還弄得整個會墓都是匈牙利燉牛肉的味道。聖艾爾摩召喚暴風雨的儀式也同樣失敗，舉行儀式的地點是林伍德街上的一間破爛公寓，現任會長和與會校友都顯得窩囊又丟臉。

「他們的表情簡直像男人喝太醉硬不起來的樣子。」亞麗絲悄悄說。

「史坦，妳非得這麼粗魯嗎？」

「我有說錯嗎，達令頓？」

「我怎麼會知道那是什麼樣子？」

今晚有點不同。他們不用畫防禦圈，只要到場就好，監督手稿會收集能量供給節點，然後寫報告交上去。

「這次的儀式我們要待到什麼時候？」亞麗絲問，他們往左轉。

「午夜之後，可能會更晚一點。」

「我答應梅西和蘿倫會去皮爾森地獄派對和她們會合。」

「到時候她們一定早就爛醉了，絕不會發現妳遲到。專心聽我說：手稿會看似無害，但其實很危險。」

亞麗絲瞥他一眼，她的臉頰上有某種亮粉。「你好像很緊張呢。」

所有祕密社團中，手稿會最令達令頓提心吊膽。他們在一棟不起眼的白色磚造建築前停下腳步，他看得出來亞麗絲充滿質疑。

「真的是這裡？」她問，將大衣拉緊。狹窄的走道前方傳來重低音節奏與喧譁談笑。

達令頓能理解亞麗絲為什麼不相信。其他會墓都真的像**陵墓**——骷髏會的新埃及風裝飾基座，書蛇會的白色高聳柱子，捲軸鑰匙會的精緻花格窗與摩爾風格拱門，這也是達令頓最喜歡的一棟。就連狼首會也一樣，雖然他們宣稱要甩掉魔法儀式，建立更平等的社團，但他們依然建了一棟迷你版的英格蘭鄉村宅邸。平內爾所寫的耶魯建築導覽中詳盡描述了每一座會墓，但達令頓總覺得光是分析建築，無法傳達那種神祕的氣息。當然啦，平內爾不知道果林街地下有條地道，從書蛇會直通墓園中央，他也不知道，捲軸鑰匙會的中庭裡有幾棵從西班牙阿罕布拉宮帶回來的魔法橙樹，一年到頭都結實纍纍。

不過手稿會的外觀，只是一棟四四方方的白色矮房子，牆邊還放著幾個回收箱。

「就這樣？」亞麗絲問。「這裡比林伍德街的公寓更淒涼。」

事實上，沒有哪裡能比聖艾爾摩會在林伍德街的會所更淒涼，那裡的地毯髒兮兮、樓梯塌陷，屋頂插著一大堆歪歪斜斜的風向儀。

「史坦，不要只看外表就下論斷。這棟會墓其實地下有八層，而且收藏了世界一流的現代藝術品。」

亞麗絲揚起眉毛。「換句話說，他們是加州富豪。」

「加州富豪？」

「在洛杉磯，真正的有錢人都打扮得像廢柴，好像希望大家都知道他們可以整天躺在沙灘上不用工作。」

「我認為手稿會想要的應該是低調優雅，而不是『我在馬里布豪宅和一堆名模打炮』的感覺，不過天曉得呢？」這棟會墓是六〇年代早期由華裔建築師吳景雷所建造。對於二十世紀中期的建築，達令頓向來頂多只抱著勉強的尊敬。儘管他很努力想欣賞俐落線條、簡潔手法，但他總覺得太無趣。他父親曾經公然嘲笑兒子的布爾喬亞品味，非得要有塔樓和屋瓦才入得了他的眼。

「過來這裡。」達令頓抓著亞麗絲的肩膀，推她往左走一點。「看。」

聽到她驚呼「噢！」他非常滿意。

從這個角度看，白牆上隱藏的圓形圖案就會顯現。大部分的人以為這個圖案代表太陽，但達令頓知道真相。

「從正面看不見。」達令頓說。「這裡的所有東西都是這樣。這裡是幻術與謊言的大本營。千萬要記住，這裡有些人的魅力太強大。我們的工作是確認沒有人違規、也沒有人受傷。一九八二年發生過一起不幸事件。」

「怎樣的事件？」

「有個女生在這裡的派對上吃了東西，開始以為自己是老虎。」

亞麗絲聳肩。「我親眼看著沙樂美・尼爾斯在狼首會的廚房幫一個傢伙拔屁股上的羽毛。這樣應該比較慘吧？」

「從那之後，她**一直**相信自己是老虎。」

「什麼？」

「狼首會追求的是改變肉體，拋棄人類的外型，但保有人類的意識。手稿會的專長則是操弄意識。」

「亂搞別人的腦袋。」

「到現在，那個女生的父母還把她關在籠子裡，藏在紐約州北方。那裡很不錯，有廣大的土地可以奔跑。一天兩餐生肉。有一次她逃出來，企圖吃掉郵差。」

「我的老天爺。」

「她把他撲倒在地上，大啃他的小腿。我們以精神崩潰為藉口掩飾過去。照顧她的所有費用都由手稿會負責，並且一學期禁止活動。」

「不就好嚴厲？」

「我沒有說這樣很公平，史坦。沒有多少公平的事。不過我要提醒妳，今天晚上千萬不要相信自己的感知。不要碰**任何**飲料和食物，保持清醒。我可不想把妳送去紐約州北方玩毛線球。」

他們跟著一群女生走，她們穿著馬甲、畫上喪屍妝，走過一條窄巷，從側門進去。她們是亨利八世的六位皇后。第二任皇后安・波林的脖子上，塗了一層感覺很黏的假血。

凱蒂・麥斯特坐在門口的高凳上負責蓋出入章，亞麗絲正想把手伸過去，卻被達令頓一把抓回來。「不知道印章的墨水裡放了什麼。」他小聲說。「凱蒂，直接讓我們進去。」

「放外套的地方在左邊。」她眨眨一隻眼睛，紅色亮片眼影很閃亮。她打扮成毒藤女，色紙做成的葉子用釘書針固定在綠色短馬甲上。

進去之後音樂非常大聲，重節拍、曲調高亢，眾人的體溫撲面而來，夾雜著香水味與濕氣。四方形大空間燈光昏暗，大家傳遞著裝在骷髏頭杯子裡的水果調酒，外面的後花園掛著許多小彩燈。達令頓已經開始流汗了。

「感覺不太糟啊。」亞麗絲說。

「還記得我剛才說的話嗎？真正的派對在樓下。」

「一共九層樓？九層地獄？」

「不是，這個設計來自於中國神祕學。他們認為八是最吉利的數字，所以有八個祕密樓層。

樓梯代表天梯。」

亞麗絲脫掉大衣，底下是一件黑色直筒小禮服，肩膀上縫著整片星星。「妳這是扮成什麼？」他問。

「眼妝很濃的黑衣女子？」她從大衣口袋拿出一個塑膠花冠，上面噴了銀漆。她戴上之後說：「瑪布仙后[16]。」

「妳感覺不像莎士比亞迷。」

「我不是。蘿倫從戲劇系的衣櫃弄來一堆道具服。梅西打扮成提泰妮亞仙后，她把這件塞給我，要我扮瑪布。」

「妳知道嗎？莎士比亞將瑪布稱為精靈助產士。」

亞麗絲蹙眉。「我以為她是夜后。」

「兩者都是。很適合妳。」

達令頓出於好意的讚美卻讓亞麗絲皺起眉頭。「只是件小禮服罷了。」

16 Queen Mab，愛爾蘭民間傳說中掌管夢的仙女，在莎士比亞名劇《羅密歐與茱麗葉》的對白中曾被提及。

「我剛才不是說了嗎？」達令頓說。「所有東西都沒有表面那麼簡單。」或許他希望她是會打扮成瑪布仙后的那種女生，熱愛文字，血液裡有星星。「我們先在一樓繞一圈，然後再進攻樓下的謊言大本營。」

一圈很快就繞完了。手稿會的格局是五〇、六〇年代熱門的開放式設計，沒有多少房間和走道需要檢查。至少一樓是這樣。

他們察看滿是灌木的後院，亞麗絲喃喃說：「我不懂。」雖然人太多很不舒服，但似乎沒有發生奇怪的事。「如果今晚對手稿會而言這麼重要，為什麼要在有這麼多人的地方舉行儀式？」

「其實不算是儀式，只是採集。但這就是手稿會魔法的問題，無法在沒有人的地方進行。鏡子魔法靠的是反射與感知。除非有人相信，否則謊言無法成立。如果沒有可以迷惑的對象，那麼再大的魅力也毫無意義。一樓的所有人都是在為底下的活動提供能量。」

「只是狂歡而已？」

「光是**想要**狂歡就夠了。看看四周，妳看到什麼？打扮成各種角色的人，惡魔角、假珠寶，用一層層小型幻術作為裝飾。他們的站姿比較挺，收小腹，說些言不由衷的話，大搞曖昧。他們正在進行一千種小型騙局，互相撒謊，對自己撒謊，醉到神智不清會讓他們更容易撒謊。今晚看人的人與被看的人之間成立各種契約，大家自願受騙上當，希望能愚弄別人、也希望被愚弄，為了那種愉快的感覺，相信自己很勇敢、很性感、很美麗，或者只是單純被渴望——無論多麼短暫。」

「達令頓，你的意思是手稿會的能量來自於喝茫的錯覺？」

「史坦，妳真的很會簡化重點。每個週末，每場派對都是同樣的這些交易，但萬聖節是其中之冠。那些人滿懷期待走進大門，契約就成立了。甚至在那之前，當他們戴上翅膀、惡魔角——」他瞥她一眼，「——和亮片的時候。不是有人說過愛情是兩個人共同的妄想？」

「達令頓，這麼憤世嫉俗，一點也不適合你。」

「如果妳認為稱之為魔法比較好，那就這樣吧。兩個人念誦相同的咒文。」

「嗯，我喜歡。」亞麗絲說。「這裡看起來好像電影裡的派對，但是有一大堆灰影。」

他知道，但依然感到驚訝。都已經過了那麼久，他以為至少應該能多少感應到他們的存在。達令頓後退一步，從亞麗絲的角度看會場，但怎麼看都只是普通的派對。萬聖節是死人復活的夜晚，因為活人比平常更有活力：開心的小朋友吃太多糖之後無比亢奮，憤怒的青少年在兜帽外套裡藏著雞蛋、刮鬍泡沫，酒醉的大學生戴著面具、翅膀、惡魔角，准許自己變成別的東西——天使、妖怪、惡魔、好醫生、壞護理師。汗水、興奮、滿是水果和烈酒並且糖分超高的調酒。灰影無法抗拒。

「有誰在？」他問。

她揚起深色眉毛。「你要我詳細描述？」

「我不會要妳為了滿足我的好奇而冒險。只要……概略說一下就好。」

「玻璃拉門旁邊有兩個，院子裡有五、六個，門口蓋章那個女生的背後有一個，水果酒旁邊聚集了一大堆。數不清。」

她沒有漏掉任何一個。她敏銳察覺他們的存在，因為她害怕。

「下面的樓層全都有結界。今晚妳不必擔心。」他帶她走到樓梯入口，道格・法爾靠在扶手上，避免沒有邀請函的人闖進去。「萬聖節嚴格禁止血魔法，因為太吸引灰影。不過今晚手稿會將採集節日的慾望與放縱，作為今後一年儀式的能量。」

「狂歡有那麼大的能量？」

「CNN的帥哥主播安德森・庫柏其實身高只有一六三，非常瘦小，長島口音濃得可怕。」

亞麗絲瞪大眼睛。「所以千萬要當心。」

「達令頓！」道格說。「忘川會紳士！」

「你整晚都要守在這裡？」

「再一個小時就可以換班了，然後我就可以去嗨翻天啦。」

「不錯喔。」達令頓說，瞥見亞麗絲翻白眼。除了奧理略會發生大災難的那一次，他從來沒有看過她喝酒，連紅酒都不喝。他很好奇，她只和室友一起玩嗎？還是說經歷過洛杉磯那起慘劇之後，她決定遠離各種上癮物質？

「這是哪位？」道格說，他懶洋洋地打量亞麗絲的服裝，達令頓察覺自己有點火大。「你的女伴還是你的但丁？」

「亞麗絲・史坦。新的我。等我終於可以閃人，就由她負責監督你們這些蠢蛋。」他之所以這麼說，是為了迎合他們的期待，但達令頓永遠不會離開這座城市。為了能留在這裡、不失去黑榆莊，他曾經拚命搏鬥。他或許會花幾個月到處旅行，參觀敦煌石窟，去聖奧迪爾山的修道院朝聖。他知道忘川會希望他繼續念研究所，不然也可以去紐約辦事處從事研究工作，但這些都不是他真正想做的。紐哈芬需要新地圖，標明所有看不見的東西，達令頓希望能夠由他來繪製，說不定，在街道的線條裡、寧靜的花園中、東岩的影子下，能夠找出一個理由，說明為何紐哈芬沒有成為曼哈頓或劍橋市，為什麼儘管曾經有過機會、有過繁榮的希望，最後卻總是破滅。單純是機率問題？運氣不好？還是說，這座城市蘊含的魔法太強大，即使城市持續興盛，依然會被嚇得縮起來？

「妳的打扮是什麼？」道格問亞麗絲。「吸血鬼？想吸我的血嗎？」

「如果你夠走運，或許我會考慮。」亞麗絲說完之後走下樓梯。

「道格，祝你今晚一切平安。」達令頓說完跟著她下去。她已經走下螺旋梯不見人影了，今晚她不該一個人亂跑。

道格大笑。「保證我平安不是你的工作嗎？」

造霧機噴出的霧氣直撲他的臉，他差點站不穩。他惱怒地揮手趕開霧，為什麼不能喝杯好酒、聊聊心事就算了？為什麼要這樣不顧一切地裝模作樣？他是不是暗自在嫉妒道格？嫉妒所有能夠徹底放縱一夜的人？或許吧。自從搬回黑榆莊，他總覺得脫離了校園生活。學校規定大一、大二必須住校，儘管那兩年他也經常回黑榆莊，但他喜歡那種被拉進其他天地的感覺，熱心室友拉著他走出自己的殼，進入與忘川會和魔法無關的世界。他相當喜歡喬登和E.J.，甚至願意繼續和他們兩個當室友，他很慶幸他們也有同感。他一直想要打電話給他們，找他們出去玩。但一天又一天過去了，他忙著讀書、整修黑榆莊，現在還多了亞麗絲・史坦。

追上她之後，他說：「妳應該走在我後面。」粗魯的語氣讓他自己也感到困惑。她已經到了下一層樓，熱切地觀察四周。這個樓層有如夜店的ＶＩＰ包廂，燈光比較暗，音樂比較小聲，整體有種夢幻氣氛，彷彿裡面的每個人、每個東西都籠罩在金色光芒下。

「感覺好像音樂錄影帶。」亞麗絲說。

「而且沒有預算限制。這是魅惑術。」

「為什麼剛才那個人叫你忘川會紳士？」

「因為那些沒禮貌的人假裝覺得禮貌很可笑。繼續走，史坦。」

他們走向下一層。「要走到最下面嗎？」

「不用。最下面幾層樓是他們舉行儀式並加以維持的地方。這裡隨時都有五到十種魔法在跨國進行，魅力咒文和魅惑術需要固定維持。但今晚不會舉行儀式，只是從派對收集能量之後儲存。」

「你有沒有聞到？」亞麗絲問。「那個味道好像——」

森林。下一個樓層是一片茂盛的森林，去年這裡是高海拔沙漠臺地。綿延的樹木，陽光從葉片間灑下，地平線彷彿一望無際。翠綠草地上鋪著野餐墊，參加派對的人一身白衣悠閒地或坐或躺，蜂鳥上下飛舞，懸在溫暖的空氣中。從這層樓開始，只限校友和服侍他們的現任會員進入。

「那匹馬是真的嗎？」亞麗絲小聲問。

「他們需要多真就有多真。」這是魔法，揮霍、歡樂的魔法，達令頓無法否認，他心中有一部分很想繼續流連。但正因為如此，他們更需要盡快離開。「下一層。」

樓梯再次轉彎，但這次牆壁彷彿跟著他們一起彎。建築的形狀好像變了，天花板像大教堂一樣挑高，漆成藍色與金色，有如文藝復興時代畫家喬托筆下的天空。這裡是教堂，但也不是教堂。這裡的音樂很空靈，感覺好像是鈴鐺加鼓聲，也很像巨大野獸的心跳，每個節拍都讓人放鬆。長凳和走道上到處都是交纏的人體，旁邊的紅色花瓣被壓扁了。

「這比較像我想像中的場面。」亞麗絲說。

「在灑滿花的教堂裡群交？」

「縱慾。」

「這就是今晚的主題。」

下一層樓是一個山頂涼亭，他們甚至沒有費心製造真實感。到處是桃子色雲霧，淺粉色梁柱上掛著茂盛的紫藤，幾個穿薄紗長袍的女人懶洋洋躺在太陽曬暖的岩石上，明明不可能有風的地方，她們的頭髮卻隨風飄動。他們走進了馬克思菲爾德．派黎胥[17]的畫作。

終於他們到了一個安靜的房間，一面牆前擺著一桌盛宴，以螢火蟲作為照明，交談聲安靜文明。一面將近兩層樓高的圓形鏡子占據朝北的牆，鏡面彷彿有漩渦，感覺有如看不見的手在攪動大鍋。千萬不要以為只是裝飾，這面鏡子其實是能量庫，以慾望與妄想為能量的魔法都儲存在這裡。手稿會以這個地下五樓作為中間點，分隔上方收集能量的房間與下方進行儀式的房間，空間比其他樓層大很多，延伸到馬路與周圍建築物下方。達令頓知道這裡有一流的通風系統，但依然難以停止想像被壓扁的感覺。

這個樓層裡，許多參加派對的人都戴著面具，很可能是名人和知名校友。有人穿華麗禮服，也有人穿T恤牛仔褲。

「妳有沒有看到那些人的舌頭是紫色的？」達令頓用下巴比比一個男生，他全身亮片，忙著倒酒，另一個女生戴著貓耳，幾乎一絲不掛，手中端著托盤。「他們服用了梅瑞提魔藥，那是讓人順從的藥物。侍祭服用之後就會失去自己的意志。」

「為什麼會有人願意服用？」

「為了服侍我。」一個輕柔的聲音說。

達令頓鞠躬，那個人穿著灰青色絲袍，金色頭飾遮住半張臉。

「請問今晚您是男仙還是女仙？」達令頓詢問。

這個戴面具的人代表藍采和，中國神話的八仙之一，可以隨意轉換性別。每次手稿會聚會，都會選出不同的藍采和。

17 馬克思菲爾德・派黎胥（Maxfield Parrish，一八七〇～一九六六），美國畫家，以色彩飽和的繪畫風格聞名。

「今晚我是女仙。」面具後方，藍采和的眼睛全白。今晚，她會看見所有真相，不受任何魅惑術欺騙。

「感謝您邀請我們。」達令頓說。

「我們一向歡迎忘川會的監察員，只是你們從不接受我們的款待，真是令人遺憾。一杯紅酒應該可以吧？」她舉起一隻細嫩的手，指甲有如勾爪，卻像玻璃一樣光滑透亮。一個侍祭端著酒壺上前。

達令頓搖頭警告亞麗絲。「感謝您。」他滿懷歉意地說。忘川會代表從不嘗試手稿會提供的各種娛樂，手稿會將這件事視為私怨。「可惜我們必須遵守規範。」

「我們提名的新鮮人都沒有獲選。」藍采和說，白色眼睛打量亞麗絲。「真令人失望。」

達令頓一時語塞。但亞麗絲說：「至少您不會對我有太多期望。」

「當心喔。」藍采和說。「我喜歡出其不意，說不定妳會提高我的期望呢。是誰在妳的手臂上施法術？」

「達令頓。」

「妳覺得刺青很可恥？」

「有時候。」

達令頓驚訝地看亞麗絲一眼，難道她中了什麼催眠法術？然而，當他看到藍采和滿意的笑容，他明白亞麗絲只是順著她玩而已。藍采和喜歡出其不意，而坦率能製造出其不意的效果。

藍采和伸出一隻長指甲，沿著亞麗絲光滑的手臂往上滑。

「我們可以徹底清掉。」藍采和說。「永遠。」

「但是要付出一點代價？」亞麗絲說。

「**合理**的代價。」

「仙尊。」達令頓語帶告誡。

藍采和聳肩。「今晚的任務是採集能量，讓儲存飽滿，我們不會做交易。下樓去吧，孩子，如果你想知道接下來會發生什麼事。下樓去，看看什麼在等待你，希望你有勇氣。」

藍采和回到盛宴桌邊，亞麗絲喃喃說：「我只想知道茱蒂・佛斯特有沒有來。」這位演員是手稿會最負盛名的校友。

「天曉得？說不定藍采和就是茱蒂・佛斯特呢。」達令頓說。他覺得頭好重，他的舌頭腫腫的。周圍的一切都在晃動。

藍采和坐在餐桌首位，轉頭看他。「下樓去吧。」照理說距離這麼遠，達令頓應該聽不見才對，但她的聲音卻彷彿在他腦中迴盪。他感覺地板塌陷，他隨之墜落。他站在地球深處的廣大山洞裡，岩石表面濕潤光滑，空氣充滿剛翻過土的氣味。嗡嗚充塞他的耳朵，他察覺聲音來自於那面鏡子，不知為何，能量庫依然掛在山洞的牆上。他在同一個空間，但又不一樣。他看著鏡子裡的漩渦，迷霧散開，嗡嗚更響亮，震動他的骨骼。

他不該看，他知道。絕不可以正視超自然，但他從來無法轉開視線。他追尋、哀求，想要得到。他一定要知道，他想知道一切。他看到宴會桌映在鏡中，桌上的食物迅速腐敗，但圍坐桌邊的人依然大口吃進爛掉的水果和肉類，連同飛舞的蒼蠅一起塞進嘴裡。那些人很老，有的甚至無法將酒杯或腐爛的桃子拿到乾裂唇邊。只有藍采和例外，她站在火光中，金色頭飾變成火焰，她的絲袍綻放琥珀紅光，她每次呼吸五官便隨之改變，女祭司、隱士、教皇。一瞬間，達令頓似乎瞥見爺爺。

他感覺到身體在顫抖，嘴唇濕濕的，他伸手一摸，發現鼻子在流血。

「達令頓？」是亞麗絲的聲音，他在鏡中看見她。但她沒變，依然是瑪布仙后。不……現在她是真正的瑪布仙后。夜色在她周圍湧起、流動，有如綴滿星星的斗篷；在她黑亮的頭髮上方，星團閃耀——車輪、皇冠。她的眼睛是黑色的，她的嘴唇如此深紅，有如熟到發黑的櫻桃。他感覺魔力在她四周翻騰，穿透她。

「妳是什麼東西？」他低語，但他其實不在乎。他跪下，這就是他一直等待的時刻。

「啊。」藍采和走過來。「發自內心順從的侍祭。」

他在鏡中看見自己，恭敬低頭的騎士，為仙后效力，一支劍握在手中，另一支插在背上。他感覺不到肉體痛楚，只覺得心痛。**選我**。他的臉上沒有淚水，雖然他感受到流淚的羞恥。她什麼都不是，只是一個走運的女孩，得到一份不勞而獲的大禮。她是他的仙后。

「達令頓。」她說。但那不是他的真名，就像亞麗絲並非她的真名。

只要她願意選他，只要她願意讓他……

她伸出手指，抬起他的下巴。她的嘴唇磨蹭他的耳朵。他不懂，他只希望她能再做一次。無數星星穿透他，一波冰冷呼嘯的黑夜。他全都看到了。他看到他們肢體交纏，她同時在他上面也在下面，她的身體綻放，潔白如蓮。她咬他的耳朵——很用力。

達令頓驚呼一聲往後退，各種感受在體內湧上。

「**達令頓**。」她怒斥，「振作一點。」

這時他看到自己。他掀起她的裙子，雙手握住她潔白的大腿。他看到許多戴面具的人圍觀，感受到他們的熱切，他們的身體往前傾，眼睛發光。亞麗絲低頭看著他，抓住他的肩膀，死命想推開他。山洞不見了，他們在宴會廳。

他往後倒，鬆手讓她的裙子落下，勃起的部位在牛仔褲裡劇烈抽動，接著強烈的羞辱感襲來。他們究竟對他做了什麼？怎麼辦到的？

「造霧機。」他覺得自己是最傻的傻瓜，頭腦依然混亂，剛才吸進去的東西不知道是什麼，但他的身體依舊受到刺激。他直接穿過造霧機噴出來的東西，完全沒有多想。

藍采和笑嘻嘻說：「我是神，難免會想試試嘛。」

達令頓撐著牆壁用力站起來，遠離那面鏡子，他依然感覺到嗡鳴震動。他想對這些人大發雷霆，妨礙忘川會監察員工作是絕對禁止的行為，違反了魔法社團的所有規範，但他也想盡快遠離手稿會，以免出更大的醜。無論往哪裡看，每張臉都戴著面具、畫著彩繪。

「快走吧。」亞麗絲握住他的手臂，帶領他走上樓梯，強迫他走在前面。

他知道他們應該留下，監督今晚的活動直到午夜，確認地下樓層的魔法沒有跑上一樓，確認採集程序沒有受到干擾。他辦不到，他必須脫離這裡，**越快越好**。

樓梯彷彿永無止盡，轉過一個彎又一個彎，最後達令頓已經搞不清楚他們往上爬了多久。他想要回頭確認亞麗絲還在後面，但他讀過太多這樣的故事，知道逃離地獄時絕不能回頭。

回到一樓，這裡的色彩與光線太狂野爆發。他聞到調酒裡水果發酵的氣味，以及汗水的酸味。空氣接觸皮膚，感覺黏膩溫熱。

亞麗絲搖搖他的手臂，抓著他的手肘拉他出去，他只能蹣跚跟隨。他們撲進冷空氣中，彷彿撞破一片薄膜。達令頓深吸一口氣，感覺頭腦稍微清醒了一點。他聽到說話的聲音，發現亞麗絲在跟麥克・阿沃羅沃說話，他是手稿會的現任會長。凱蒂・麥斯特在他身邊，開花的藤蔓爬滿她全身，她快被吃掉了——不對，她只是打扮成毒藤女。真是的，清醒點。

「這種行為不能姑息。」達令頓說，他的嘴唇麻麻的。

亞麗絲一手按住他的手臂。「交給我。你待在這裡。」

他們已經到了地洞外的馬路上，達令頓把頭靠在賓士車上。她應該要留意亞麗絲和凱蒂、麥克說了什麼，但金屬貼著臉的感覺清涼又舒服。

不久之後，他們兩個上了他的車，他含糊說出黑榆莊的地址。

車子開走時，麥克和凱蒂還在張望車子前座。

「他們很怕你會報上去。」亞麗絲說。

「我當然會報上去。他們準備吃一大筆罰款吧，還有禁止舉行儀式。」

「我告訴他我會負責寫報告。」

「休想。」

「你不可能保持客觀。」

沒錯，確實不可能。在腦中，他再次看到自己跪在地上，臉貼著她的大腿，不顧一切想要貼近。光是想像，他就立刻又硬了，他很慶幸天色非常暗。

「你希望我在報告裡寫多少？」亞麗絲問。

「全部。」達令頓慘兮兮地說。

「沒什麼大不了的啦。」她說。

當然有什麼大不了。當時他的感覺……甚至無法以「慾望」形容。他依然能感覺手掌下她的肌膚，從單薄內褲透出的溫熱染上他的嘴唇。他到底怎麼回事？

「對不起。」他說。「我對妳做出不可饒恕的行為。」

「你只是在派對上茫了做蠢事。別緊張。」

「如果妳不想繼續和我共事……」

「閉嘴，達令頓。」亞麗絲說。「如果你不做了，那我也不要做。」

她送他回黑榆莊，扶他回房躺下。屋裡冷得像冰，他發現他的牙齒在打顫。亞麗絲躺在他身邊，將被子包得很緊，他發現自己因為渴望某個人而心痛。

「麥克說，藥物應該會在十二小時後排出體外。」

達令頓躺在單人床上，在腦中以憤慨的措辭編寫電子郵件，準備發給手稿校友會以及忘川理事會，但沒多久就忘記他在寫什麼，腦中滿是亞麗絲站在耀眼星光下，黑色小禮服從肩頭滑落，然後再次找回憤慨心情，嚴厲要求懲處手稿會。詞彙糾結，卡在輪子的輪輻、皇冠的尖端上。不過，當他在床上輾轉反側，時睡時醒，破曉晨光緩緩灑落高塔窗戶時，一個念頭一次又一次來到腦中：亞麗絲・史坦絕非表面上那麼簡單。

11
冬

亞麗絲猛然驚醒。她原本睡得很熟，然後突然清醒、驚恐，胡亂拍打掐著她脖子的那雙手。

她的喉嚨感覺又紅又腫。她躺在地洞客廳的沙發上，天已經黑了，壁燈調得很暗。半月形黃色燈光映在裱框的畫上，主題是起伏的草原，有綿羊，牧羊人在吹笛子。

「來。」道斯說，她靠在椅墊上，將杯子湊在亞麗絲唇邊，裡面的東西像是加了綠色食用色素的蛋酒。杯口飄出一股霉味，亞麗絲閃躲，張嘴想問那是什麼，但卻只發出沙啞的怪聲音，而且喉嚨非常痛，彷彿被人用火柴燒過。

「喝完我再告訴妳。」道斯說。「相信我。」

亞麗絲搖頭。道斯之前給她喝的東西，讓她身體裡感覺像著了火。

「妳沒死，不是嗎？」道斯說。

對，但現在她很想死。

亞麗絲捏著鼻子接過杯子，大口喝下去。味道很噁心，有種粉粉的口感。那種液體非常濃，幾乎卡在喉嚨裡，但一喝下去，灼痛立刻減輕，只剩下微微疼痛。

她將杯子還給道斯，然後伸手抹抹嘴，口中殘留的味道讓她不禁打個冷顫。

「羊奶、芥末籽，加上一點蜘蛛蛋。」道斯說。

亞麗絲用拳頭按住嘴，強忍住不嘔吐。「妳叫我**相信**妳？」

她的喉嚨還是有點痛，不過至少可以說話了，體內肆虐的大火似乎也控制住了。

「我得用硫磺把妳身體裡的甲蟲燒出來。或許妳會覺得比起身體裡有甲蟲，治療的過程更痛苦，但考量到蟲會吃光妳的內臟再鑽出來，我認為還是治療比較好。古人用那種蟲處理屍體，把內臟清掉之後塞進香草。」

那種有東西在爬的感覺又回來了，亞麗絲用力握緊拳頭，以免伸手去抓。「那些蟲對我做了什麼？會留下永久的傷害嗎？」

道斯用拇指抹抹杯子。「老實說，我不知道。」

亞麗絲雙手用力一推，身體離開道斯幫她墊的枕頭。**她喜歡照顧人**，亞麗絲領悟到。她和道斯一直處不好，是因為這個原因嗎？亞麗絲不肯受她照顧？「妳怎麼知道該如何處理？」

道斯蹙眉。「我的工作就是要知道。」

道斯非常稱職，就這麼簡單。她看似冷靜，但她如果再用力一點，手中的玻璃杯就會破掉。她的手指五顏六色，亞麗絲看出那是螢光筆殘留的顏色。

「有沒有什麼東西企圖……闖進來？」亞麗絲甚至不確定會是什麼。

「我不知道。風鈴斷斷續續響了幾次，有東西觸碰到結界。」

亞麗絲站起來，感覺一陣天旋地轉。她腳步一晃，強迫自己握住道斯殷勤的手。

她認為外面會有什麼？亞麗絲自己也不確定。是使靈在馬路上看著她，眼鏡反射路燈的光？或是更可怕的東西？她伸手摸摸喉嚨，拉開窗簾。

左邊的馬路黑漆漆，完全沒有人車。她一定睡了整天。她看到鬼新郎在巷子裡徘徊，在路燈黃色的光暈下不斷來回踱步。

「怎麼了？」道斯緊張地問。「外面有什麼？」她好像屏著呼吸。

「只是一個灰影。鬼新郎。」他抬頭看窗戶，亞麗絲拉上窗簾。

「妳真的看得到他？我只看過照片。」

亞麗絲點頭。「他非常狼狽、非常哀傷。非常……像歌手莫里西。」

沒想到道斯竟然唱出他的歌〈Sister, I'm a Poet〉。「**我很好奇，是不是每個人都有和我同樣的感受？**」

「**邪惡只是人的本質，還是人所做的事？**」她原本只是想開玩笑，希望能強化她們之間隱約浮現的同袍情誼，然而，在安靜昏暗的環境中，這句歌詞感覺很嚇人。「他好像救了我的命。他和那個東西打起來。」

「**使靈**？」

「嗯。」亞麗絲哆嗦。那個怪物力氣很大，而且她使出的招數對他都沒用——雖然她的招數很有限。「我必須知道要怎麼做才能對抗那種東西。」

「我會查出所有能查到的資料。」道斯說。「不過妳真的不該和灰影產生連結，尤其是那麼暴力的。」

「我們沒有連結。」

「那他為什麼幫妳？」

「說不定他不是想幫我，只是想揍那個**使靈**。我沒時間問那麼多。」

「我只是想說——」

「我懂妳的意思。」亞麗絲說，這時突然傳來低沉的鑼聲，亞麗絲嚇得一縮。有東西進入樓梯間。

「別擔心。」道斯說。「是桑鐸院長。」

「妳打電話給桑鐸？」

「當然要打。」道斯挺直背脊。「妳差點沒命。」

「我沒事。」

「因為有個灰影幫妳打跑怪物。」

「不要告訴桑鐸這件事。」亞麗絲怒吼，來不及控制語氣。

道斯退縮。「他必須知道事情的經過。」

「什麼都別告訴他。」亞麗絲自己都不清楚為什麼她不想讓桑鐸知道，或許只是以往的習慣。不可以亂說話，不可以講出去，不然兒童保護局的人就會找上門，然後被關起來「進一步觀察」。

道斯雙手插腰。「我能告訴他什麼？我不知道妳發生了什麼事，就像我不知道達令頓發生了什麼事。我在這裡只是為了幫你們收拾殘局。」

「他們付妳薪水不就是為了做這些事？」整理冰箱，簡單打掃，**拯救我毫無價值的小命**。

真是的。「道斯——」

但桑鐸已經開門進來了。看到亞麗絲站在窗邊，他吃了一驚。「妳醒了。道斯說妳失去意識。」

亞麗絲很想知道道斯還說了什麼。「她把我照顧得很好。」

「太好了。」桑鐸將大衣掛在胡狼頭造型的黃銅衣帽架上，然後大步走向放在角落的大型俄式茶炊。桑鐸在七〇年代晚期曾經是忘川會監察員，根據達令頓的說法，他非常厲害。**理論見解一流，但是現場工作也十分傑出。他創造的幾個儀式現在依然在使用。**十年後，桑鐸回耶魯擔任助理教授，從那時開始，多年來他一直是忘川會的校長聯絡人。除了幾個祕密社團的校友，學校行政單位和教學單位都不知道忘川會與祕密社團真正的活動。

亞麗絲可以想像桑鐸當年在忘川會圖書館開心研究資料、細心繪製防禦圈的樣子。他身材矮小，整潔得體，慢跑鍛鍊出精瘦體格，夾雜銀絲的棕色眉毛總是皺在一起，感覺好像隨時都在操心。自從她開始在忘川會受訓之後就很少看到他。他傳來聯絡資料，並且「歡迎她在上班時間隨時去他辦公室」，但她從沒去過。九月的某一天，他去權杖居，他們一起吃了一頓很彆扭的午餐，他和達令頓聊一本探討女性與紐哈芬製造業的書，亞麗絲把白蘆筍藏在麵包下面。

當然啦，達令頓失蹤當晚，亞麗絲第一個發簡訊告知的人就是他。

那天晚上，桑鐸帶著他的黃色老拉布拉多狗蜂蜜，一起去到權杖居。他在起居室的壁爐生火，吩咐道斯準備茶和白蘭地，亞麗絲盡可能解釋——不是當時發生的事。她**不知道**發生了什麼事，她只知道她看到的事。她說完之後全身發抖，回想起地下室有多冷，空氣中滿是打雷閃電的刺激氣味。

「喝吧。」他說。「會舒服一點。妳一定嚇壞了。」這句話讓亞麗絲感到意外。她的人生就是一連串恐怖事件，大家都期待她能毫無畏懼地面對。「感覺像是空間移動魔法，看來有人玩了不該玩的東西。」

「但他說那不是傳送門。他說——」

「亞麗絲，他當時一定很害怕。」桑鐸柔聲說。「很可能慌了。達令頓以那種方式消失，絕對是因為傳送門。可能是因為羅森菲爾館底下的節點造成異常。」道斯悄悄走進起居室，站在沙發後面，雙手緊緊環抱身體，幾乎快要崩潰。桑鐸低聲解釋召還咒文的用法，並且說無論達令頓去了哪裡，應該只要將他帶回來就沒事了。「只要等到新月的夜晚。」桑鐸說。「到時就可以把那孩子帶回來了。」

道斯哭出聲。

「他……他在**哪裡**？」亞麗絲問。他很痛苦嗎？很害怕嗎？

「我不知道。」院長說。「這也是難題的一部分。」他的語氣近乎熱衷，彷彿準備解一道有趣的謎題。「根據妳的描述，在施術人不在場的狀況下，那種形狀與大小的傳送門竟然能夠維持，可見一定不會通往什麼好地方。達令頓很可能被傳送到空間氣泡裡，就像硬幣掉進沙發坐墊中間那樣。」

「要是他被困在那裡——」

「他很可能甚至不知道自己被傳送了。達令頓回來時很可能會以為自己還在羅森菲爾館，等他發現得重讀一學期，一定會氣死。」

從那之後，電子郵件不停來來回回——桑鐸告知儀式需要哪些人到場、準備什麼東西，編出西班牙遊學的故事當幌子，一連串充滿歉意的沮喪訊息，因為蜜雪兒・阿拉梅丁的時間無法配合，無法在一月的新月舉行，道斯沉默以對。達令頓從人間消失的那個晚上，是他們最後一次齊聚一堂。桑鐸有如火災警報器，沒事絕不可以亂碰。亞麗絲經常覺得他是終極核武，但其實他只是像父母一樣的角色。懂事的大人。

此時，院長攪拌茶杯裡的糖。「潘蜜拉，幸好妳反應夠快。我們不能再失去……」他沒說完。「我們只需要撐過這一年……」這句話也沒說完，彷彿被他扔進杯子裡。

「然後呢？」亞麗絲催促。因為她真的很想知道接下來會怎樣。道斯雙手交握站在那裡，彷彿在合唱團裡等候她的獨唱段落，等了又等、等了又等。

「我一直在思考這件事。」桑鐸終於說，他在高背椅上往下滑。「新月儀式已經準備就緒。星期三晚上我會去車站接蜜雪兒・阿拉梅丁，直接帶她去黑榆莊。我認為儀式很有希望會成功，達令頓很快就會回來。不過，我們也必須先想好，萬一狀況不如預期該如何應對。」

「不如預期？」道斯說。她突然坐下，表情緊繃，甚至憤怒。

亞麗絲不打算假裝明白桑鐸院長的計畫如何運作，但道斯顯然明白。**我的工作就是要知道**。她負責在出狀況的時候善後，而狀況總是少不了，這個狀況更是嚴重。

「蜜雪兒在哥倫比亞大學讀碩士班，她可以來參加新月儀式。亞麗絲，我相信應該可以說服她週末回來，這樣妳的教育與訓練就能繼續進行。如果以後必須向校友會報告——」他摸摸花白的唇髭，「——最新發展，這樣至少能讓他們安心。」

「那他的父母、家人呢？」

「阿令頓夫婦和兒子疏遠很久了。外人只知道丹尼爾・阿令頓去了西班牙，研究加茲特魯加特島的能量節點。萬一儀式失敗——」

「萬一儀式失敗，那就再試一次。」道斯說。

「唉，當然。」桑鐸說，他似乎真心感到難過。「當然。我們會用盡一切方法，嘗試各種可能。潘蜜拉，我不是麻木不仁的那種人。」他對她伸出一隻手。「如果失蹤的是我們，達令頓一定會盡一切可能把我們找回來。我們也要這麼做。」

不過，萬一儀式失敗，達令頓回不來，那又該怎麼辦？桑鐸會向校友會報告實情嗎？還是說他和理事會將合力編造一個故事，掩飾難堪的真相：**我們明知道大學生處理不來，但還是派他們去做那些事，現在一個死掉了。**

無論如何，忘川會竟然如此輕易將達令頓拋在腦後，亞麗絲覺得很不滿。他有很多毛病，大部分很煩人，但他熱愛這份工作與忘川會。忘川會竟然不肯回報他的愛，實在太殘酷。這是桑鐸第一次提出這種想法，達令頓或許回不來，說不定無法將他從宇宙沙發的椅墊中間拉出來。是因為再過幾天就要舉行儀式了嗎？

桑鐸拿起空玻璃杯，研究殘留在杯子裡的噁心綠色羊奶。

「蛛卵藥？妳被**使靈**攻擊了？」

「沒錯。」亞麗絲斷然說，雖然她依然不太明白其中的意義。她決定不顧一切全說出來。「我認為有人派使靈來對付我。可能是書蛇會。」

桑鐸嗤笑一聲，似乎不相信。「他們有什麼理由要做出那種事？」

「因為塔拉・哈欽司死了，我懷疑他們涉案。」

桑鐸迅速眨了幾下眼睛，彷彿他的眼睛是故障的鏡頭。「透納警探說——」

「這是我的想法，不是透納的。」

桑鐸猛然轉頭注視她的雙眼，她知道她篤定的語氣讓他很驚訝。她知道他喜歡那套敬重恭順的禮節，但現在不是在意這些的時候。

「妳在調查那件案子？」

「沒錯。」

「亞麗絲，這樣很危險。妳的能力不足以——」

「總得有人調查。」而達令頓下落不明。

「妳能證明祕密社團涉案嗎？」

「書蛇會的專長是降靈。他們利用那種鬼東西——」

「使靈。」道斯喃喃說。

「利用使靈與死者溝通。我被使靈攻擊，我認為這就是最好的證明。」

「亞麗絲。」他溫和地說，語氣略帶責備。「當妳來到這裡的時候，我們就知道，從來沒有像妳這樣擁有特殊能力的人擔任過這個職位。說不定，甚至可以說很有可能，光是妳的存在，便足以打亂我們本來就不太瞭解的體制。」

「你的意思是，我引發了使靈攻擊？」她討厭自己委屈的語氣。

「我並沒有責怪妳做錯了什麼。」桑鐸平淡地說。「我只是認為，因為妳很特殊，或許因此引來攻擊。」

道斯雙手抱胸。「桑鐸院長，這句話等於在說**是她自找的**。」

亞麗絲不敢相信她的耳朵。潘蜜拉‧道斯竟然駁斥桑鐸院長，而且是為了替她打抱不平。

桑鐸放下茶杯，發出聲響。「我絕對沒有那個意思。」

「**但聽起來就是那個意思**。」道斯的語氣清晰果斷，亞麗絲從來沒有聽過她這樣講話。她的眼神冰冷。「亞麗絲受到攻擊，她表明她的憂慮，而你不但沒有聽她講完，反而質疑她的想法。或許你沒有那個意思，但你的出發點和所造成的效果都是為了讓她噤聲，很難讓人不懷疑這是在檢討受害者。相當於指責性侵受害者裙子太短。」

亞麗絲強忍笑意。道斯靠在椅背上，雙手抱胸、雙腿交疊，頭歪向一邊，同時表現出不滿與自在。桑鐸面紅耳赤，他舉起雙手，彷彿想安撫野獸——**別激動**。「潘蜜拉，妳應該知道我不是那種人。」亞麗絲第一次看到他如此慌張。看來道斯很清楚桑鐸那種人的語言，知道該怎麼說才能產生威脅效果。

「有人派怪物來對付我。」亞麗絲說，善用道斯幫她創造的機會。「而且昨天才剛有一個女生死掉，這絕不是巧合。塔拉的手機通話紀錄顯示她和崔普‧海穆斯有聯絡，這表示骷髏會可能涉案。使靈企圖在大街上殺害我，可見書蛇會也脫不了關係。塔拉遇害的時間是星期四晚上，也就是舉行儀式的夜晚，如果你看過我的報告，就會知道當她遭到刺殺的同時，兩個平常很溫和的灰影突然大抓狂。」桑鐸的眉頭皺得更緊了，彷彿這樣的用詞令他不舒服。「你——忘川會——之所以帶我來這裡，就是看重我的能力，現在我要告訴你，一個女生死了，而且絕對和祕密社團有關。拜託你暫時假裝我是達令頓，認真聽我的看法。」

桑鐸端詳她，亞麗絲很想知道她是不是說服他了。他的視線轉向道斯。「潘蜜拉，我們應該有臺監視器正對榆樹街與約克街交叉口。」

亞麗絲看到道斯的肩膀放鬆、低下頭，彷彿她剛才中了魔法，而桑鐸說出破除的咒文。她站起來拿起筆電。亞麗絲覺得內臟翻攪。

道斯在她的電腦上按了幾個鍵，對面牆上的鏡子發光。片刻之後，螢幕上顯示人車熙來攘往的榆樹街，一大片灰色和更深的灰色。角落的時間顯示上午十一點五十分，亞麗絲仔細觀察人行道上走動的一波波行人，但每個人都穿著臃腫的厚外套，以致於難以分辨。緊接著，好自然便利超商出現動靜。她看到人群分開、騷動，本能地遠離暴力場面。她出現了，從店裡逃出來，店主對她大吼。黑頭髮的女生，戴著毛線帽——那是達令頓的帽子。帽子不見了，肯定是在反抗使靈時弄丟了。

螢幕上那個女生離開人行道跑上馬路，所有過程冰冷無聲，像一場啞劇。

亞麗絲回想使靈用力抓住她，將她拖到馬路上，但螢幕上看不見使靈。她只看到那個黑髮女生衝進車流，腳步蹣跚狂亂，不停尖叫、揮打，但前方什麼都沒有，然後她倒地。在亞麗絲的記憶中，這時使靈壓在她身上，但螢幕上什麼都沒有，只有她躺在馬路中央，車輛緊急閃躲。她的背拱起、收縮，嘴巴張大，雙手揮打不存在的東西，身體抽搐。

不久後她站起來，歪歪倒倒走向地洞後方的巷子。她看到自己回頭張望，瞪大眼睛，臉上鮮血淋漓，驚恐地張大嘴，嘴角有如扯緊的船帆。**這時候我在看鬼新郎和使靈打鬥。真的嗎？**那張臉完全是瘋子的模樣。她回到那間公廁的地板上，短褲脫到腳踝處，尖叫，孤獨。

「亞麗絲，妳說的或許全都是真的，但無法證明是什麼東西攻擊妳，更難找出該負責的人。要是我給校友會看這段影片……務必要讓他們相信妳狀況穩定、有責任感，尤其是現在……呃，尤其是現在的狀況太敏感。」

尤其是現在達令頓消失了。尤其是出事的當下，她理應支援他才對。

「我們的存在不就是為了這個？」亞麗絲說，最後再努力一下，搬出比她自己更重大的東西，那些或許桑鐸會更重視的東西。「為了保護像塔拉這樣的人？約束祕密社團，不讓他們……為所欲為？」

「沒錯。不過妳真的認為妳有能力單獨調查命案？我叫妳放棄不是沒有原因。在這個怪物橫行的世界，我盡可能讓一切保持正常。警方已經在調查哈欽司命案了，那個女生的男朋友遭到逮捕，正在等候開庭。如果透納發現這件案子與祕密社團有關，妳真的認為他不會追查？」

「不。」亞麗絲承認。「我知道他會追查到底。」無論她對透納有什麼意見，他都是隻敏銳的獵犬，良心從不打烊。

「如果他有所發現，我們絕對會給予一切援助，我保證會轉達妳查出的所有事。但現在我需要妳專心療養，不要再出事。我和道斯會一起研究引發使靈攻擊的原因，確認妳的能力是否會造成其他問題。妳來到校園這件事，本身就是未知因素、干擾來源。臓卜時那些灰影的變化、達令頓失蹤、校園附近發生命案，現在又有使靈——」

「等一下。」亞麗絲說。「你認為我來到這裡，導致塔拉遭到殺害？」

「當然不是。」院長說。「但我不希望給忘川理事會任何理由做出類似的結論。這次的事件非常重大，我不能讓妳扮演業餘偵探。今年是經費年，我們之所以能夠存在，全都是因為學校的善意，我們之所以不會斷炊，是因為其他社團持續慷慨贊助。我們需要爭取他們的好感。」他長吁一口氣。「亞麗絲，我也不是冷血的人。哈欽司命案凶殘悲慘，我絕對會監督到底，但我們必須謹慎進行。上學期末……在羅森菲爾館發生的事，讓狀況徹底改變。潘蜜拉，難道妳希望忘川會遭到撤資？」

「不。」道斯低語。她擅長桑鐸的語言，但桑鐸也同樣擅長她的語言。忘川會是她的藏身處，她的窩，她說什麼都不願意失去。

但亞麗絲沒有專心聽桑鐸院長講話。她望著掛在壁爐架上方的那張紐哈芬古地圖，上面畫出紐哈芬殖民地最初的九宮格規畫。她想起來到耶魯的第一天，達令頓帶她穿過綠原時說過的話：**他們想將這座城鎮打造成新伊甸園，建立在兩條河之間，就像幼發拉底河與底格里斯河那樣。**

亞麗絲觀察殖民地的位置——一塊夾在西河與法明頓運河之間的土地，兩條細長的水體奔流，在港口匯聚。她終於知道為什麼命案現場感覺如此熟悉。塔拉・哈欽司陳屍的路口就像地圖中的殖民地一樣：貝克館宿舍前面的那塊空地有如縮小版的殖民地。兩邊的馬路像河流，車輛奔馳，在塔樓公園大道的起點匯聚。塔拉被發現的地方在正中央，彷彿她被刺傷的遺體躺在新伊甸園的核心。她不只是單純被扔在那裡，而是經過設計。

「說真的，亞麗絲。」桑鐸說，「這些人有什麼動機要傷害那樣的女孩子？」

她不清楚，她只知道一定有。

有人發現亞麗絲去過太平間。無論是誰，他們認為亞麗絲得知了塔拉的祕密——至少一部分——而且她所能運用的魔法足以查出更多。於是他們決定解決問題，或許他們真的想殺她，說不定讓人懷疑她瘋了就已經足夠。

鬼新郎又是怎麼回事？他為什麼要救她？難道他也是陰謀的一部分？

「亞麗絲，我希望妳能在這裡成長茁壯。」桑鐸說。「我希望我們能順利度過這難關重重的一年，我希望能將全部的心思放在新月儀式上，將達令頓帶回來。我們先解決這件事，然後再來研究其他問題。」

亞麗絲也希望這樣。她需要耶魯，她需要在這裡的一席之地。但院長錯了，桑鐸希望塔拉的命案只是一件單純醜惡的小事，但事實並非如此。絕對有祕密社團的成員涉案，雖然不清楚是誰，但他們想封住她的嘴。

我有生命危險，她很想這麼說。**有人企圖傷害我，而且我認為他們不打算就此收手。救我**。但求救從來都沒用。亞麗絲原本以為這裡會不一樣，有那麼多規範與儀式，還有桑鐸院長照顧他們。**吾等乃牧者**。然而他們只是玩遊戲的小鬼。亞麗絲看著桑鐸小口喝茶，一條腿蹺在另一條腿上，他的膝蓋抖動，光亮的樂福鞋反射燈光，她懂了，在某個層面上，他確實不關心她的遭遇。他甚至希望她出事。假使亞麗絲受傷、失蹤，那麼，達令頓消失的事件就可以完全歸咎於她，而她在耶魯度過的這段多災多難的短暫時光，只要大筆一揮，就可以當作只是不幸判斷錯誤，只是一場太有野心的實驗出錯。他會在新月當晚找回他的金童，導正所有過失。他希望能舒舒服服過日子。亞麗絲想要的不也是這個嗎？塔拉・哈欽司冰冷的遺體躺在抽屜裡，她卻夢想著平靜的暑假，與加了薄荷葉的紅茶。

安心休息。她原本打算聽院長的話，但有人企圖傷害她。

亞麗絲感覺內心有個黑暗的東西鬆開。「妳完全是頭野獸。」海莉曾經對她說。「心裡躲著一條毒蛇，隨時會發動攻擊。很可能是條響尾蛇。」她說這些話的時候開懷嘻笑，但她說得沒錯。寒冷冬季與禮貌交談讓那條蛇睡著了，讓牠心跳放慢，變得慵懶不想動，所有冷血動物都是這樣。

「我也希望能順利度過。」亞麗絲說，她對他微笑，和睦的笑容、熱切的笑容。他安心了，那種感覺有如暖鋒掃過客廳，新英格蘭的人開心迎接，但洛杉磯人知道那會引發野火肆虐。

「很好，亞麗絲。我們一定能做到。」他站起來穿上大衣、裹上條紋圍巾。「我會將妳的報告交給校友會，星期三晚上黑榆莊見，道斯、亞麗絲。」他捏捏她的肩膀。「再忍耐幾天，一切就會恢復正常。」

但塔拉・哈欽司不會復活，混蛋。她再次微笑。「星期三見。」

「潘蜜拉，我再傳郵件告訴妳該準備什麼餐點。簡單就好。除了蜜雪兒，還有奧理略會的兩位代表。」他對亞麗絲眨眨一隻眼睛。「妳一定會喜歡蜜雪兒・阿拉梅丁。她以前是達令頓的味吉爾，完全是個天才。」

「我等不及了。」亞麗絲說，她對離去的院長揮揮手。門一關上，她立刻說：「道斯，和死人說話有多難？」

「如果是書蛇會的人，一點也不難。」

「除非沒有別的辦法，否則我不想找他們。我盡可能不找想殺我的人幫忙。」

「那就沒幾個人可以找了。」道斯對著地板嘀咕。

「啊，道斯，我喜歡妳的毒舌。」道斯不自在地左右移動重心，拉拉黯淡的灰色運動上衣。她闔上筆電。「謝謝妳剛才幫我對抗院長，也謝謝妳救我一命。」道斯對著地毯點頭。「那麼，如果我想和界幕另一邊的人說話，還有什麼選擇？」

「我能想到唯一的辦法，就是去找狼首會。」

「變動物的傢伙？」

「如果妳想求他們幫忙，千萬不要當他們的面那麼說。」

亞麗絲走到窗前，拉開窗簾。

「他還在那裡？」道斯在她身後問。

「還在。」

「亞麗絲，妳想做什麼？一旦妳讓他接觸……妳應該聽過他的故事，他對未婚妻做了多可怕的事。」

亞麗絲，快來開門。

「我確定他救了我，而且想引起我的注意。有些關係的根基還更小呢。」

忘川會的規定含糊又迂迴。**天主教作風**，達令頓說過，**拜占庭格調**。儘管如此，大方向不難掌握。不要招惹死人，把心思放在活人身上。但亞麗絲需要奧援，只有道斯一個不夠。

她敲敲窗戶。

下方街道上，鬼新郎抬頭看她。在路燈照明之下，他的深色眼眸對上她的雙眼。亞麗絲沒有轉開視線。

狼首會是界幕八會中第四個成立的，雖然貝吉里斯會或許很有意見。會員施行化獸術，認為簡單的變形是基本魔法。他們的重點並非變形術，而是如何在化為獸形時保有人類的意識與特質。主要用於情報蒐集、商業間諜、政治暗殺。一九五〇、六〇年代，中情局招募了許多狼首會成員。舉行變形儀式之後，可能需要幾天的時間才能徹底甩脫動物特徵。與狼首會員相處時，務必避免談論動物的重要特質或敏感習性。

——引自《忘川人生：第九會之程序與規範》

我好累，我的心跳無法減慢。我的眼睛是紅色的，不是眼白發紅，而是虹膜。羅傑斯說我們要像兔子交配一樣瘋狂做愛，我沒想到他會真的把我們變成兔子。

——忘川會日誌，查理・「確斯」・麥馬宏
（賽布魯克學院，一九八八）

12
冬

亞麗絲知道不能空手去狼首會。想求他們幫忙，她勢必得先去一趟捲軸鑰匙會，拿回母狼哺餵羅馬建國雙胞胎羅穆盧斯與瑞摩斯的雕像。去年情人節，他們依循傳統舉行派對，打開大門歡迎其他各會成員，當時雕像失竊，在那之後，狼首會便一直催促忘川會去幫他們討回來。雖然失竊之後不久，亞麗絲就看到雕像放在捲軸鑰匙會墓的架子上，上面掛著一個塑膠王冠，但達令頓不肯介入。「忘川會不管這些小紛爭。」他說。「這種惡作劇我們不屑理會。」

然而，亞麗絲必須設法進入狼首會墓的祭壇，她很清楚，他們的現任會長沙樂美・尼爾斯絕不會平白幫忙。

亞麗絲在冰箱裡找到達令頓愛喝的噁心蛋白質奶昔，拿了一瓶出來喝。她餓扁了，道斯宣稱這是好現象，但她的喉嚨還無法吞嚥固體食物。她不確定使靈後來怎麼了，所以很不想離開安全的結界，但她不能坐以待斃。更何況，無論是誰放出使靈，他們八成以為她倒在什麼地方被甲蟲吃光內臟了。至於她在榆樹街中央發狂的那場好戲，幸好在場的人不太多，除了喬納斯・瑞德之外，應該沒有人認識她。如果有人認出她，學校健康中心的心理醫生應該早就打電話來關心了。

亞麗絲和道斯一走進巷子，她立刻發現鬼新郎在等她。天快亮了，路上沒有人車。她的「護衛」一路跟隨她們去到捲軸鑰匙會，有個會員在裡面忙著寫報告，她謊稱之前來監督儀式的時候，達令頓把圍巾遺落在這裡，藉此說服他讓她進去。通常只有舉行儀式的夜晚或授權調查時，忘川會的人才能進入其他社團的會墓。「西班牙的安達露西亞有點冷。」她告訴他。

那個會員站在門口滑手機，亞麗絲假裝尋找圍巾。門鈴再次響起，他罵了一句髒話。**多謝啦，道斯。**亞麗絲抓起雕像塞進包包。她看看中央的那張圓石桌，那是會員聚集舉行儀式的地方——雖然不見得成功。桌子邊緣刻著一句格言，她一直很喜歡：**擁有照亮這片黑暗之地的力量，擁有復活這個死亡世界的力量。**這句話隱約喚醒了她的記憶，但她無法確切掌握。她聽到大門關上的聲音，於是匆忙離開，向那位會員道謝——他嘀咕抱怨有個傢伙在派對上喝醉找不到宿舍。

捲軸鑰匙會發現雕像不見時，很可能會猜到是她偷走的，不過，這個問題到時候再煩惱就好。道斯站在街角等，旁邊就是貝斯圖書館怪異的歌德風大門。達令頓說過，門上的石雕劍裝飾代表這裡有結界。

「這個主意很爛。」道斯說，她整個人包在大衣裡，完全不贊成她的計畫。

「至少爛得有始有終。」

道斯不停左右轉頭，有如探照燈。「他在這裡嗎？」

亞麗絲知道她問的是鬼新郎，雖然道斯永遠不會承認。但她其實有點不安，吸引他的注意太容易，但要甩開恐怕很難。她回頭張望，他跟在後面，但保持一段距離，大概是出於尊重。「半條街的距離。」

「他是殺人犯。」道斯低聲說。

唉，那麼我們就有了共通之處，亞麗絲心裡想。不過她只是說：「乞丐沒得挑。」

其實她不太願意讓灰影接近她，但她已經下定決心了，她不想繼續反覆思考。如果祕密社團裡有人想要她的命，那麼她絕對要查出是誰，讓他們再也沒有機會對她出手。即使如此……

「道斯。」她小聲說。「回去之後，我們來研究一下如何斬斷與灰影的連結。我不想一輩子都被那個活像莫里西的傢伙跟著。」

「最簡單的辦法，就是不要產生連結。」

「是喔？」亞麗絲說。「看來我最好寫下來。」

狼首會墓距離地洞很近，只隔幾棟建築，那是一棟堂皇的灰色莊園建築，前面有個小花園，高聳石牆圍繞。這座會墓的魔力在校園裡名列前茅。後面有一條圍成馬蹄形的小路，那裡全都是老舊的兄弟會會所，這排堅固的紅磚建築很久以前就轉讓給學校了，門楣上除了一排希臘字母，還刻著引流能量的古老符文。這條小路充當護城河，能量在此聚集成發出霹啪聲響的濃霧。經過這裡的人往往會不由自主打冷顫，但他們可能認為是天氣太冷或心情不好，只要一走到耶魯夜總會或非洲文化中心，他們就會忘記。狼首會員曾經在黑豹黨[18]審判期間收容抗議人士，這點他們深深引以為榮，不過，他們也是古八會中最晚讓女性加入的社團，因此亞麗絲認為他們沒什麼好得意的。舉行儀式的夜晚，她固定會看到一個灰影站在中庭，抬頭癡癡望著隔壁《耶魯日報》的辦公室。

亞麗絲在外面按了兩次門鈴，沙樂美・尼爾斯才終於來開門讓她們進去。

「那是誰？」沙樂美問。一瞬間，亞麗絲還以為她能看見鬼新郎。他現在靠得很近，緊跟著亞麗絲的每一步，嘴角揚起得意淺笑，彷彿他能聽見她如蜂鳥振翅的心跳聲。然後她才領悟到，沙樂美說的是道斯。祕密社團的人絕大多數都不知道有潘蜜拉・道斯這號人物存在。

「她是來幫忙的。」亞麗絲說。

但沙樂美已經帶她們走進陰暗的門廳，鬼新郎也跟上。為了方便魔法流動，會墓全都沒有結界，但如此一來，灰影便能夠自由來去。也是因為如此，舉行儀式時才會需要忘川會的保護。

「妳有帶來嗎？」沙樂美問。會墓內部沒什麼特別：石板地面、深色木質裝潢、鉛玻璃窗戶俯瞰中庭，那裡有一棵梣樹。大學建立之前，這棵樹就在了，等到周圍的建築崩塌，這棵樹應該依然會繼續開枝散葉。門邊的磁性白板表明目前有哪些會員在會墓裡，因為空間太大，所以需要這樣做。他們全都以埃及神祇作為代號，「在家」那一欄目前只有一個埃及十字架，上面標示著沙樂美的代號：法老王卡夫拉。

「有。」亞麗絲從包包裡拿出雕像。

沙樂美開心尖叫，一把搶過去。「太好了！等鑰匙會的人發現我們拿回來，他們一定會氣死。」

「這座雕像有什麼作用？」亞麗絲問。沙樂美帶她們往內走進另一個陰暗的房間，中央有一張桌子，形狀是拉長的菱形，旁邊擺著幾張矮椅子。牆邊的一排玻璃櫃中擺著各種埃及收藏品以及狼形雕塑。

18 The Black Panther Party，由非裔美國人組成的黑人民族主義和社會主義政黨，存在於一九六六至一九八二年期間，其宗旨主要為促進美國黑人的民權，另外他們也主張黑人應該有更為積極的正當防衛權利。

「什麼作用也沒有。」沙樂美沒好氣地說，她將雕像放回櫃子裡。「重點在於原則。我們邀請他們來我們家，但他們竟然踐踏我們的好意。」

「嗯。」亞麗絲說。「確實很不應該。」但她心中憤怒的響尾蛇抬起頭來，尾巴貼著她的胸腔震動。有人企圖要殺她，但這位公主卻在玩愚蠢的遊戲。「快點開始吧。」

沙樂美移動重心。「那個，沒有經過全體會員同意，我不能開啟聖殿。就連我們的校友都不能進去。」

道斯輕聲吁一口氣。顯然她很高興可以直接回家，可惜辦不到。

「我們講好了，妳真的想晃點我？」亞麗絲問。

沙樂美厚臉皮地笑了笑，顯然她一點也不感到愧疚。她當然不會愧疚，亞麗絲才大一，只是忘川會的學徒，顯然搞不清楚狀況。以前在沙樂美與狼首會其他人面前，她總是沉默敬重，讓達令頓出面說話，他才是大人物，忘川會紳士。要是忘川會早點拯救她，或許她真的會成為那樣的人。要是使靈沒有攻擊她，要是桑鐸院長沒有輕忽她，或許她可以繼續假裝下去。

「我把妳的白癡雕像拿回來了。」亞麗絲說。「妳欠我的。」

「問題在於，妳原本就不該這麼做，不是嗎？所以囉。」

毒品買賣多半是靠信用交易。從真正認識供貨商的人那裡取得貨物，證明自己能夠賣到好價錢，如此一來，下次就有機會拿到更大批的貨。「妳知道為什麼妳男人只是業餘小咖，而且永遠會是業餘小咖？」埃丹曾經這樣問過亞麗絲，他的口音很濃。他伸出一隻拇指比一下里恩，他抽著大麻菸傻笑，而貝恰在旁邊表演呼煙圈。「他太喜歡抽我的貨，所以最後只有我賺到錢。」里恩總是勉強度日，手頭永遠很緊。

亞麗絲十五歲時，有一次送完貨沒有拿到錢，她和那個投資銀行的操盤手約在雪曼・歐克運動用品店交易，被他耍得團團轉。通常都是里恩負責和這個人交易，長相清純的亞麗絲負責跑大學和購物商場。但那天早上里恩嚴重宿醉，於是給她錢，要她自己坐公車去凡度拉大道。那個操盤手說他暫時沒錢，但以後絕對會結清，亞麗絲不知道該如何回應，她第一次遇到厚臉皮賴帳的人。平常和她交易的大學生都叫她「妹妹」，有時甚至會邀她一起抽。

亞麗絲知道里恩會生氣，但沒想到他竟然以前所未見的方式暴怒。他非常害怕，大吼說都是她的錯，要她自己去跟埃丹交代，於是她設法自行補齊帳款。那個週末她回媽媽家，偷走了外婆的石榴石耳環典當，並且去歡樂夜總會工作——那是最低級的脫衣舞店，客人全都是廢物，而且幾乎不給小費，老闆是個叫作金金的小矮子，每次都要先摸一把才讓小姐離開更衣室。她沒有證件、也沒有巨乳，只有那裡願意雇用她。「有些人喜歡大奶。」金金邊說邊把手伸進她的比基尼上衣。「但我不一樣。」

後來她再也不會讓人賴帳。

現在她看著沙樂美・尼爾斯，身材苗條、臉蛋光滑，出身康乃狄克州的有錢人家，會騎馬、打網球，豐盈的古銅色馬尾垂在肩頭，有如昂貴的毛皮。「沙樂美，我勸妳重新考慮。」

「我勸妳快點帶著那個老處女阿姨回家去。」

沙樂美比亞麗絲高，於是亞麗絲抓住她的下唇用力一拽。沙樂美尖叫著彎下腰，雙手也胡亂揮舞。

「亞麗絲！」道斯大喊，雙手按住胸口，彷彿假扮屍體。

亞麗絲一手勾住沙樂美的脖子，將她轉過來扼住喉嚨。這招她是跟明琪學的，她是歡樂夜總會裡最嬌小的舞孃，身高只有一三五，也是金金唯一不敢招惹的人。亞麗絲抓住沙樂美戴的梨形鑽石耳墜。

她很清楚道斯在旁邊有多驚愕，鬼新郎也上前一步，彷彿騎士精神要求他出手解救，四周的空氣流動、改變，沙樂美與道斯第一次真正看清她，很可能連鬼新郎也一樣。亞麗絲知道或許不該這麼做，最好不要引來注意，最好忍氣吞聲，繼續做那個安靜的好孩子，雖然能力不足以應付工作，但至少不會威脅到任何人。不過，越是不該做的事，做起來越爽，這次也一樣。

「我好喜歡妳的耳環。」她輕聲說。「多少錢買的？」

「亞麗絲！」道斯再次抗議。沙樂美抓住亞麗絲的前臂，她力氣很大，因為經常運動，打壁球、駕帆船之類的，但她從來沒有挨過揍，很可能除了電影之外沒有看過暴力場面。「妳不知道，對吧？想必是妳老爸送的禮物，慶祝妳十六歲生日或高中畢業之類的狗屁，對吧？」亞麗絲勒緊她，沙樂美再次尖叫。「給我聽清楚了：妳最好立刻讓我進去，否則我會扯掉妳的耳環塞進妳的喉嚨裡，讓妳被鑽石噎死。」這當然只是空言恫嚇，亞麗絲不會白白浪費一對好鑽石，不過沙樂美不知道，她哭了。「很好。」亞麗絲說。「我們達成共識了？」

沙樂美瘋狂點頭，喉嚨汗濕的皮膚貼著亞麗絲的手臂上下移動。

亞麗絲放開她。沙樂美後退，舉起雙手擋在前面。道斯摀著嘴，鬼新郎也一臉不安。連殺人犯都被她嚇壞了。

「妳瘋了。」沙樂美說，指尖輕觸喉嚨。「妳不能就這樣——」

亞麗絲內心的那條蛇停止搖尾，開始爬行。她用袖子包住手，然後一拳打穿他們放小東西的玻璃櫃。沙樂美與道斯尖叫，她們再次後退一步。

「我知道妳平常來往的人都『**不能就這樣**』，但我不一樣。所以妳最好快點把聖殿的鑰匙給我，早點扯平，我們就能早點忘記這件事。」

沙樂美站在門口猶豫不決，重心放在腳尖。她感覺好輕盈，不可思議地纖細，彷彿隨時會離開地面飄起來，像派對氣球一樣卡在天花板上。接著她的眼神變了，清教徒的務實主義重新滲透她的骨骼。她站穩腳跟。

「我不管了啦。」她嘀咕，從口袋拿出一串鑰匙，取下一支放在桌上。

「謝謝。」亞麗絲拋個媚眼。「現在我們又是好朋友了。」

「瘋婆子。」

「我聽見囉。」亞麗絲說。但瘋婆子活下來了，亞麗絲拿起那支鑰匙。「妳先請，道斯。」

道斯走進門口，小心和亞麗絲保持距離，眼睛看著地板。亞麗絲轉頭看沙樂美。

「我知道妳在想什麼，只要我一走進聖殿，妳就會開始到處打電話告狀，讓我吃不完兜著走。」沙樂美雙手抱胸。「請便吧。我絕對會回來用那個狼雕像打掉妳的門牙。」

鬼新郎猛搖頭。

「妳不能就這樣——」

「沙樂美。」亞麗絲舉起一隻手指搖了搖。「妳又說那句話了。」

但沙樂美握緊拳頭。「妳不能就這樣為所欲為。妳會進監獄。」

「或許吧。」亞麗絲說。「但妳永遠會看起來像個愛搞亂倫的鄉下土包子。」

*

亞麗絲走到那扇毫無特色的門前去找道斯，鬼新郎緊跟在後。道斯怒斥：「妳有什麼毛病？」

「我不會跳舞，而且不用牙線。**妳有什麼毛病？**」

腎上腺素退去之後，懊惱湧上心頭，面具一旦滑落就很難重新戴回去。沙樂美會通報校警，亞麗絲相當確定。但她同樣確定沙樂美一定會亂罵一通。**瘋婆子、神經病、賤女人**。至於校警會不會相信，那又是另外一回事了。沙樂美自己也說過，**妳不能就這樣**。這裡的人基本上不會做出亞麗絲的那種行為。

最糟糕的問題其實是亞麗絲覺得太痛快，好像幾個月來第一次順暢呼吸，終於掙脫新亞麗絲的壓迫箝制。

但道斯快喘不過氣了，簡直像剛才打架的人是她。

亞麗絲按下開關，紅金交錯的牆壁上，煤氣壁燈閃耀光芒，照亮這棟英格蘭莊園風房屋中的埃及聖殿。祭壇上擺滿骷髏和動物標本，還有一本真皮封面的紀錄冊，每次舉行儀式之前，所有會員都必須簽名。後方的牆壁中央放著一具石棺，上面蓋著玻璃板，裡頭躺著從尼羅河谷挖掘出的乾枯木乃伊。幾乎有點太老套。天花板彩繪成穹頂天空，每個角落都裝飾著老鼠簕葉片與造型棕櫚樹，一條小溪穿過中央，二樓邊緣流下一道水幕，注入小溪，發出很大的回音。鬼新郎飄過小溪，盡可能遠離老鼠簕。

「我要走了。」沙樂美在外面大喊。「萬一出事，我可不想在現場。」

「不會出事！」亞麗絲大聲回應。她們聽見重重關上大門的聲音。「道斯，她說會出事，是什麼意思？」

「妳沒有看儀式程序嗎？」道斯問，她在聖殿裡走一圈，研究每處細節。

「只看了一部分。」足以知道可以和鬼新郎溝通。

「妳必須穿過生死的疆界。」

「等一下……**我得死？**」以後她真的應該認真看資料。

「對。」

「然後再回來？」

「呃，理論上是這樣啦。」

「妳要殺死我？」內向膽小的道斯？任何暴力行為都能讓她躲到角落，像隻穿運動衫的刺蝟。「妳確定可以？要是我沒有回來，妳就完蛋了。」

道斯長嘆一聲。「所以妳一定要回來。」

鬼新郎的神情黯然，但他基本上都是那樣。

亞麗絲打量祭壇。「死後的世界是埃及？那麼多宗教，只有古埃及人猜對了？」

「我們無法真正得知死後的世界是怎樣。跨越疆界的路有很多條，這只是其中之一。還有別的，但每條路都有河流。」

「例如希臘的忘川。」

「事實上，對希臘人而言，冥河才是生死疆界的河流，忘川是死者必須渡過的最後一條河。埃及人相信太陽每天都會在尼羅河西岸死去，因此，從東岸去到西岸這段旅程，就等於離開活人的世界。」

亞麗絲現在就要踏上這段旅程。

切穿聖殿中央的那條「河」是象徵，以埃及圖拉地區地道中取得的古老石灰岩雕刻成河道，河道兩旁與底部都刻上《亡者之書》裡的圖案。

亞麗絲猶豫了一下。這會不會是一條不歸路？她這輩子做的最後一件蠢事？誰會在界幕另一頭迎接她？海莉。或許會是達令頓。里恩和貝恰，頭骨凹陷，里恩臉上依然帶著那種卡通一般的驚訝表情，說不定另一邊有可以幫他們整修的地方。如果她死了，能夠穿透界幕回來，永遠在校園飄來飄去嗎？還是會回到老家，在凡奈斯區的貧民窟作祟？**所以妳一定要回來**。如果回不來，道斯就只能抱著她的屍體，沙樂美．尼爾斯也會跟著倒大楣。最後那部分其實有點爽。

「我只要溺死就好？」

「沒錯。」道斯露出一絲淺笑。

亞麗絲解開外套鈕釦，脫掉運動衫，道斯脫掉連帽大衣，從口袋拿出兩支細長的綠色蘆葦。

「他在哪？」她小聲問。

「鬼新郎？妳背後！」道斯嚇得一縮。「開玩笑的啦。他在祭壇旁邊裝憂鬱。」鬼新郎的臉更臭了。

「叫他過去站在對面西岸那裡。」

「道斯，他能聽見妳說話。」

「噢，對喔，當然。」道斯比個彆扭的手勢，鬼新郎走到河流另一邊。河很窄，他一大步就跨過去了。「現在你們兩個都跪下。」

亞麗絲不確定鬼新郎會不會乖乖聽從，不過他跪下了。他似乎像亞麗絲一樣很希望能聊聊。

她隔著牛仔褲感覺到地板很冰。她驚覺身上穿著白色T恤，濕透以後會變透明。**妳都快要死了**，她責備自己，**現在是擔心鬼會看到妳胸部的時候嗎？**

「雙手放在背後。」道斯說。

「為什麼？」

道斯舉起蘆葦，背誦：「**以莎紙草束其雙手。**」

亞麗絲將雙手背在身後，感覺很像遭到逮捕。她有點期待道斯會用束帶綁住她的手，但道斯只是在她的左邊口袋裡放進一個東西。

「長角豆莢。妳要回來的時候，放進嘴裡咬。準備好了嗎？」

「慢慢來。」亞麗絲說。

亞麗絲彎下腰，雙手背在身後有點難。道斯扣住她的頭頸，幫她繼續往前彎。在快要接觸水面時，亞麗絲停頓了一下，她抬起視線，對上鬼新郎的雙眼。「做吧。」她說。她深吸一口氣，道斯將她的頭壓進水裡，她盡可能不慌張。

她什麼都聽不見。她睜開眼睛，卻只能看到黑色石塊。她等候，胸口緊繃，氣息從口鼻洩漏，形成不甘願的氣泡。

她的肺很痛。她辦不到，這個方法行不通。她們得重新想辦法。

她想離開水中，但道斯的手有如鷹爪緊扣住亞麗絲的後腦，她現在的姿勢無法掙脫。道斯用一隻膝蓋壓住她的背，她的手指有如鐵釘刺痛亞麗絲的頭皮。

亞麗絲的胸口緊繃到受不了。恐慌來襲，有如掙脫牽繩的狗，她知道自己犯了大錯。道斯和書蛇會聯手，也可能是骷髏會，也可能是桑鐸，或任何一個想解決掉她的人。使靈沒有完成的任務，現在要由道斯來結束。道斯因為達令頓失蹤而懲罰她，她其實早就知道那天晚上在羅森菲爾館的事件真相，亞麗絲竟然害她的寶貝達令頓消失，現在她要懲罰她。

亞麗絲在寂靜中抗拒、掙扎。她需要呼吸。**不行**。但她的身體不聽話。她張嘴喘息，水湧進她的鼻子、嘴巴，漲滿肺部。她的心靈驚恐尖叫，但無法掙脫。她想到媽媽，兩手戴著整串銀手環，有如盔甲手套。外婆低語，Somos almicas sin pecado。她乾枯的雙手抓著石榴外皮，籽落入碗中。**沒有罪孽的靈魂太過渺小**。

後頸的壓迫感消失。亞麗絲用力抬起身體，胸口劇烈起伏。她全身抽搐，吐出滿是沙的水。她察覺手腕鬆綁了，於是用雙手與膝蓋撐起身體。從深處發出的劇烈嗆咳令她全身顫抖，她大口吸氣，肺部灼痛。**道斯去死吧**。**所有人都去死吧**。她在啜泣，無法停止。她的手臂撐不住了，她倒在地上，翻身仰躺，用力呼吸，舉起手用袖子抹抹臉，弄得到處都是鼻涕、眼淚——和血，她咬到舌頭了。

她瞇眼看彩繪天花板。雲朵飄過，在靛藍天空襯托下顯得像灰色，閃耀的星星組成陌生圖形。這不是她的星空。

亞麗絲強迫自己坐起來。她按住胸口輕輕按摩，依然在咳嗽，努力觀察四周。道斯不見了，所有東西都不見了——牆壁、祭壇、石地板。她坐在一條大河的岸上，星空下的水流很黑，水流聲有如長長嘆息，蘆葦間吹來一股暖風。**死亡很冷，亞麗絲想，為什麼這裡不冷？**

對岸遠處，她看到一個男人的身影朝她走來。鬼新郎經過時，河水產生波紋。他在這裡有實體，看來她到了界幕另一邊？她真的死了？儘管空氣濕熱，但隨著那個身影逐漸接近，她依然感到一股寒意悄悄爬過。他沒有理由傷害她，他救過她。**但他是殺人凶手，**她提醒自己。**說不定他懷念殺女人的感覺。**

亞麗絲不想再進水裡，想起那種劇烈緊繃的感覺，她的胸口依然戰慄，剛才咳得太用力，她的喉嚨還在痛。但她不是平白來到這裡，她站起來，拍掉手上的沙，走進淺水處，她的靴子踩在爛泥上發出啾啾聲響。河水漲起，溫暖河水泡到小腿，水流輕輕拉扯她的膝蓋，然後上升到大腿、腰部。她經過漂在水面上花瓣尖尖的睡蓮，花朵一動也不動，有如餐桌上的裝飾品。水拉扯她的髖部，水流很強。她感覺到腳下的砂石移動。

水裡有個東西碰到她的腳，她看到一道高低不平的背脊，隱約映著星光。她猛然往後縮，那條鱷魚游過，一隻金色眼眸轉向她，然後沉入水底。左手邊，另一條黑尾巴竄出水面。

「那些鱷魚不會傷害妳。」鬼新郎站在距離她幾碼的地方。「不過妳最好快點過來，史坦小姐。」到河中央，死者與活人會面的地點。

他竟然知道她的名字，她覺得不太舒服。他的聲音低沉悅耳，口音幾乎像英國腔，但母音比較長，有點像在模仿甘迺迪。

亞麗絲往河中央走去，停在鬼新郎面前。他的樣子和在人間時一模一樣，線條立體的高雅臉龐籠罩一層銀光，亂亂的深色頭髮微微反光——只是在這裡，他們的距離近到她可以看到他領帶打結的摺痕，以及外套布料的光澤。白襯衫上的骨頭碎片與鮮血不見了，在這裡，他很乾淨，身上沒有血跡也沒有傷口。一條小船划過，細長的船身上掛滿飄逸的絲綢。絲綢後方隱約透出的影子，有時是人、有時是胡狼。一隻灰貓趴在小船邊緣，爪子在玩水。貓的漸層眼眸注視她，然後打個大呵欠，露出粉紅長舌頭。

「這是什麼地方？」她問鬼新郎。

「陰間，瑪雅特神的地盤，河流中央。埃及人相信，所有神同時都是死亡與生命之神。我們沒有多少時間，史坦小姐，除非妳想永遠留在這裡和我作伴。水流很強，到最後每個人都會被捲走。」

亞麗絲隔著他的肩頭張望對岸，落日以西，黑暗之地，幽冥世界。

還不到時候。

「我需要你幫忙在界幕那一邊找一個人。」她說。

「被殺害的女生。」

「沒錯。她的名字是塔拉・哈欽司。」

「恐怕不容易，這裡有太多人。」

「我相信你一定能找到。我猜想你應該會要求回報，這就是你來救我的原因吧？」

鬼新郎沒有回答。他的表情非常凝重，彷彿在等觀眾安靜下來。在星光下，他的眼睛幾乎是紫色。「如果要找到那個女生，我需要用到她的私人物品，感情很深的東西，最好是留有津液的東西。」

「什麼？」

「口水、血水、汗水。」

「我會找到。」亞麗絲說，雖然她不清楚要怎樣找。她不可能再憑三吋不爛之舌闖進太平間，她的使役金幣也已經用完了。此外，塔拉現在說不定已經下葬或火化了。

「妳必須帶來疆界。」

「我恐怕沒辦法再來一次。我和沙樂美鬧翻了。」

「還真是意想不到呀。」鬼新郎微微噘嘴，這一瞬間，他感覺好像達令頓，她不禁打個冷顫。她看到西岸有許多黑影晃動，有些是人，有些不太像人。他們發出喃喃低語，但她看不出來他們為什麼突然出聲，也不知道那是語言還是單純的聲音。

「我必須知道是誰殺死了塔拉・哈欽司。」她說。「給我凶手的名字。」

「萬一她不認識凶手呢？」

「那就問出她和崔普・海穆斯之間的關係，他是骷髏會員。也問問她認不認識書蛇會的人。我必須知道她與祕密社團的關係。」確認是否確實有關連，是否只是巧合。「查出她到底在搞什麼鬼——」一道閃電劃過，雷聲轟隆作響，無數鱷魚竄動，河水彷彿活了過來。

鬼新郎揚起一條眉毛。「他們不喜歡在這裡聽到那個詞。」

誰？亞麗絲很想問。**死者？神明？**亞麗絲用力站穩，河水不斷拉扯她的膝蓋，催促她前往西方的暗黑之地。還是晚一點再來思考冥界的機制吧。

「總之，查出為什麼有人想要塔拉的命。她一定知道原因。」

「好，但妳也要答應我的條件。」鬼新郎說。「我會幫妳問出妳想知道的事，但作為回報，妳要查出是誰殺害了我的未婚妻。」

「真尷尬，大家都說就是你本人？」

鬼新郎又噘嘴。他的樣子實在太拘謹、太沮喪，亞麗絲差點笑出來。「我知道。」

「殺人後自殺？先開槍打死她，然後再打死你自己？」

「不是那樣，殺死她的人也殺死了我。我不知道是誰，就像塔拉・哈欽司也不一定知道凶手是誰。」

「好吧。」亞麗絲的語氣充滿懷疑。「為什麼不問問你未婚妻？說不定她有看到什麼。」

他的眼神游移。「我找不到她。界幕兩邊我都找過了，找了超過一百五十年。」

「說不定她不想被找到。」

他生硬點頭。「如果靈魂不想被找到，有無盡的空間可以躲藏。」

「她責怪你。」亞麗絲說，將線索拼湊起來。

「說不定。」

「你認為只要查出真凶，她就不會再責怪你？」

「希望如此。」

「不然你也可以乾脆不要去煩她。」

「即使開槍的人不是我，但她會死，我絕對脫不了責任。我沒有保護她，至少該為她討回公道。」

「有什麼好討？反正已經不能報仇了，殺死你的人早就死了。」

「那麼，我會在這邊找到他。」

「然後咧？再殺他一次？」

鬼新郎笑了，嘴角拉開，露出整齊的牙齒，感覺很像掠食動物。亞麗絲感到一股惡寒，她想起他和使靈打架的樣子，感覺不太像人類，而是連死者都要害怕的東西。

「史坦小姐，還有比死亡更慘的事。」

西岸再次響起喃喃說話的聲音，這次亞麗絲似乎聽出幾個詞，說不定是法文。**尚恩．杜蒙**？說不定是人名，也可能只是毫無意義的音節，只是她的頭腦硬是拼湊出意義。

「一百五十多年來，你一直努力想找出這個神祕凶手。」亞麗絲說。「你都找不到了，為什麼認為我能找到？」

「妳的伙伴丹尼爾．阿令頓之前在調查這起案件。」

「怎麼可能？」新英格蘭靈異導覽團旅熱門景點背後的殺人案，感覺不像達令頓的風格。

「他去看過我們……出事的地方。他帶著筆記本，還拍了照片，我不相信他只是去觀光。橘街那棟房子有結界，我進不去。我想知道他去那裡的原因，以及他查出的事情。」

「達令頓難道不在……**那裡**？沒有和你在同一個地方？」

「就連亡者也不知道丹尼爾．阿令頓的下落。」

假使鬼新郎沒有在這邊找到達令頓，那麼，桑鐸的想法很可能沒錯。他只是失蹤了，一定能把他找回來。亞麗絲必須相信。

「去找塔拉。」亞麗絲說，等不及想離開河流回到人間。「我會去查查達令頓留下的資料。但我要先確認一件事，那個怪物，使靈，是不是你派來的？」

「我為什麼要——」

「為了和我們建立連結。為了讓我欠你人情，作為這次小小合作的基礎。」

「我沒有派那個怪物去攻擊妳，我也不知道是誰派的。我要怎麼說才能讓妳相信？」

亞麗絲不確定。她好希望能夠分辨，好希望可以逼他發誓，但她猜想應該很快就能證實了。首先要查出達令頓發現了什麼——也可能根本沒什麼。發生命案的工廠已經改建成停車場了。根據她對達令頓的瞭解，搞不好他是帶著筆記本去研究紐哈芬水泥路面的歷史。

「總之先找到塔拉。」她說。「找到我要的答案，我就會找出你要的答案。」

「這並非我樂意的條件，妳也不是我想找的那種搭檔，不過，看來我們雙方都只能勉強接受了。」

「你可真會說話。黛西喜歡你說話的方式？」鬼新郎的眼睛變黑。亞麗絲強迫自己站穩，不允許自己後退。「脾氣真大。這種男人一旦發現女人受夠他那套狗屁，就會乾脆弄死她。你也是這樣嗎？」

「我愛她，我愛她勝過生命。」

「這不算回答。」

他深吸一口氣，強迫自己冷靜，他的眼睛恢復正常的樣子。他對她伸出一隻手。「史坦小姐，說出妳的真名，完成這次的約定。」

名字有魔力，因此忘川會的紀錄都會塗掉灰影的名字。她比較希望只知道眼前這個東西是鬼新郎，產生連結會有危險，一旦將自己的生命與其他人相連，就會產生風險。

亞麗絲摸摸口袋裡的長豆莢。最好做好準備，萬一……萬一什麼？他企圖把她拖下去？但他為什麼要做那種事？他需要她，一如她需要他。大多數的災難都是這樣開始的。

她握住他的手。他的動作很堅定，手掌潮濕冰冷。她摸到的是什麼？身體？意念？

「柏川・博伊司・諾斯。」他說。

「好可怕的名字。」

「這個名字來自我的祖先。」他忿忿地說。

「銀河・史坦。」她說，但當她想收回手的時候，他卻用力握緊。

「我等了好久，終於等到這一刻。」

亞麗絲將長豆莢放進口中。「這一刻結束了。」她含著豆莢說。

「**妳以為我已入睡，但我聽到妳說話，我聽到妳說，妳並非真正的妻子。**」亞麗絲再次想掙脫，但他依然緊握住她的手。「**我發誓，絕不會向妳問明其義：我因妳而信妳，爾後寧死勿疑。**」

寧死勿疑，塔拉的刺青。這句話原來不是重金屬樂團的歌詞。

「《國王之歌》。」她說。

「妳終於想起來了。」

為了完成達令頓交代的作業，並且為第一次去捲軸鑰匙會做準備，她被迫讀完英國詩人丁尼生那首超長的詩。鑰匙會的會墓裡到處可以看到這首詩的句子，向亞瑟王與圓桌武士致敬——他們的地窖裡塞滿了十字軍東征時代劫掠的寶物。**擁有照亮這片黑暗之地的力量，擁有復活這個死亡世界的力量**。她想起鑰匙會墓中那張石桌上雕刻的句子。

亞麗絲甩開鬼新郎的手。看來塔拉的命案很可能與**三個祕密社團有關**。因為塔拉與崔普・海穆斯的關係，因此骷髏會可能涉案，書蛇會則疑似派使靈來攻擊亞麗絲，而塔拉身上的丁尼生詩句刺青則證明她與捲軸鑰匙會有關——除非她私下愛好維多利亞時代詩文。

諾斯微微鞠躬。「等妳找到屬於塔拉的東西，帶去任何有水的地方，我就會去找妳。以後所有水體都能成為我們溝通的管道。」

亞麗絲握緊拳頭又放開，想要擺脫剛才和鬼新郎握手留下的感覺。「知道了。」她轉身離開，用力咬長豆莢，口中湧出粉粉的苦味。

她努力往東岸走去，但河水不停沖刷她的膝蓋，她走得很不穩。腳步蹣跚的同時，她感覺自己被往回拉，她的靴子用力踩穩，身體卻被拉往黑影幢幢的西岸。諾斯背對她，已經走到了非常遙遠的地方。那些黑影失去了人類的外型，太高、太細，手臂太長，而且彎成詭異的角度，有如昆蟲。在靛藍天空的襯托下，她看到他們的側臉，他們抬高鼻子，彷彿在搜尋她的氣味，嘴巴張開又閉上。

「諾斯！」她大喊。

但諾斯沒有停下腳步。「最終水流將吞噬所有人。」他頭也不回地說。「想活就要抵抗。」

亞麗絲放棄尋找河床。她轉身面向東岸，開始游泳，用力踢水、拚命划水，設法抵抗水流。她轉頭大口吸氣，鞋子的重量將她往下拉，她的肩膀酸痛。一個沉重結實的東西撞到她，逼她後退，一條尾巴拍打她的腿。鱷魚或許不能傷害她，但牠們會害她被河水捲走。她的肌肉累積疲勞，感覺速度變慢。

天空變黑。她再也看不見河岸，甚至不確定方向是否正確。想活就要抵抗。

這不正是最慘的部分嗎？她心裡想。她想活，一直都想。

「見鬼去吧！」她大喊。「他媽的見鬼去吧！」天空爆出一道道閃電。只要罵幾句，就有光可以照路。漫長恐怖的一段時間，前方只有漆黑河水，然後她終於看到東岸。

她奮力向前，雙手不停划水，終於到了可以讓腳放下的地方。河床就在那裡，比她想像中更近。她在淺水中爬行，濕透的身體壓扁睡蓮，陷入泥沙中。她聽到鱷魚在身後，張大的嘴巴發出類似引擎噪音的吼叫。牠們會把她拉回河裡嗎？她拖著身體前進幾英尺，但身體太重了。她陷入泥沙中，沙的重量將她往下拉，湧入她的口鼻、跑進她的眼瞼。

有個東西一次又一次敲打亞麗絲的頭，她強迫眼睛睜開。她躺在聖殿的地板上，嗆咳出泥水，望著道斯驚恐的臉龐，以及後方的彩繪天空——完全不會動也沒有雲，真是太好了。她全身劇烈顫抖，甚至能聽見後腦撞擊石板地面的聲音。

道斯抓住她，緊緊擁抱，亞麗絲的肌肉慢慢停止抽搐。她的呼吸恢復正常，但口中依然有泥水的怪味與豆莢的苦味。「沒事了。」道斯說。「沒事了。」

亞麗絲忍不住大笑，因為她永遠不可能沒事。

「我們出去吧。」她好不容易說出這句話。

道斯將亞麗絲的手臂搭在肩上，扶她站起來，沒想到她力氣那麼大。亞麗絲的衣服全都是乾的，但四肢無力，彷彿游了一英里。她依然能聞到河水的氣味，喉嚨裡有種刺痛又滑膩的感覺，因為水從鼻子跑進去。

「鑰匙放哪？」道斯問。

「放門口吧。」亞麗絲說。「我再傳訊息通知沙樂美。」

「真文明。」

「不然的話，我們來打破窗戶、在撞球桌上尿尿。」

道斯輕聲嗤笑。

「別擔心，道斯。我沒死，至少沒死透。我去到生死疆界，做了一筆交易。」

「噢，亞麗絲。妳做了什麼？」

「我去那裡想做的事。」但她不確定到底有沒有做錯。「鬼新郎會幫我們找塔拉。想知道是誰殺害她，這是最快的方法。」

「他開了什麼條件？」

「他要我幫他洗刷臭名。」她遲疑一下。「他宣稱達令頓在調查那起謀殺後自殺的案子。」

道斯猛然揚起眉毛。「感覺不太可能。達令頓最討厭那種熱門謎案，他認為太……嗜血。」

「太庸俗。」亞麗絲說。

道斯淺笑。「沒錯。等一下……也就是說，鬼新郎**沒有**殺死他的未婚妻？」

「他自己說沒有，不過不代表真的沒有。」

或許他是無辜的，或許他想跟黛西和好，或許他只是想再找回被他殺死的女人。無所謂，亞麗絲答應了就會做到。無論交易的對象是人還是鬼，賴帳絕不是好事。

講到書蛇會，我們真的很想快快帶過，誰又能責怪我們呢？降靈術有種令人不快的特質，而書蛇會員選擇的表現方式更加重了這種感受。一進入他們巨大的陵墓，就會有種踏進死亡之屋的感覺，很難擺脫。但或許還是先放下恐懼與迷信，先省思一下他們的格言，其中自有獨特的美感：**萬物常變；易而不朽**。事實上，他們很少在誇張的山形牆會墓裡舉行降靈儀式。不，書蛇會的資金來自於情報，由亡靈組成線民網，他們什麼消息都能聽到，因為他們不必偷偷摸摸站在門外聽，只要正大光明穿透牆壁進去就好，反正沒有人能看見。

——引自《忘川人生：第九會之程序與規範》

今晚巴比·伍德沃問出一家廢棄地下酒吧的位置，但他詢問的對象只剩下一節脊椎、破裂的下顎骨和一把頭髮。就算給我再多爵士年代的波旁威士忌，我也無法忘記那個場面。

——忘川會日誌，巴特勒·羅馬諾
（賽布魯克學院，一九六五）

《幽靈社團》上・完

登場人物

亞麗絲・史坦

生長於洛杉磯的貧困地區，意外得到進入耶魯大學的機會，在忘川會擔任「但丁」一職，負責監督祕密社團魔法儀式。

丹尼爾・阿令頓（達令頓）

大三學生，在忘川會擔任「味吉爾」一職，負責監督祕密社團魔法儀式，及引導但丁。

潘蜜拉・道斯

研究生，在忘川會擔任「眼目」一職，負責打理忘川會的庶務。

亞伯・透納

警探，擔任「百夫長」一職，負責警察局與忘川會的聯繫。

艾略特・桑鐸院長

忘川會顧問，負責忘川會與大學的聯繫。

蜜雪兒・阿拉梅丁

前任味吉爾。

塔拉・哈欽司
陳屍於耶魯校園中的女孩。

蘭斯・葛瑞生
塔拉的男友。

柏川・博伊司・諾斯
紐哈芬最惡名昭彰的幽靈「鬼新郎」。

黛西・芬寧・惠洛克
諾斯的未婚妻。

格拉迪絲・歐唐納修
黛西的女僕。

瑪格麗特・貝爾邦
耶魯大學女性研究教授。

柯林・卡崔
捲軸鑰匙會成員，貝爾邦的助理。

伊莎貝兒・安德魯
貝爾邦的助理。

崔普・海穆斯
骷髏會員。

喬許・齊林斯基
奧理略會會長。

麥克・阿沃羅沃
手稿會會長。

凱蒂・麥斯特
手稿會成員。

沙樂美・尼爾斯
狼首會會長。

蘿倫
亞麗絲的室友。

梅西
亞麗絲的室友。

布雷克・齊利
耶魯長曲棍球選手，曾在比賽中惡意傷人。

里納德・畢肯（里恩）
亞麗絲的毒販前男友，住在公寓「原爆點」。

茉緒
里恩的前女友。

米契爾・貝茲（貝恰）
「原爆點」居民。

海倫・華森（海莉）
「原爆點」居民。

埃丹・夏斐爾
賣大麻給里恩的毒販。

艾瑞奧・赫羅
埃丹的表哥，性格殘忍。

骷髏會
Skull & Bones

死亡平等，不分貧富。

1832

魔法種類	動物或人類臟卜。 以動物或人類內臟預知未來。
知名校友	美國第二十七屆總統威廉・霍華・塔虎脫 第四十一屆總統老布希 第四十三屆總統小布希 前國務卿約翰・凱瑞

捲軸鑰匙會
Scroll & Key

擁有照亮這片黑暗之地的力量，
擁有復活這個死亡世界的力量。

1842

魔法種類	在物品上下咒，空間移動魔法。 靈體時空移動。
知名校友	前國務卿迪安・艾其遜 漫畫家蓋瑞・杜魯道 作曲家柯爾・波特 記者史東・菲利普斯

書蛇會
Book & Snake

萬物常變；易而不朽。

1863

魔法種類	召靈術或降靈術，骸骨復活。
知名校友	揭發水門事件的記者鮑伯・伍德華 前中情局長波特・戈斯 黑人權利運動家凱瑟琳・克利佛 前駐法大使查爾斯・瑞夫金

狼首會
Wolf's Head

群體之力為狼。狼之力為群體。 (1883)

魔法種類	化獸術。
知名校友	小說家斯蒂芬・文森・貝內特 育兒專家班傑明・斯波克 古典音樂作曲家查爾斯・艾伍士 藝術收藏家山姆・瓦格斯塔夫

手稿會
Manuscript

夢將人們送往夢，幻覺無極限。 (1952)

魔法種類	鏡子魔法、魅惑魔法。
知名校友	演員茱蒂・佛斯特 新聞主播安德森・庫柏 前白宮聯絡室主任大衛・格根 演員柔依・卡山

奧理略會
Aurelian

(1910)

魔法種類	文字魔法—文字約束、語言占卜。
知名校友	海軍上將理查・里昂 前駐聯合國大使薩曼莎・鮑爾 物理學家約翰・B・古迪納夫

聖艾爾摩會

St. Elmo's

1889

魔法種類	氣象魔法，自然元素魔法，召喚暴風雨。
知名校友	美式足球明星卡爾文・西爾 前司法部長約翰・艾許克羅夫特 演員艾利森・威廉斯

貝吉里斯會

Berzelius

1848

魔法種類	無。爲彰顯瑞典化學家貝吉里斯的精神而創建。貝吉里斯創造出化學元素表，使鍊金術成爲歷史。
知名校友	無

Ninth House

幽靈社團（上）

作　者　莉・巴度格 Leigh Bardugo
譯　者　康學慧 Lucia Kang
發 行 人　林隆奮 Frank Lin
社　長　蘇國林 Green Su

出版團隊
總 編 輯　葉怡慧 Carol Yeh
主　編　鄭世佳 Josephine Cheng
企劃編輯　黃莀肴 Bess Huang
行銷企劃　鄧雅云 Elsa Deng
封面裝幀　許晉維 Jin Wei Hsu
內頁排版　張語辰 Chang Chen

行銷統籌
業務處長　吳宗庭 Tim Wu
業務主任　蘇倍生 Benson Su
業務專員　鍾依娟 Irina Chung
業務秘書　陳曉琪 Angel Chen
　　　　　莊皓雯 Gia Chuang
行銷主任　朱韻淑 Vina Ju

發行公司　精誠資訊股份有限公司　悅知文化
　　　　　105台北市松山區復興北路99號12樓
訂購專線　(02) 2719-8811
訂購傳真　(02) 2719-7980
專屬網址　http : //www.delightpress.com.tw
悅知客服　cs@delightpress.com.tw
ISBN : 978-986-510-185-5
建議售價　新台幣３６０元
首版一刷　２０２１年12月

國家圖書館出版品預行編目資料

幽靈社團 / 莉.巴度格(Leigh Bardugo)著 ; 康學慧 譯. -- 初版. -- 臺北市 : 精誠資訊, 2021.12
面 ;　公分
譯自 : Ninth house.
ISBN978-986-510-185-5(上冊 : 平裝).

874.57　　110018153

建議分類｜文學小說